复旦中华文明研究专刊

文本的旅行：

近现代文学的翻译、传播和书写

马佳 李楠 主编

复旦大学出版社

总序

复旦大学中华文明国际研究中心(The International Center for Studies of Chinese Civilization,ICSCC)成立于2012年3月。中心以复旦大学人文学科为平台,旨在依托本校深厚的人文学术资源,积极推进国际学术界对中华文明的研究,促进不同文明间的交流与对话。我们知道,自明末利玛窦(Matteo Ricci)来华以后,欧洲和北美,即所谓"西方"的学者对中华文明展开了持久而深入的研究,历来称为"汉学"(Sinology)。近年来,中国学者为了与清代"汉学"相区分,又称其为"海外汉学"。在欧美,学者为了区别传统的"Sinology",又主张把现代研究称为"China Studies"(中国学)。ICSCC旨在促进中国学者与海外汉学家在中华文明研究领域内的国际交流,推动双方之间的对话与融通。

历史上,欧美汉学家有自己的旨趣和领域,他们的方法和结论,常常别开生面,新论迭出。在当今全球化时代,中国以外的国际学者早已跨越障碍,深入到中国文化内部;中国大陆的新一代学者也已经接续百年传统,回到国际学术界,与海外同行们频繁交流。但即便如此,海外汉学家和中国本土学者在很多方面,诸如文献整理、田野调查、新领域开拓以及方法论、世界观上仍然存在很大差异。海外学者所长,即为本土学者之短,反之亦然。有一种观点认为,本民族的文化,很难为另一种文化内的学者所理解。甚或是说:外国人必不能以正确的方式看待"他者"的文明。这种观点的不合理之处,在于用某种原教旨主义的方式堵塞了不同文明之间的交流与合作。事实上,无论在历史上,还是在当下现实中,人们都不只是生活在单一的文化中。东海西海,圆颅方趾,文化的特殊性是相对的,人性的共通性才是绝对的。为了达成对中华文明的正确理解,显然还需要中外学者坐下来,用对话、讨论的方式做沟通与融合。无论如何,海外汉学家早已成为与中国大陆和港、澳、台地区华人学者同样重要的研究群体,他们对于中华文明也有着独到的理解。"海外汉学"的研究成果,值得我们本土学者加以重视,照单全收和简单排斥都是要不得的极端态度。

四百年前,明末"西学"翻译运动先驱徐光启说:"欲求超胜,必须会通;会通之前,先须翻译。"我们把明末的这句格言引申出来,作为中外学术交流中的"金科玉律"。中西方学者之间相互借鉴,即了解对方工作的真实意义和真正主张。立场不同,可阐发双方优长之学;视角各异,可兼收领域互补之效;观点针芒,实可在讨论之后达成更加充分的会通和融合。四百年来,明、清、民国的经学家、国学家,一直与欧美的传教士、外交官和"中国通"切磋学问,现代中国的儒学、佛学和道学,无一不是在与利玛窦、艾儒略、林乐知、李提摩太、李佳白、费正清、李约瑟等欧美学者的对话交流中,经过复杂的交互影响而形成的。离开了"西学"(Western Learning)和"汉学"(Sinology)的大背景,从徐光启、阮元的"新学",到康有为、章太炎的"国学",都不可理解。我们相信,学术领域此疆彼界的畛域之分,既不合理,也无可能。海外汉学(中国学)与中国本土学术并不冲突,所谓的主客之争,那种有你没我的势不两立,完全没有必要。

有鉴于此,ICSCC设立专项资金,面向海外,每年邀请国外优秀中青年学者访问复旦大学,与本校、上海地区以及全国各地的同行学者们充分交流。通过学术报告、小型工作坊、论文集和学术专著的编译出版等,构建访问学者与国内学者的全方位、多层次交流体系,促进海外汉学家与中国本土学者之间的互动。中心邀请来访的海外学者与中国学者合作,将他们主持的工作坊论文,经过作者本人的修改、增订,或由编者整理、翻译,结集出版,即为"复旦中华文明研究专刊"系列。我们希望借此工作,展现中外学者精诚合作的成果,以飨学界。

目录

1	马 佳　李 楠	序言：文本的旅行和旅行的文本——近现代文学的翻译、传播和书写
1	白理明 (Raymond L. Whitehead)	基督教传教士和中国的古腾堡革命
14	陈建华	图像、文本与历史——以梁启超与《新民丛报》《新小说》的图像为中心
35	段怀清	中文传教士文学：历史、文本与文学性
48	焦 石 (Pietro Giordan)	开放-结尾叙事与寓言：从《老残游记》到沈从文的湘西文学旅行
78	马 佳	循着光漫游的灵魂——晚清民国欧洲来华作家行旅写作中的传教士/修女形象
117	宋莉华	近代来华传教士汉译小说述略

132	王宏杰	舌尖上的异邦:晚清来华美国人的中餐印象
151	姚达兑	西方传教士梅益盛的汉译莎士比亚
167	朱寿桐	论新文学书面语体与翻译语体的文化自觉

序言：文本的旅行和旅行的文本
——近现代文学的翻译、传播和书写

马 佳 李 楠

动笔撰写这篇序言的日子，值得纪念，因为去年今日——2019年4月26日，我们共同主持的第49届复旦大学中华文明国际研究中心（以下简称"中心"）访问学者工作坊成功地落下帷幕。两天的会议中，10位中外学者精彩纷呈的演讲，他们和来自复旦内外听众热烈的交流互动，让我们感觉到那些温暖感人的景象一直历历在目，彼此智慧亲切的言说依然萦耳绕梁，一如《诗经》美言："如切如磋，如琢如磨。"① 为了给这个难得的学术争鸣、学人之谊留下美好的见证，我们请9位同仁对他们的演讲进行了再加工。所以，收集在这本文集中的文章有的是演讲的升华之作，有的是根据演讲灵感的另行创制，是独辟蹊径、各具风范的荟萃。

说到"文本的旅行"，魏源编著的《海国图志》是个绝佳的范例。在我们简捷的溯源中可以清晰地看到，最初的文本是由苏格兰地理学家和作家休·穆瑞（Hugh Murray）编写并在1834年出版的一本洋洋大观的百科全书，题名为《地理百科全书》，但从它的全名来看，除了自然地理外，还包括了统计学的、社会的、政治的内容，而书中的天文（学）、植物学、地质学、动物学等部分，均由其他的学者担纲；之后1840年的扩展版，增加了当时各个国家的自然历史，它们的工商业、政治结构、民间和社会状态等内容。② 《地理百

---

① 《诗经·卫风·淇奥》：瞻彼淇奥，绿竹猗猗。有匪君子，如切如磋，如琢如磨。
② The encyclopedia of geography comprising a complete description of the earth, exhibiting its relation to the heavenly bodies, its physical structure, the natural history of each country, and the industry, commerce, political institutions, and civil and social state of all nations.

科全书》出版后一时轰动,影响波及全球,以至于到了林则徐担任钦差大臣的时候,命部下翻译此书,并依据其包罗万象的内容易名为《四洲志》,但未竟便被革职流放到伊犁,林随后辗转将书稿交与魏源,后者不负其望,花费一年多时间再广加收集其他资料。1843年1月,以《四洲志》为蓝本的《海国图志》在扬州刻印,1852年再行扩充,终成100卷,可见魏源的用心之苦,用功之巨。可惜的是,此书在国内命运不济,一直并无太大反响,"书成魏子殁,廿余载,事局如故"①,但这本书却在"旅行"至日本后,对明治维新的发轫功不可没。②当历史的时针指向100年后的20世纪50年代,负笈美国的唐德刚在哥伦比亚大学图书馆看到《海国图志》,惊叹于它在晚清的开风气之先,称其为"划时代的著作",因为《海国图志》"介绍新的世界史地知识,传播近现代自然科学以及别种文化样式、社会制度、风土人情,拓宽了中国人的视野"③。唐德刚随后应导师狄百瑞(Ted de Bary,中文名亦作狄培理)的要求,将魏源所写序言翻译成英文,并因最后18个字四句的"传曰"不知出处,追索询问胡适不果而留下一段为后人津津乐道的故事。④

  1842年,就在《海国图志》刻印的前一年,随着一系列不平等条约的签订,在中国沿海和马六甲等地早就等得急不可耐的传教士们终于获允陆续通过香港、广州、上海等开放口岸进入内陆,他们携带的物品,除了介绍圣经的小册子,还有一项"神物"——现代印刷机,也就是使用金属活字印刷的古腾堡印刷机,它因15世纪德国人古腾堡的发明而被冠名。我们是否可以揣测:如果魏源使用了古腾堡印刷机,那么《海国图志》的发行量是否也会相应倍增,进而改写它在晚清的影响力?总而言之,不可否认的是,新教传教士带入中国的西方现代印刷技术固然对传播基督宗教立下汗马功劳,但其对清末民初近代中国思想文化剧变在有意或无意间所产生的推力亦至关重要、不可小觑;换言之,在那个风云诡谲的时代,古腾堡印刷机作为崭新的载体,让"文本的旅行"愈来愈快速、便捷和普遍,它所带动的新兴产业——近现代中国的新闻和出版业,不遗余力地在思想界和社会中掀起此起彼伏的

---

① 左宗棠:《海国图志》序,1875年重刊。
② 李汉武:《论魏源思想对日本明治维新运动的影响》,《求索》1987年第6期。
③ 中国近代口述史学会编辑委员会编:《唐德刚与口述历史:唐德刚教授逝世周年纪念文集》,台北:远流出版事业股份有限公司,2010年,第30页。
④ 同上书,第31页。

革新旋风,深刻而持久地改变了中国人旧有的思想文化体系,重塑了国人的精神和心理。如果说起源于葡萄牙的航海大发现是由于对胡椒贸易的争夺,那么,15世纪改变了整个欧洲思想意识的古腾堡革命在晚清中国再次上演,将长期封建禁锢中的古老东方帝国一步步强行推入了现代化的门槛。从这样一个独特的角度去重新梳理中华文明现代化的进程,是白理明(Raymond L. Whitehead)多年来对基督教传教和中国近现代变革关系研究的最新发现,他的《基督教传教士和中国的古腾堡革命》一文带读者走进了一条漫长的历史隧道,从15世纪文艺复兴开始一直联通到"文革""红宝书"的狂醉年代,让我们去体验并思忖技术革新—文本旅行—精神改造之间错综复杂的"爱恨情仇"。

现代意义上的"传播",当然离不开现代的媒介,也就是白理明在文中论及的由古腾堡革命带动的世界范围内的书籍印刷、报刊发行和新闻出版。中国近现代的报刊新闻业,发轫于香港、广州、上海等先行开埠的沿海城市,尤以上海为中心,这其中,传教士的报人和出版家不仅捷足先登,而且在清末民初的阶段,占据了这个行业的半壁江山,一度是几无敌手的第一梯队。马佳的《守望和愿景——晚清民国时期新教传教士在上海所办报刊之探源》①将晚清民国时期新教传教士在上海所办报刊的历史进程划分为挣扎期(晚清到民国初年)、博弈期(新文化运动到上海"孤岛"时期)和消解期("孤岛"后时期至民国末年)三个阶段,试图厘定其在整个中国近代新闻报刊出版进程中荣辱兴衰的历史定位。传教士报人和出版商的中心职责自然是传播上帝福音、基督精神和圣经思想(教义+神学),但在上海这座迅速崛起的商业都市中,随着俗世报刊出版的异军突起,他们也不由自主地卷入了和俗世同行争夺读者、占据市场的竞争中,因此,当时许多沪上教会主持的著名报纸、刊物和书籍都有相当的内容和宗教无涉,最终不期然扮演了传播西方现代思想文化、哲学制度的重要角色。

在不同语言"文本的旅行"中,从时间的角度看,"翻译"或许会稍稍先于"传播",但更多的时候两者并驾齐驱,几乎难分先后;而针对两者的终极目的而言,前者显然是后者的工具和手段。我们不妨从语义学的角度,对"翻

---

① 为统一文集的格式,马佳的这篇文章未收入文集,将另行发表。

译"略加阐释。中文的"翻"有转换的意思,而"译"含有解释的语义,宋代周敦义《翻译名义序》说,"夫翻译者,谓翻梵天之语,转成汉地之言"①。与此形成比照的是,英语的 translation 源自拉丁语的 translatio,而 translatio 带有两重含义,一是将文本从一种语言转换成另一种语言,二是在字面的意义中显现比喻的含义,即隐喻。如果我们再往前溯源,会在圣经的"巴别"典故中找到关于语言和翻译难舍难分的有趣故事:欲望膨胀的人类在迁移中欲造巴别塔传扬自己的声名,让散落在各地的同类聚集起来,上帝得知后变乱他们的口音,使得他们的言语彼此不通,相互隔离;所以,当不同人群再次相遇时,他们不得不借助于第三者——"翻译",来试图相互理解、避免冲突。但与此同时,翻译的过程必然伴随着不同程度的误解、曲解和对源文本的丢失。所以,翻译是人类不断试图突破阻隔,破解误读,逃离上帝"魔咒"的长矛,但这个长矛却永远刺不破那座无形的"巴别塔"。吊诡的是,随着15世纪海洋时代走向世界各地的传教士们却要勉力将人类"变乱的口音"和"不通的言语"通过翻译都统一在上帝的名下,打造一座人类精神和信仰别样的"巴别塔",那么,他们随后的不成功,便是一份宿命。

　　按上段所述中西语境中对翻译一词的解析,我们可以明显看出翻译的多重性和不确定性,因为翻译的过程,同时也就是源文本被添枝加叶,有意无意缩减丢失的过程。所谓的"lost in translation",乃至刻意"偷梁换柱"般地变更原著主旨,为我所用地显示"隐喻"的过程。翻译成品的样貌主要取决于两个因素,时代背景以及译者的学养和目的,这样的特征尤其体现在文学作品的翻译中。清末民初的背景下,原作类型琳琅满目——宗教小说、神话寓言、西方名著、少儿童话、成长小说、科幻作品,译者的水平参差不齐——有初通中文的传教士,也有不谙西语的翻译名家,翻译手段上也称得上是各显神通——意译、直译、节译、转译、译写,导致翻译成品五花八门,产生了官话本、白话本、方言本、章回体、西式小说体、新小说体等各种形式的译本。正因如此,围绕着清末民初的"翻译"所展开的各类研究一直是国内外学界的一个热点。宋莉华的《近代来华传教士汉译小说述略》由此找到一个切入口,详解了当时来华传教士作家和翻译家,他们使用汉语译介的各种

---

① 周敦义:南宋荆溪人,自号唯心居士。参见南宋法云编撰的《翻译名义集》。

不同类型的西方小说。这些汉译小说从技术的层面显示：不同的传教士译者使用了不同的汉语形态，包括文言、白话甚至是各种方言，他们对源文本的处理也是各显神通，有通译、节译、译写等。从翻译的来源上看，除了以宣扬基督教教义和神学为宗旨的基督教成长小说、福音小说，还涵盖了西方经典小说、少年文学、寓言、神话及民间故事、动物小说等普适读物，所以，客观上这些译本"承担了译介西方文学的职责，并将成长小说、动物小说等新的小说类型引入中国"[①]，并对中国士人的世界观，中国文学的转型都产生了旷日持久的内在影响。如果说宋莉华在文中论述传教士对西方经典小说的汉译时，着重于带有明显基督教劝谕色彩的《天路历程》，那么，姚达兑的《西方传教士梅益盛的汉译莎士比亚》一文则单单聚焦于传教士译者对莎士比亚的汉译，显然，前文是对传教士汉译的宏观透视，而此文则是对这个翻译类别"庖丁解牛"般的个案研究。莎士比亚的作品在近代传入中国后的变形，是姚文精心选择的着眼点，它从最早兰姆姐弟的英语莎剧故事的两个汉译版本（包括林纾等合译的《吟边燕语》）谈起，转到对三个传教士莎剧汉译本的分析探讨，侧重于对其中梅益盛以兰姆姐弟改写本为底本而翻译的浅白文言文本《海国趣语》（和哈志道合译）的主题研究，即梅益盛对莎剧所涉基督教精神伦理的改写，包括采用了带有儒家伦理倾向的四字标题等方法，但梅氏终极目标依然指向宣教，体现出梅益盛利用包装技巧来适应中国读者的苦心孤诣。但即便如此，梅益盛的莎剧汉译本连同其他的传教士译本，依然对莎士比亚在中国的生根（引入全新的戏剧概念和方式）、开花（现代演剧和舞台的开设）、结果（西方现代戏剧的本土化）立下汗马功劳。所以，宋文和姚文联袂展示了传教士汉译的历史图像的全景和近观，有异曲同工之妙。

段怀清的《中文传教士文学：历史、文本与文学性》仅从命题看，就具备了高屋建瓴之势，因为"中文传教士文学"的概念显然可以将宋文研讨的"传教士汉译小说"和姚文剖析的"传教士汉译莎士比亚"囊括其中。其实，在2011年，宋莉华就提出过"传教士汉文小说"的概念。[②] 袁进也使用过"传教士白话作品"的说法，并如此定义：它"是近代早期已经出现的欧化白话文

[①] 见文集中宋莉华的论文。
[②] 宋莉华：《传教士汉文小说与中国文学的近代变革》，《文学评论》2011年第1期。

作品,是最早的现代汉语形态的文学作品"①。段文的亮点首先在于框定了这一类型文学的四个种类,划分了它的界限和外延,点明了这一概念的脆弱性和模糊性,前者意味着缺乏经典的自主原创作品,后者意指在以《圣经》译介为主的相当一批汉译作品中,主创者不仅仅是来华的西方传教士,还应当包括本土的中文助手——被有意无意"遮蔽"或"消隐"的所谓"影子译者"。与此同时,因为中外学术界长期倾力的是这类文学中的文献考据,所以至今比较缺乏对这类文献中真正的原创文学作品的梳理、界定和研究,换言之,目前在"中文传教士文学"名下的奠基作品,比如对中国近现代文学和现代汉语的建设影响深广的《圣经》,还有《天路历程》等都隶属于汉译文学,所以,唯有对相当数量和质量的传教士原创汉语文学作品作进一步挖掘,使其显露真容,才能有力地支撑起这个类型文学的骨架。大陆学界的"汉语基督宗教文学"的研究,在上个世纪末刚刚起步时,多集中在中国本土作家,尤其是其中的成名作家的文本,并侧重于在比较文学、接受美学的理论视域下对《圣经》和其他经典西方基督宗教文学,包括基督宗教精神伦理等对中国近现代作家写作技巧、写作策略和主题多重影响的探讨解析,属于单向性研究。之后由于大陆学界衔接上了西方学界在东方主义和后殖民研究理论框架下的传教士研究和圣经译介,于是,越来越多的文献资料被整理发掘出来,一时蔚为大观,反馈在"汉语基督宗教文学"领域,终于慢慢生成了"中文传教士文学"的分支,如此,就使得这个一直在缓慢发展但始终处于边缘化的领域变得逐渐饱满起来,并导向了一个新的开放的研究路径。

段怀清的文章中有这样一段诗意的描述:"《圣经》文学作为基督教文学的标志,从晚清出现中译本之后,就开始了它在汉语中文世界的神奇'旅行'。"作者之后用了不小的篇幅概述了《圣经》不同的中文译本,尤其是"委办本"《圣经》和"官话和合本"对现代汉语的建设和近现代中国文学的持久内在的影响。循着这个思路,我们来看朱寿桐的《论新文学书面语体与翻译语体的文化自觉》一文,便会有豁然开朗之感。

在"翻译"这一论题下,朱寿桐的这篇文章最具抽象性和理论色彩,在文中,他富有创意地提出了"翻译语体"这一新概念。作者认为这一概念生成

---

① 袁进:《从传统到现代——中国近代文学的历史轨迹》,上海:东方出版中心,2018年。

于新文学整体走向和流变的过程中,"翻译语体的构成,是白话文运动走向深入,全面建构现代汉语语体的必然结果,属于五四新文化运动的直接成果"①。翻译语体本身新鲜而有弹性的语法结构、修辞手法、表述方式,它所负载的别开生面的丰富内容,包括域外文化讯息、西方启蒙思想、世界历史人文景观等等,使其在新文学书面语体的建设中成为"十分令人醒目的组成部分"。② 当我们读到作者对翻译语体的定义"是指现代汉语翻译家对外国文学和文化典籍进行汉语翻译时所选择的,较大限度地尊重外文表述习惯的汉语书面语表达语式。它是外国文学和文化原典尽可能忠实的翻译,又是一种特殊语体和特定语式的汉语表达"③时,我们除了会联想到朱寿桐在文中所提及的严复和林纾的"翻译体",还会即刻回想到前述宋莉华和姚达兑所论述的传教士汉译文学的"翻译体",但因为前者在当时被视为新文学的对立面而被弃之如敝屣,而后者可能不过是前者的改良,所以,这两种翻译体便都不在朱文的观照之列。显然,如果将"翻译语体"放在整个汉语语系的历史演变中,那将是另一个富有潜在学术价值的跨学科的开放话题。

  清末民初的写作场,恍若金庸笔下到处有擂台的江湖,又如传统中热闹的戏台子,端的是"你方唱罢,我登场"。往好里说,那是群英聚会,互相过招,群贤毕至,争先恐后;往坏里看,不免鱼龙混杂,难辨真伪,散打杂耍,目不暇接。但也正因为此,一个多世纪后的今天,在当时留下的故纸堆里细细翻检,依然不断会有新收获、新发见。例如在对有着"旅行的文本"之特征的"行旅文学"的"书写"研究上,焦石(Pietro Giordan)的《开放-结尾叙事与寓言:从〈老残游记〉到沈从文的湘西文学旅行》、王宏杰的《舌尖上的异邦:晚清来华美国人的中餐印象》和马佳的《循着光漫游的灵魂——晚清民国欧洲来华作家行旅写作中的传教士/修女形象》的研究路径和着眼点就绝不相同,各有所长。

  焦石的文章具有深厚的理论色彩和强烈的思辨性,他使用了类似俄罗斯套娃的方式,层层解构了他所主要采用的理论概念——詹明信(Fredric Jameson)的"民族寓言",他将"民族寓言"放置在最外层,将其打开后,让我

---

① 见朱寿桐收录在本文集中的相关文章。
② 同上。
③ 同上。

们看到了诸如加里·约翰逊、霍华德·凯克尔、本雅明等对寓言各自不同的理解和阐释,它们彼此构成了不同的层面,再往下,其核心——那个中心套娃,则纷纷指向诺斯洛普·弗莱的神话-原型批评中对寓言的定义。作者的结论颇有深意:"尽管从晚清开始中国小说更接近西方模式,尤其是在情节结构和叙事闭合方面,但是《老残游记》与沈从文的现代主义写作不能被简单地定义为一个(典型的)第三世界民族寓言。"换言之,部分采纳了西方写作模式和策略的《老残游记》以及"湘西行旅文学",游走在中国现实土壤和中国文明之间,它们所折射出的多重象征、隐喻,以及文化内蕴,即便如"民族寓言"这样一个宽泛的理论概念也无法完全覆盖。我们常说刘鹗和沈从文的写作都具有强烈的民族文学的色彩,同时又自然熨帖地传达出他们各自时代最具代表性的文学观念和人文气息,焦石借助"民族寓言"的概念来解析"旅行的文本"的叙述结构和寓言指向,彰显出这两位风格卓异的作家作品的在地性、生命力和现实感。

晚清民初的写作场,其实有一个本土作家以外的分支,这便是来自国外——大部分是西方国家的写手(包括传教士、商人、外交官、职业作家)的汉语写作,除了之前我们提及的宋莉华和姚达兑文章所论述的汉译作品,还有发表在西方人——大多是传教士所主持的中文报刊上的文字,但其实更多的西方国家写手的写作动机和目标读者都是针对西方国家民众的,他们的英文行旅作品对塑造所在国国民对中国的浪漫想象、对他们的中国观的形塑作用是至关重要、无可替代的。一直到19世纪中叶以后,中国人开始移民海外,直接介入了西方民众的实际生活,这些所在国写手的影响力才开始逐渐有所减弱。王宏杰的论文正是循着这样一条历史线索,选取了1784年以"中国皇后号"抵达广州开启中美商贸为起点,一直到整个19世纪,陆续到达中国的商人、外交官、传教士和文人笔下的中餐体验,以及由各种体验所形成的五花八门的中餐印象,比如最早的来华美国商人将其中餐印象美化为"园林中的宴饮",1844年在中美签订《望厦条约》后,美国顾盛使团受邀参加中方举办的宴会后对中餐中的汤情有独钟,而之后长期在中国生活的美国新教传教士卫三畏对象牙筷子感到惊异,因而对中餐形成了颇为正面的观念,所有这些林林总总的中餐印象的交织杂糅,变成美国人中国观的感性基调。中餐印象中自然免不了当时的历史背景下西方殖民者的东方主义的优越感，甚至是对中餐的食材、烹饪和食用方式的误读、蔑视与攻击，但也有客观的中西餐饮比照下，对中餐的理解、肯定和欣赏。在中餐业已在美国和全球流行但毁誉参半的今天，作者所引用的史料和阐述，仍然令人回味、思忖和警醒。王宏杰文章的开端点明了在 1784 年"中国皇后号"从纽约港启程顺利抵达香港尔后停泊广州，这不仅是中美商贸的处女航，而且美国商人从广州带回的有关中国的信息也第一次打破了之前美国人主要依赖在中国的欧洲天主教传教士的中国记录，其实，欧洲新教传教士有关中国的书籍在 19 世纪的美国依然抢手，比如马佳论文中的两个主要研究对象之一的德国传教士郭士立的中国旅行札记。

马佳的研究和焦石、王宏杰形成了两个似有默契的对接。马佳所选择的研究对象郭士立和毛姆，和中国的交集，前者是在晚清，后者始于民国，所选择的研究文本是郭士立 1833 年出版的《1831—1832 沿中国海岸两次航行日志》，以及毛姆 1922 年问世的《在中国屏风上》；类似的，在焦石的笔下，他的研究对象一是晚清小说中的翘楚——刘鹗的《老残游记》，二是民国读者追捧的沈从文"湘西旅行文学"。作为新教传教士写手的郭士立和职业作家的毛姆，和王宏杰所聚焦的由商人、外交官、传教士文人组成的美国作家群联袂形成晚清民国西方"中国通"作家的群像。当然，马佳论文的主旨是通过精读晚清民初两位特立独行的欧洲来华作家的经典行旅作品，来呈现他们笔下的传教士和修女形象，并进而探讨他们不同的写作动机、技巧和策略。虽说郭士立和毛姆，都是 19 世纪和 20 世纪初西方殖民主义盛期的弄潮儿，但他们在宗教信仰、哲学理念、行为方式、情趣爱好等等方面都是大相径庭甚至南辕北辙，只是他们"东方主义"心态指引下的中国探险、中国故事，让马佳找到了两人的交汇点。

陈建华的《图像、文本与历史——以梁启超与〈新民丛报〉〈新小说〉的图像为中心》另辟蹊径，写出了新颖、丰富和醇厚的论文。西方视觉艺术渐次变化的三个关键节点——绘画（图画/画像/美术）—影像（图像/照相/相片/摄影）—活动影像（电影/影片）①在清朝连番现身亮相的过程，颇具戏剧性，

---

① 有趣的是，英语中可以用 picture 作为主词，来描述这三个变迁：picture-taking, picture-motion, picture。

也生动而形象地映射了西学东渐背景下西方技术文化对中国颇为迅速的植入;一如利玛窦在万历年间将地图献于朝廷,西方的绘画首先由欧洲天主教传教士艺术家们带入清宫,像鼎鼎大名来自意大利的清廷画家郎世宁,他不少的绘画作品糅入了中国画的元素,创立了中西合璧的卓异画风。若干年后的1902年,北京前门外,西方人第一次在中国放映了三个纪录片。紧接着在1905年,当时的京剧名角谭鑫培表演的《定军山》片段被拍摄成了中国首部纪录短片(类似于今天的短视频),在露天放映时,附近万人空巷,造成巨大轰动,一时传为佳话,而拍摄方就是北京丰泰照相馆,可见当时照相业之财大气粗、设备先进。陈建华正是从视觉艺术发展的第二个节点切入,以梁启超1902年在日本创办的两份人气旺盛的报纸《新民丛报》和《新小说》为样本,慧眼独具地诠释了图像、文本与历史之间的关系,具体而言,是用"视觉转向"的概念和理论,对这两份梁办的代表性"大报"做历史化的考察,进而"从展示政治、图像谱系与视觉技术机制这三个层面强调图像的特性及其历史建构功能,探索多种历史叙事方式的可能性"①。文中在论述视觉技术机制层面时把当时先进的复制技术印刷作为佐证,联系到白理明所津津乐道的西方现代印刷技术的引进带来的中国式的"古腾堡革命",可以互为印证新技术带来的革命不仅仅是在科技、商业、经济的物质层面,在历史动荡的风口浪尖,它会很快体现在政治、制度和思想革命的层面。以现代技术为羽翼的报纸、图像等崭新的大众传媒对传统文本旅行/传播和接受的方式很快构成强势的挑战,继而攻城略地,最终成为宣扬革命和改良的"大杀器"。陈建华的文章在研究对象、研究目的、研究方法/理论构架的选取和实践上颇有特色,对梁启超新小说不同面向的解读,可谓是"思想文化研究的新面向"②。

对9位同道文章的阅读体验是在他们共同搭建的"文本旅行"的世界里完成的,他们各自文本的旅行穿越"翻译、传播和书写"的边界,凸显出晚清民国斑斓绚烂的文化-文学图景。晚清以降,对国族命运而言,这是一个最坏的时代,而对文学的繁荣而言,这或许是最好的时代之一。回望历史,过

---

① 见陈建华收录在本文集中的文章。
② 同上。

去两百多年中世界文明的接触、交流、碰撞、冲突、博弈、交融的剧烈迅猛程度为过往数千年人类发展进程中前所未有,这集中体现在两个世纪之交的震荡和变局,即19世纪到20世纪所谓的"西学东渐"或者是"殖民东扩",20世纪到21世纪的"文明冲突"。这其实都可以追溯至始于15世纪的海洋时代和地理大发现,因为从那以后,世界不再是某个孤立的陆地或中心板块,而是完全连接的地球。到了20世纪下半叶随着航空航天技术和刚刚崭露头角的信息技术的发展,麦克卢汉"地球村"的概念应运而生,而亨廷顿的"文明冲突论"正是基于地球村的说法——地球越来越小,人们的交往越来越频繁,越来越接近,全球化的趋势必然会引起不同文明间激烈的交锋,那么,零和博弈的结果便会导致固有文明毁灭性的冲突。亨廷顿的理论出炉后,不断遭到一拨又一拨理论家和政治家的批判、驳斥,激烈的程度有时甚至超出了学术争论的理性范畴。[①] 但当今经济全球化背景下的乱象,又或多或少佐证了亨廷顿理论模型的"现场感"。其实,清末民初自梁启超那一辈开始,到新文化运动的胡适、鲁迅等知识分子,他们关于人种、国民、文明、改良、革命的主张,也都是基于"文明的冲突"的内忧外患而来的,从梁启超到鲁迅的拿来主义,从某种意义上来说,还是要让中华文明和西方文明做一对决。从这个意义上,这本文集里其他作者的论说中也可以看到清末民初的各类作家,无论中西,无论身份,传教士也好,改良的旧文人也好,新兴的报人也好,反上帝的西方新派知识分子也好,他们都不约而同地披上了文化革新、革命的战袍,他们书写的作品的旅行,其结果往往溢出了文学本身。梁启超手中堂吉诃德式的长矛是要刺穿中西文明的无形屏障,他想象着中西文明因此结合产生出未来世界大同的"宁馨儿",但他的盾牌却不自觉地要抵御泰西的文化入侵,要保持中华泱泱文明的种子,于是他总在自己创造的化解文明冲突的"神话寓言"里东突西奔,而不幸陷入自己预设的悖论。这样的悖论在传教士作家和翻译家那里,也是屡见不鲜,他们为了要传播教义和神学,不得不借助于俗世文学、文化,而对西方文明的传播鼓吹,却又常常淡化乃至偏离了他们的终极目的。这看起来是份历史的困惑,但或许也

[①] 比如萨伊德口中所谓"可憎的种族主义"的体现,是当今世界里针对穆斯林和阿拉伯人的"希特勒式科学"。

正是"文本的旅行"或"旅行的文本"的魅力所在吧。

总之,只要文明的冲突、博弈、交融不断,各类作家作品的文本旅行就会一直在路上,因为作家的人本精神、人文情怀一边联系着个人个体的当下生活,一边联系着他们集体创造的文化文明。

9篇论文对应的英文提要,除白理明、焦石和姚达兑的之外,皆由马佳撰写,焦石校正。因体例安排,中英文提要没有收入论文集。

最后,我们要感谢文集中各位同行的倾心奉献,让这本文集有了穿越和形塑历史的厚重。我们当然不会忘记,为了工作坊的顺利进行,为了文集的成功付梓,"中心"的金光耀教授和全体同仁不遗余力的支持和帮助,我们的谢意也一并给予复旦大学出版社和本文集的编辑们。

马佳　李楠
2020年4月26日—5月4日　多伦多—上海

基督教传教士和中国的古腾堡革命

白理明(Raymond L. Whitehead)

赵旭红 译

清末民初,中国的思想和文化发生了剧变,这是多个国家和国际因素综合作用的结果。本文主要研究了这些剧变背后的一个重要推手——印刷术的发展。基督新教的传教士将西方的印刷术带到中国,并推动了其在中国的早期发展。印刷术的传入,也为写作、翻译、出版和教育的发展注入了动力。很明显,印刷机这台"机器"促进了当时的文化和社会运动。

欧洲历史常常把15世纪印刷机的发明和演进称为"古腾堡革命",因为印刷机由德国人约翰内斯·古腾堡发明,并且这台机器也名副其实地带来了革命性的变化。而中国的"古腾堡革命"始于晚清时期。芮哲非(Christopher A. Reed)所著《古腾堡在上海》(Gutenberg In Shanghai)①一书就详细讲述了当时印刷术的发展。

一、欧洲的古腾堡革命

在1450年前,也就是欧洲的近代史开始前,手稿的生产几乎只能依靠修道院里的僧侣手抄。这些手稿虽然字迹美观,但数量十分有限。随着文艺复兴运动的发展,人们对知识,以及对古希腊和古罗马手稿的渴求不断上

---

① Reed, Christopher A., *Gutenberg In Shanghai: Chinese Print Capitalism, 1876-1937*, UBC Press, Vancouver, 2009.

涨。古腾堡印刷机的适时出现,为欧洲文化、宗教和政治带来了革命性影响。1455 年前后,印刷版的《圣经》问世,规模不足 200 本,语言为拉丁文,但这是金属活字印刷机印刷的第一本重要的书籍。

虽然没有任何历史证据可以表明,古腾堡是否了解当时东亚雕版印刷术的发展。欧洲的部分游客和商人曾听过或见过东亚的印刷术,也带了一些样品回欧洲,古腾堡可能有所耳闻,虽然在那个时代欧洲的航海者还未打开与东亚交流的大门。但不可否认的是,古腾堡使用一些特殊的金属材料和墨水制作而成的高效活字印刷机,影响十分广泛。因为西方语言都是字母的形式变换,活字的出现可谓是对症下药。欧洲工业革命带来的技术发展又进一步推动了印刷术,带来了书籍、报纸和杂志的大规模印刷。

二、识字水平

印刷机满足了人们对学习、对源自古希腊和古罗马的手稿,以及对新型科学研究的渴望。书籍印刷成为现实后,这种需求便得到了满足。在古腾堡制造出第一台印刷机后,很快印刷机就在欧洲普及开来。不容小觑的一点是,印刷机带来的大量读物,不仅改善了教育水平,也让欧美老百姓的识字率稳步提升。

三、印刷术与宗教改革

马丁·路德(生于 1485 年)正好赶上了印刷术发展的黄金时期。在技术的加持下,他成功挑战了教皇与欧洲统治者的权威。印刷术将他的手稿传播至整个欧洲大陆,为其获得了广泛的支持。印刷术也普及了阅读和写作,为更多的人带去了文字。马丁·路德之所以能为中世纪画上句点,并引领近代早期的到来,印刷术的发展功不可没。

四、报纸的重要性

报纸于 17 世纪开始在西方普及。日报和周报变成最常见的读物,也成为民众了解政治、商业和社会信息的主要来源。同时也有越来越多的人开始投身新闻业。有趣的是,报纸和新闻从业者也被冠名"the press",与印刷机的英文同名。在民主社会,政治上"新闻自由"不可或缺,这就意味着媒体可公开批评民选政府。所以,印刷机的发展,或称古腾堡革命,对近代社会的出现至关重要。

五、中国、朝鲜和日本的雕版印刷术

早在古腾堡发明印刷机的几百年前,中国、朝鲜和日本就有了雕版印刷术。其间虽有其他创新尝试,但雕版印刷术直到19世纪末都在东亚占据主导地位。在长达几个世纪的时间里,中国的印刷文化在雕版印刷术的推动下蓬勃发展起来。芮哲非在书中对此作了详尽描述。在书中,他还展示了中国对西方印刷机所做的一些调整,使其更符合中国的文字和文化①。

六、中国的基督教

基督新教的传教士于1807年开始陆陆续续来到中国。但他们并不是最早抵达中国的基督教徒。作为背景补充,我想先简要提一下在新教传教士来中国前,基督教与中国的早期渊源。

七、聂斯脱里派

唐代的"大秦景教流行中国碑"是广泛记录基督教在中国流传情况的最早记录。它于公元781年由唐德宗授权建造,碑文讲述了公元635年波斯的基督传教士前往中国的故事。此碑现藏于西安碑林博物馆。

八、罗马天主教传教士

有关基督教徒经过丝绸之路到达中国的记录不胜枚举,但传教会在中

---

① Reed, Christopher A., *Gutenberg In Shanghai: Chinese Print Capitalism, 1876-1937*, UBC Press, Vancouver, 2009.

国并没有得到延续,直至明末清初这一局势才改变。16世纪晚期,天主教耶稣会与明朝皇帝及文人建立了紧密的联系,他们将西方科学,例如数学、天文学等学科,以及机械钟等技术传入中国。在这些传教士中,以利玛窦的名声最响。他逝后葬于北京。明末清初往后,中国天主教会虽历经坎坷,但一直生生不息。

九、新教传教会

1807年,马礼逊来到澳门,成为伦敦传教会(LMS)在中国的第一个新教传教士。马礼逊及其伙伴的首要任务就是学习汉语。为了在中国传播基督教教义,他们很快就将印刷机派上了用场。在伦敦传教会传教士们的帮助下,蔡高于1814年成功使用西方的印刷机印刷出汉字,这是史无前例的。[1]

那时候,大清帝国的统治者不允许传教士进入中国内陆。外国人只能在澳门和广州的贸易口岸进行活动。"由于大清法令禁止传教士进入中国,也不允许他们公开布道,因此,最早来到中国的新教传教士们只能将一腔热血注入《圣经》和其他宗教著作的翻译中,并制作了大量的宗教小册子。"[2]

于是,在澳门工作的传教士们就在当地雇了很多中国人,让他们帮忙将印刷出来的宗教小册子偷运到中国境内,以便四处分发。很显然,他们也不知道这些小册子究竟被发出去了多少。但是,这些传教士每到一处,总是会不遗余力地继续印刷,因为他们相信,《圣经》和基督教福音能够改变人们的生活,每个人都应该有机会接触并阅读《圣经》。芮哲非写道,"为了弥补人力不足和在内陆活动的限制,也为了能够最大限度地传播基督教福音,各传教机构用尽了本土和西洋的印刷技术,只求多印刷中文版的宗教文本"[3]。

---

[1] Reed, Christopher A., Gutenberg In Shanghai: Chinese Print Capitalism, 1876 - 1937, UBC Press, Vancouver, 2009.

[2] Lutz, Jessie G. 2010, "Early Chinese Protestants" in Handbook of Christianity in China Vol Ⅱ, edited by Tiedemann R. G, (Boston: Brill Publishers 2010), p. 246.

[3] Reed, Christopher A., Gutenberg In Shanghai: Chinese Print Capitalism, 1876 - 1937, UBC Press, Vancouver, 2009, pp. 26 - 28.

早期的印刷机需要频繁地进行修理。在印度甚至有这么一则轶事,说当地人总见传教士跪在地上修理印刷机,还以为他们是在跪拜什么神物。从某种意义上来说,印刷机也的确算得上是神物。传教士们深信书面文字的魔力。"1807年到1876年间……华南沿海的机械印刷基本都被新教传教士,以及皈依的中国教徒所垄断。"最初,使用西方印刷技术的主要是新教传教会。1842年签订了一系列不平等条约之后,新教传教会才得以进入被英国控制的香港以及中国沿海的其他"条约口岸"进行布道①。自此,基督教随着印刷机的运用而迅速铺展开来。

十、新教印刷在中国的讽刺性影响

在综合讨论中国的基督教印刷之前,我想先提一下芮哲非的一个观点。他说:"……传教士们的本意是要传播基督教教义,结果,对中国人产生更大影响的,却是他们所使用的印刷技术本身,这真是史上最具讽刺意义的一件事……西方印刷术为那些反清政府和反朝廷的斗士及改革家们提供了绝妙的硬件工具,使他们能够匿名去广泛且迅速地散播信息。西方印刷术最终带来的并不是19世纪传教士们所向往的基督教王国,而是共产党所建立的中华人民共和国。"②

芮哲非这个观点很有意思,但在我看来却有点奇怪。当共产党于20世纪20、30年代活跃起来时,印刷术早已被各党派和政治组织广泛使用,我并没有看到印刷术对共产主义运动带来了什么特别贡献。芮哲非也没有引用任何表明了书面文字对中国内战阵营影响的研究。与共产党相比,国民党所使用的书面宣传材料只会更多。

十一、新教传教会和太平天国运动:小册子的力量

芮哲非所称的"传教士印刷术",还以各种方式带来了其他重要的影响。

---

① Reed, Christopher A., Gutenberg In Shanghai: Chinese Print Capitalism, 1876 - 1937, UBC Press, Vancouver, 2009, pp. 26 - 28.
② Ibid.

19世纪的中国,哪里的传教士最活跃,哪里对西方印刷术的使用就最多,先是澳门,然后是广州、香港和其他"条约口岸"。

如上文所述,最早来到中国的两位新教传教士——马礼逊和米怜,在澳门成立了第一个印刷所。1823年,在中国教徒和其他有识之士的协助下,他们成功地将《圣经》翻译成了汉语,并开始大量印刷。1832年,中国的基督教徒梁发和米怜一起写了一部汉语小册子,名为《劝世良言》,内含《圣经》引语和对基督教新教的诠释。"这是中国人诠释基督教新教的第一次尝试。"[①]其中一本小册子于1836年落到了洪秀全的手里。科举考试失败后,洪秀全的精神状态陷入危机,总梦见自己被带入这个小册子里面所提到的天国。梦里,他见到了天父上帝和其子耶稣。洪秀全认为上帝在召唤他,要他做耶稣的弟弟。太平天国运动背后的部分意识形态就来源于此,当然还有很多其他传统文化因素在起作用[②]。

对于太平天国运动,部分传教士在不同时期都表示过支持,不过预想到该运动的长期走向后,他们都选择了放弃。太平天国领袖的支持者、朋友和亲属基本都去了香港避难,向当地的传教士寻求经济援助和精神指引。传教士们帮助难民树立了对基督教更加正统的理解,鼓励这些难民随身携带基督教印刷品,重新加入太平天国运动、巩固观念[③]。

十二、基督教革命家孙中山

到了19世纪70年代,各种新教出版物使得基督教广泛传播。中国沿海、夏威夷、美国西海岸等地区都出现了许多规模不大,但是势力可观的中国基督教堂和教会学校。孙中山出生于澳门附近一个乡村(1866年),十几岁时,他被送到夏威夷,后辗转前往香港学习。在香港,他成为了一名基督教徒,为他施洗的是一位美国传教士。[④]

---

① Bohr, P. Richard, Taiping Religion and Its Legacy in Handbook of Christianity in China Vol Ⅱ, edited by Tiedemann R. G,(Boston: Brill Publishers, 2010),pp. 371-373.
② Ibid.
③ Smith, Carl T., Chinese Christians: Elites, Middlemen, and the Church in Hong Kong, Oxford University Press, 1985,pp. 74-96.
④ Ibid.

正如卡尔·史密斯所写,"孙中山的受洗帮他进入了一个特别的华人基督徒圈子。这个圈子里的人大多接受过英文教育。……随着时间的流逝,孙中山在这个圈子里找到了自己革命事业的支持者"。这个群体脱胎于"基督教新教在中国布道之初所建立起的学校"①。基督教传教会在推动印刷术发展的同时,也必然会创建学校去教人们读书识字,普及一般学科知识,甚至提供大学教育。

要测算清朝时期的识字率,就必须先将具备学术素养和只掌握做生意记账所必备的几个词的文化水平区分开来。大部分人只是会基本的读写技能,文化素养高的学者只占很小的比例。据估计,晚清时期有30%—45%的中国男性会读书写字,而能读会写的女性只有2%—10%。② 跟西方一样,随着书籍和报纸的普及,以及教育的改善,中国人的识字率也迅速攀升。

十三、宋查理(宋嘉树)与现代上海印刷

宋查理和太平天国的领袖洪秀全一样,来自中国南部的客家族群。宋1863年出生于海南。他的叔叔在他九岁的时候收养了他,并把他带去了美国马萨诸塞州的波士顿。他先是在一家丝茶店③当学徒,后来又成了店员,但自始至终他都没有接受过教育。在美国时,他遇到了两名中国男生,二人为受清政府批准赴美攻读高中和大学的同学。听完这两个人的故事后,宋也渴望着能有一个接受教育的机会。

有一天,他直接离家出走,躲到了停靠在波士顿港口的一艘船上。直到船驶离岸边后,他才被人发现。当时的船长是一名虔诚的基督教徒,他问宋叫什么名字,宋回答"教准"。对美国人而言,这个发音听起来像查尔斯·孙,所以后来人们就都以这个名字称呼他④。当时,宋只有14岁,但为了能

---

① Smith, Carl T., *Chinese Christians: Elites, Middlemen, and the Church in Hong Kong*, Oxford University Press, 1985, pp. 74 - 96.
② Rawski, Evelyn, *Education and Popular Literacy in Ch'ing China*, Ann Arbor, University of Michigan Press, 1979, p. 6.
③ 英文原文为"Chinese tea and silk store"(中国丝茶店)。因为当时国外青睐中国的茶叶和丝绸,所以不少华人经营此类店铺。民国时期的1926年在天津还开设了一家名为"中国茶丝银行"的商业银行。
④ Seagrave, Sterling, *The Song Dynasty*, Harper and Row, New York, 1985, pp. 23 - 32.

留在船上工作,他便谎称自己 16 岁。船长十分照顾他,还传授了他基督教的一些基本知识。

最终,宋去了北卡罗来纳州。他受到了当地基督教徒的欢迎,并于 1880 年接受了当地一家卫理公会的洗礼,领受教名查理·钟斯·宋。洗礼过后,宋去往当地的一家印刷店工作,并开始学习这门技术①,不过,这并没有持续多久。当地的基督教徒对他赞赏有加,他是当地人见过的第一个东亚人,也是第一个中国人。

因为教堂的人十分想让他接受教育,宋又致力于要回中国做一名传教士。当地的人就凑钱让他去北卡罗来纳州德罕②的三一学院(杜克大学的前身)学习。(有意思的一点是,杜克大学在昆山有一个分校。宋 1887 年在上海完婚后,曾携妻子在昆山住过一段时间。我不知道杜克大学昆山分校是否了解这段与宋查理的渊源。)由于他入学晚,教授们决定将多年的课程压缩为短短几年传授给他。每天,他都要上几个小时的课后辅导,紧锣密鼓地学习一切必须的内容。几个月后,他的英语水平已足以让他写出第一封信。他用破碎的英语给中国的一位传教士写了封信,让他给自己的父亲捎个口信,告知一声自己六年前消失后的下落。毕竟当时他那仅有的一点中文写作能力也几乎荡然无存了。③

离开三一学院后,他又去了范德堡大学学习神学。随后,他被任命为一个卫理公会的牧师,并被派往中国传教。鉴于当时的情况,他所接受的教育质量已经可圈可点了。1886 年,宋回到上海成为了一名卫理公会牧师和传教士。1889 年,他开始协助美国圣经学会促进中英双语版圣经的流通。这些《圣经》的印刷速度十分缓慢,价格也很高昂。在美期间,宋在印刷店的工作经历使他对印刷术有了基本的了解,因此,他决定成立自己的印刷公司。他筹了一笔钱,买了几台印刷机,然后便开始夜以继日地印刷。通过在当地购买便宜的纸张和硬纸板粘合剂,并雇佣当地的排字工人,他实现了《圣经》及其他书籍的大规模印刷,售价也比别人低廉。他印制的《圣经》价格虽然不高,但传教组织却给予了他稳定的资金支持。他翻印了西方科学、历史和

---

① Seagrave, Sterling, *The Song Dynasty*, Harper and Row, New York, 1985, pp. 23 - 32.
② "德罕"的英文为 Durham,是杜克大学的所在地,也常译作"达勒姆"。
③ 同①。

技术书籍,斩获了更丰厚的回报。对满心想要改革中国的人而言,"便宜的西方教科书,即便不是双语版"也能"让中国几百万人近距离接触到西方教育,为中国的文艺复兴做出贡献。"①

他的公司于1892年成立,名为华美印书馆。宋查理很聪明,既深谙印刷技术,又精通生意之道。没过多久,他就将《圣经》、赞美诗集、宗教短文等基督教资料的印刷尽收囊中。除了上述资料外,他的印书馆还印刷盗版的西方课本和其他文学作品,生意十分兴隆,赚得盆满钵满。他后来买下了一栋很漂亮的房子,并在那里养育了三儿三女②。他还资助了孙中山和国民革命。多年后,他的二女儿宋庆龄与孙中山喜结连理。

十四、上海成为中国印刷文化的中心

正如芮哲非所称,中国的雕版印刷术并非只出现于一两个城市,而是贯穿全国。当时并没有哪座城市可以称得上印刷术之都。对学手艺的人们来说,这项技术容易习得,实践起来也不费劲。上海在雕版印刷术的发展上并没有起到特别的作用,但是对于现代印刷技术来说,就很不一样了。印刷机一开始较为昂贵,操作上也需要更加专业的能力。此外,还需要大量的墨水和纸张。由此,上海成为"中国最重要的出版中心,并且推动了中国绝大部分新印刷技术的发展。"③

中国最重要的出版社——商务印书馆于1897年在上海成立,中华书局(中华书局有限公司)则随后于1912年成立。他们出版的书籍和杂志满足了很多中国人对知识的渴求,书店也成了智慧的火花碰撞的地方。

如上文所述,宋查理于1892年在上海创办了华美印书馆。美国长老会那时候办有一个重要的印刷机构,叫美华书馆。芮哲非在其书中用了大量篇幅来介绍美华书馆及其对商务印书馆的成立所产生的影响,但他却只字未提华美印书馆。在我看来,这是一个重大的疏漏。在上海商务印刷的发

---

① Seagrave, Sterling, *The Song Dynasty*, Harper and Row, New York, 1985, pp. 23 – 32.
② Ibid.
③ Reed, Christopher A., *Gutenberg In Shanghai: Chinese Print Capitalism, 1876 – 1937*, UBC Press, Vancouver, 2009, p. 10.

展史上,宋查理其实是个重要的过渡性人物。作为一个由传道士转行来的商人,他的所作所为其实起到了桥梁的作用。原先由基督教新教徒发起的、带传教目的的中国现代印刷,在他的领导下逐步发展成了具有世俗目的的商务印刷。华美印书馆印了五年的教科书和其他西方文本材料后,商务印书馆才正式成立。

以下这段话足以说明华美印书馆对商务印书馆的创办者所产生的影响:

> 商务印书馆最初创办于1897年,创始人是夏瑞芳。他和鲍咸昌、鲍咸恩和高凤池等从教会学校毕业后,都专门学习过英文排版,合伙建起了自己的小印刷工场,参照华美印书馆的风格,开始印刷各类书本、账本、收据和其他商务用途的纸制品。后来,他们不惜一切代价去网罗技术人员和工程师、组织海外游学、发明新机器等,他们的共同努力促进了中国现代印刷业的发展。1902年,张元济投资加入了商务印书馆,成为创始人之一。张元济在当时是赫赫有名的中国学者。他一心要促进教育,因此成立了编译所,开启了商务印书馆的出版事业。截止到1931年,已有8 000多种书籍出版,包括现代教科书、引进西学的新出版物、多种英汉双语词典、古汉语典籍和各类杂志等。①

宋查理"加入到其他投资者的行列,共同推动上海商务印书馆为中国读者提供西方教科书,并进行大量的商务印刷。随后,商务印书馆成为东亚最大的出版社之一。"多年之后,宋查理对商务印书馆依旧保持着浓厚的兴趣。1917年,他还领着一个重要的美国客人专门去参观"华美印书馆的老旧设备和商务印书馆的新大楼"。②

那时候基督教出版机构虽然也主要集中在上海,但教会在中国各地都设有印刷所,以出版各类基督教读物。比如在成都,到现在人们还能看见当

---

① IrAsia Project Director: Pr. Christian Henriot, Aix Marseille Universite, 2003 - 2016. The site is part of the Virtual Cities Project. Photograph of The Commercial Press, 1920 - 1939, Virtual Shanghai Collection, Isntitut d'Asie Orientale. Accessed from: https://www.virtualshanghai.net/photos/images?ID=1433.

② Seagrave, Sterling, *The Song Dynasty*, Harper and Row, New York, 1985, p.141.

年加拿大传教士用来办印刷厂的那栋建筑。

十五、高等教育和新的书本文化

丰富的书籍和其他读物得以出版后,大学受益最多。广州的岭南大学(1888年)、上海的圣约翰大学(1879年)、北京的燕京大学(1915年)和成都的华西大学(1914年)均为基督教传教士在中国所创办。

除了一般性大学教育,教会领袖还致力于发展神学教育。其中一个重要的神学教育机构就坐落在南京。1906年,南京金陵神学院的前身成立。刚开始,教员清一色都是外国的传教士。后来,有一位早期的毕业生陈金镛,当上了神学院的中国籍教授。陈于1914年创办了《金陵神学志》。开始为季刊,由神学院负责编辑,然后交由上海的美华书馆去印刷(这一点并不让人吃惊)。几年之后,陈金镛便搬去了上海,担任中国基督教广学会的编辑。①

罗马天主教教会也在中国创办了学校和大学。震旦大学就是法国耶稣会与中国的马相伯神父于1903年在上海创办的。"震旦"的含义之一就是"曙光"。马与法国耶稣会意见不合,于是1905年,他从震旦大学辞职,创办了复旦大学。按照网络资源的解释,"复旦"意思就是"曙光再现"。当然,这个名称还源自中国典籍②。1920年,复旦大学新闻系成立。

十六、外国基督教在华传教活动的终结和文化帝国主义问题

20世纪50年代,外国基督教传教士在华的传教活动划上了句点。要评价这段传教历史,一个避免不了的问题就是文化帝国主义。鸦片战争后,中国签订的不平等条约打开了外国传教士进入中国的大门,并给他们提供了保护。因此,要评价传教士在华传教的历史就不可能撇开这个背景。20

---

① Yan, Xiyu (Cyrus Yan)(严锡禹),"Chen Jinyong and the Nanjing Theological Review", English translation in Chinese Theological Review 27, Foundation for Theological Education, Hong Kong, 2015, p. 27.

② Boorman, Howard L., ed., Biographical Dictionary of Republican China. Vol. 2. New York: ColumbiaUniversity Press, 1967, pp. 470 – 472.

世纪 20 年代中国学生的反基督教运动就曾强烈抨击西方帝国主义。

但至少还是有一部分传教士承认这段历史中的帝国主义烙印。有些人对中国解放后的变化很是乐观。1898 年出生于四川的加拿大传教士文幼章(James G. Endicott)就是其中之一。他在中国的革命运动中看到了希望,还跟毛泽东和周恩来成为了朋友。

一个跟他有关的故事与我们所讨论的上海出版业有关。1946 年 5 月,周恩来约见了文幼章。那时候,在美国的调停下,国共双方正在进行和平谈判。周恩来对报界发表的片面反共文章甚为忧虑,认为它会严重影响美国、其他西方国家和中国公众对共产党的评判。周便请文幼章去上海创办一个新闻通讯报,好让世人能够看到中国内战的另一种说法。文幼章拥有强大的文字功底,而且非常善于引导公众舆论。1946 年 6 月,文幼章创办的《上海新闻通讯报》问世。这是一名传教士支持革命迈出的一小步。①

十七、《圣经》

如上文所述,马礼逊和他的同事们在 1823 年印刷了若干册《圣经》,后来又逐渐扩大了《圣经》印刷的规模。要是他们能活着看到如今的南京爱德印刷有限公司,一定会惊奇不已。爱德基金会成立于 1985 年,是一个志愿者组织,发起人是丁光训主教(详见马佳教授所著的《一个传奇:丁光训之不朽坏的爱》)②。1987 年,与之相关的爱德印刷有限公司开始印刷《圣经》。多年过后,爱德印刷有限公司现已发展成为全球最大的《圣经》印刷机构之一,采用的印刷技术也十分先进。爱德印刷有限公司之前宣布,截至 2019 年 11 月,他们印刷的《圣经》数量将达到 2 亿册。届时将会有隆重的庆典活动。③

---

① Endicott, Stephen, *James G. Endicott: Rebel Out of China*, University of Toronto Press, 1980, Republished by Foreign Languages Press, Beijing, 2004, Chapter 22.
② Ma, Jia and Liao, Suyun, *Incorruptible Love: The K. H. Ting Story*, Peter Lang, New York, 2018.
③ 2019 年 11 月 11 日,爱德印刷在位于南京江宁区的印刷厂举办了印刷 2 亿册《圣经》的庆祝活动。

十八、中国的基督教会

外国传教的时代结束后,中国的教堂开始自主发展。中国基督教协会和三自爱国运动委员会已与世界其他国家的教会组织平起平坐。在没有外国传教士的参与下,中国基督教三自爱国运动委员会自主筹资、自主管理、自主接触并服务于社区。它还自主出版基督教著作。

十九、未来,何去何从?

也许,随着数字时代的到来,古腾堡时代已然告一段落。随着越来越多的人们用电子屏幕看书,印刷机是否注定走向终结?新闻业又将何去何从?当人们不再订阅报纸,新闻媒体该如何存活?我的孙辈们已不再读报,而是在手机上看新闻。我的一个女儿已经完全实现了无纸化办公——她办公室内的所有工作或生活相关的资料都以电子的方式存储。

至于我呢,我还是那个会在每天早上六点钟收到报纸的老头。我会在咖啡的陪伴中一览世界新闻,而且我还是更喜欢纸质书而不是电子书。也许我们这种做法已经过时。对未来的学者而言,数字时代的世界将如何存活,古腾堡是否会逐渐被人们淡忘,将是他们需要研究的课题。

图像、文本与历史
——以梁启超与《新民丛报》《新小说》的图像为中心

陈建华
(复旦大学古籍所)

一、前言:图像、文本与历史

  20世纪初的中国思想舞台上,梁启超叱咤风云,锋头之健一时无二。众所周知,自甲午之败后知识界普遍意识到文化危机,须改弦更张,与世界潮流接轨方能回应"三千年来未有之变局"。严复的《天演论》与林纾的《巴黎茶花女遗事》皆风靡一时,由此以翻译开启输入欧洲思想与文学的新机。戊戌变法失败后,梁启超流亡到日本,通过阅读日文翻译而了解西方社会与人文学说,尤其是1902年初创办《新民丛报》,梁启超对培根、笛卡尔、卢梭、孟德斯鸠、康德等人举凡启蒙时代以来的重要思想都作了阐述与传播,年底又创办《新小说》杂志,鼓吹"小说界革命",一时群山响应,小说杂志如雨后春笋,创作大量涌现,由此拉开中国现代文学的序幕。二十年后梁启超在《清代学术概论》中自述:"启超复专以宣传为业,为《新民丛报》《新小说》等诸杂志,畅其义旨,国人竞喜读之;清廷虽严禁,不能遏;每一册出,内地翻刻本辄十数。二十年来学子之思想,颇蒙其影响。"[①]确实,梁启超不仅影响了胡适、鲁迅等"五四"一代知识分子,其实他的改良主义对于民初大众传播与文化也起到引领作用。

---

① 梁启超著,朱维铮校注:《梁启超论清学史二种》,上海:复旦大学出版社,1985年,第70页。

对于梁启超在思想、学术与文学方面的研究已是浩如烟海,蔚为大观。但迄今对于梁启超与这两本杂志的研究主要集中在话语论述方面,本文试从它们所刊登的图像角度提出一些新问题:为何要刊登图像?图像有何意义?与话语论述有何关系?对历史研究有何启示?这些问题将话语系统置于具象的全球景观中,解读视觉展示的政治与历史意涵,讨论文本与图像的关系、阅读脉络与图像谱系的形成,涉及话语与影像的生产与流通,以及传媒的技术机制等方面,无疑有助于对梁启超及其杂志的整体性理解,也为思想与文化研究带来新的思考面向。

近数十年来我们对于"视觉转向""视觉现代性"等说法耳熟能详,随着全球化经济与科技发展,视觉实践几乎主宰了人们的日常生活,文图并重的出版物愈益增多,图像与历史的关系为学界所热议。对于图像日益得到重视的趋向,李公明指出:"图像的功能主要还是视觉'观看',注重的是'图文并茂'的阅读效果,对于文本的体裁、题材、文学手法等文学本体性问题与图像的内在关系,以及对于在图像创作意识和艺术观念中呈现的与文学文本及历史语境的关系所展开的研究仍未受到重视。"① 这背后有很多理论问题,如到底是"以图证史"还是"以图存史"等争论,涉及对图像的功能与诠释方法的不同看法。李公明提出"图像—文本—历史"的方法,即以图像与文本的实证研究为基础,考察与"历史语境"的互动关系,是一种值得探讨的范式。从我的理解来说,"历史语境"既是图像诠释的必不可少的参照,也是通过图像研究加以丰富、改观或颠覆的对象。

关于图像的基本功能,如彼得·伯克在《图像证史》一书中说:"图像如同文本和口述证词一样,也是历史证据的一种重要方式"②,这一点已为学者普遍接受。与各种文本一样,图像的意义取决于具体生产条件与诠释立场,从古典图像学到心理分析、后结构主义等方法既言之成理,又含有各自的陷阱。③ 但是图像种类繁多,给意义带来多歧性与不确定性,米歇尔指出:"形象与语言之间的差异不仅仅是形式问题",其中包括"(言说的)自我

---

① 李公明:《左翼文学研究中的"图史互证"新探——以黄新波的木刻版画艺术与左翼文学的关系为中心》,收入陈建华主编:《中国文学与文化研究范式新探索》,上海:复旦大学出版社,2021年。
② [英]彼得·伯克(Peter Burke):《图像证史》,杨豫译,北京:北京大学出版社,2018年,第11页。
③ 同上书,第265—280页。

与(被看的)他者之间的差异、讲述与展示之间的差异"等。① 所谓"图像转向","它反倒是对图像的一种后语言学的、后符号学的重新发现,将其看作是视觉、机器、制度、话语、身体和比喻之间复杂的互动",结果是,当观看转换成书写,便容易忽视语言与图像之间的差异性。因此米歇尔又说:"观看可能是与各种阅读形式同样深刻的一个问题,视觉经验或'视觉读写'可能不能完全用文本的模式来解释。"②本文对《新民丛报》与《新小说》的图像做一种历史化考察,从展示政治、图像谱系与视觉技术机制这三个层面强调图像的特性及其历史建构功能,探索多种历史叙事方式的可能性。

二、立宪政治的肖像展示

《新民丛报》从 1902 年 2 月至 1907 年 11 月停刊,共 96 号,刊登图像约 285 幅,分两类:172 幅人物肖像照和 113 幅风景照。《新小说》从 1902 年 11 月至 1906 年 1 月停刊,共 24 号,刊出图像 62 幅,包括肖像 35 幅,风景 27 幅。两刊总共图像 347 幅,数量颇为可观,且以先进复制技术印制,出现在 20 世纪初的中文刊物上,大量的影像证据不仅为杂志文本提供了新的诠释维度,对于晚清以来的知识转型与大众传媒的形塑也扮演了不可忽视的角色。

梁启超于 1898 年 12 月在日本创办《清议报》,至 1901 年 12 月满 100 期停刊,《新民丛报》接踵而至,以全新面目出现,其《本报告白》宣称:"中国报界中前此所未有",在"宗旨"方面声称丛报从事"维新"改革,推进培养国民道德的"新民"理论,宣扬"国家主义",并强调不偏一党,"不为危险激烈之言,以导中国进步当以渐也"。这标志着梁启超在政治、思想上的转折。初至日本由于痛恨慈禧且受到孙中山的反清革命主张的影响,梁启超在《清议报》上发表了大量鼓吹"破坏""革命"的激进言论,由于唐才常"勤王"运动失败等因素,他决定由政治转向思想、文化领域,如《壮别》诗云:"华、拿总余

---

① [美]W. J. T. 米歇尔:《图像理论》,陈永国、胡文征译,北京:北京大学出版社,2006 年,第 5 页。
② 同上书,第 7 页。

子,卢、孟实先河"①,意谓在思想上华盛顿与拿破仑都以卢梭与孟德斯鸠为前导。又如《自励》云:"献身甘作万矢的,著论求为百世师。誓起民权移旧俗,更擎哲理牖新知。"②但是转向是相对而言,事实上梁启超的政治诉求变得更为清晰,以立宪改良为核心展开"国家主义"与"新民说"的理论建构,为中国现代性设计理想蓝图,思想上不仅摆脱康门羁绊,也由日化而转向西化,既从人类文明的源头系统介绍西方思想,同时提出"新史学"等一系列新观点,以现代学理批判中国的学术传统,并倡导"新小说"运动进行国民的情感教育。在这一脉络中梁启超为"宣传"需要而大量运用图像,充分发挥了视觉的"展示政治"功能。

无论是绘画、电影、橱窗或博物馆,首先映入观众眼帘的是"图像展示"(visual display)本身,我们可透过排列组合、装置结构及其生产过程来揭示为表象所遮蔽的"展示政治"(display politics)。③《新民丛报》显然在"展示"上做足功夫,首先在版式上面貌一新。在"体例"方面说:"本报用洋式装订,每册约六万字内外,比之《万国公报》《时务报》《清议报》等加两倍有余。"这三份报纸都是梁启超主笔的改良派报纸,采用石印印刷,线装装订,而《新民丛报》在日本印刷制作,洋式装订,铅字排版,而且字数大幅增加,设立了许多新的"门类"。所谓"本报纯仿外国大丛报之例,备列各门类,务使读者得因此报而获世界种种之知识",共列二十五类,第一类即"图画,每卷之首印中外各地图或风景画及地球名人影像"。这回新增"图画"专页,采用了日本的先进技术,玻璃印版制作,比石印效果更具质感,这也属空前之举。当时国内的报纸杂志少有图像,如与《新民丛报》同时创刊的《外交报》也刊登肖像照,仍用石印制版。据梁启超给康有为的信函,他和冯紫珊等人集资分股创办《新民丛报》,出版后"销售之旺,真不可思议,每月增加一千,现已近五千矣"④。

丛报一开始就宣称《本报之特色》:"每卷必有名人画像、地球名胜数种,

---

① 任公:《壮别》其十八,《清议报》第 36 册,1900 年 2 月,第 2a 页。
② 任公:《自励》其二,《清议报》第 82 册,1901 年 6 月,第 1b 页。
③ 参看 Lynne Cooke and Peter Wollen, eds., *Visual Display: Culture beyond Appearances*, Seattle: Bay Press, 1995。
④ 丁文江、赵丰田主编:《梁启超年谱长编》,上海:上海人民出版社,1983 年,第 272 页。

读者可得尚友卧游之乐。"从给读者带来"乐"趣并起促销作用来说,图像至关重要。的确在标榜乐趣的表层底下埋藏着复杂的"展示政治",如在图像配置上《新民丛报》与《新小说》略有重合处,前者肖像绝大多数属政治、思想、科学、文学等领域的世界名人,以男性为主,后者以世界文学家与演艺明星为主,女性居多。风景方面前者多为世界各地地标性景色,后者以地方景色与风俗为主。由于性质与阅读对象不同,各自有所分工,遂造成这一基本区别。

《新民丛报》第 1 号为"法帝拿破仑第一""德前相俾斯麦",第 2 号为"美国前大统领华盛顿""英国前相格兰斯顿",第 3 号为"英国前女皇域多利亚""德前皇威廉第一"。这六位人物在世界近代史上叱咤风云,影响深远,这么安排显然是出于某种考量,展示了丛报的全球视野与政论倾向。第 4 号是"英儒培根"与"法儒笛卡尔",是为梁启超在第 1、2 号连载的《近世文明初祖二大家之学说》一文配的肖像照。除了培根和笛卡尔,他还介绍了卢梭、孟德斯鸠、亚里士多德与康德等,也一一配上肖像。不少文章与图像在发刊时间上不尽一致,但如 38/39 合刊号上刊出梁启超《德国政治大家伯伦知理》一文,同期刊出肖像。既然丛报以"国家主义"为宗旨,伯伦知理就显得尤其重要。① 梁启超自己发表了《中国专制政体进化论》(9,17,49,以下数字指《新民丛报》号数)、《开明专制论》(73,75,77)等相关论文。另一例是梁启超的《意大利建国三杰》,肖像分别是"将军加里波的""宰相加富尔伯爵""民党领袖马志尼",与文章同时在第 9 号推出,而文章连载了 8 期(9,10,14,15,16,17,19,22)。梁启超特别看重传记,重在表现传主的爱国主义精神与伟大人格。他另有《匈牙利爱国者葛苏氏传》(4,6,7,图 54)、《新英国巨人克林威尔传》(25,26,54,56,图 18)与《袁崇焕》(46,48,49,50,图 60)。最具影响的是在 17、18 号发表的《罗兰夫人传》,肖像迟至第 74 号才出现。在这些传记里,如梁启超自言:"笔端常带情感,对于读者,别有一种魔力矣。"②在此意义上肖像的作用,像鲁迅在《论照相之类》中说的,在清末照相馆橱窗里放着"曾大人、李大人"的照相,族中好心的长辈对他说这些都是当今的大

---

① [日]狭间直树:《东亚近代文明史上的梁启超》,上海:上海人民出版社,2016 年,第 75—80 页。
② 朱维铮校注:《梁启超论清学史二种》,第 70 页。

官,"应该学学他们"①。

肖像都有标题,如"法帝拿破仑第一"之类较为中性,许多标题加上定性的字眼,如"政治学大家法儒卢梭"与"英国硕儒达尔文"比较,可见两者的评级等差。梁启超在第21号发表了《论专制政体有百害于君主而无一利》一文,接着第22号的"专制政界魔王奥国前宰相梅特涅"之图,就显得前后呼应。第3号刊出"英国前女皇域多利亚"肖像,女王在前一年逝世,排在拿破仑和华盛顿之后,显见其重要性。的确,女王在位长达64年,造就"日不落大英帝国"。第2号《新民丛报》上梁启超在《论民族竞争之大势》一文中说:"英国自二十年来,产业之发达,既臻至绝顶,昔为世界工业之中心点者,今则变为世界之资本之中心点焉。"②梁启超眼中进行时的英国,女王的幽灵犹在。有趣的是1905年2月《新小说》上刊登了"清太后那拉氏"的肖像(见图1)。此前慈禧拍了许多肖像照,有些进入了公共传播领域。同样在1905年2月,《万国公报》刊登的慈禧手执团扇图与《新小说》所刊之图像(见图2)一模一样,上方白框中有"大清国当今圣母皇太后万岁万岁万万岁"的题签③,而《新小说》则改成"清太后那拉氏",直呼其名是一种亵渎,也是不承认其合法性的表示。改良派对慈禧一向深恶痛绝,《新民丛报》中一篇名为《太后又举行万寿之典》的短评说:"议教育则曰无款,议军备则曰无款,议劝业则曰无款,独万寿庆典,则内帑之款、政府之款、官吏之款、民间之款,不知何以源源其充牣也"④,即揭露慈禧太后以民脂民膏为自己祝寿的丑恶面目。

带有政治意涵的如"保定府皇上阅操练图"(32),是光绪在位时所摄,被改良派用作政治立场的宣示。"横滨大同学校兵式体操图"(9)与"大同学校秋季兵操图"(61)则标榜康梁一派的海外教育事业。许多风景照也并非单为欣赏,如多幅英美等国的议会厅图也跟"欧美各国立宪史论"之类的文章相配合。有时通过搭配而含有褒贬,像"北京煤山图"会与崇祯皇帝的自缢惨象相联系,而"北京颐和园图"则是慈禧太后与国耻的代名词,把两照放在一起含有明清帝国末日的讽刺意涵。

---

① 鲁迅:《论照相之类》,《鲁迅全集》(第一卷),北京:人民文学出版社,2005年,第192页。
② 中国之新民:《论民族竞争之大势》,《新民丛报》第2号,1902年1月,第8—9页。
③ 《清国皇太后肖像》,《万国公报》第193册,1905年2月。
④ 《太后又举行万寿之典》,《新民丛报》第26号,1903年2月,第61页。

图 1 《万国公报》，1905 年　　　　图 2 《新小说》，1905 年

一个突出现象是《新小说》刊登了大量的日本名人肖像，从"日本维新二伟人"西乡隆盛与福泽谕吉（7）、"日本三政党领袖：立宪政友会侯爵伊藤博文、进步党伯爵大隈重信、前自由党伯爵板垣退助"（14）、"日本维新前爱国大侠"吉田松阴与藤田东湖（21）到"日本故众议院议长片冈健吉、日本故贵族院议长近卫笃麿"（40/41），犹如一座崇拜明治维新功臣的名人堂。梁启超不再像《清议报》时期言必称德富苏峰等日本思想名流，转向大量利用日本译文来传播西方思想，但明治维新为他提供了立宪政体及政党政治的范式，在民初他仿效建立"进步党"并为党魁。这些肖像也展示了地缘政治的特点，日本不仅是其精神渊源，也因日本作为其宣传基地之故。特别在日俄战争期间，从 1904 年 1 月到 6 月，《新民丛报》第 44/45、第 46/47/48 合刊号及第 49 号成为报道战争进程的特刊，共刊登 50 幅肖像，遂成就丛报的奇观。以"日本天皇陛下"与"俄皇尼古拉士二世"领衔刊登日俄双方将领的肖像，但是日方占 40 幅，遍及陆海军中将们，而俄方仅占 10 幅。数量如此悬殊显得奇怪，这有可能因为较容易获取日本的信息，也跟政治判断有关。在戊戌变法期间康梁向光绪皇帝建议仿效俄国彼得大帝大权独揽，并参照日

本明治维新实行改革,而此时的梁启超已把尼古拉二世看作专制政体的代表了。这几期丛报等于押宝押在日本一头,结果赢了。

三、全球文明进化景观

图像为杂志担任视觉宣传任务,每一期配置图片应由专人负责,梁启超作为主编应当参与规划与审察。图像直接或间接地为文本服务,有的紧跟,多数则未必,两者始终是参差动态的。就配合梁的论述而言,可发现有趣的落差。一开头培根与笛卡尔为近代思想拉开序幕,也提供了文图配合的范式,对于伯伦知理与意大利爱国三杰也都是密切配合,图像到位也是体现杂志质量的标志之一。不过梁启超以"善变"著称,头绪又多,常常一期里有四五篇文章,好像连载小说,因此文图之间很难做到步调一致。比方第5号刊出康德的肖像,但梁的论文从第25号开始连载,断断续续分四期,至46/47/48合刊才登完。也有例外,如他的《乐利主义泰斗边沁之学说》(15,16)和《进化论革命者颉德之学说》(18),都没有肖像。事实上此时梁启超雄心勃勃,除了思想方面,发表了为数不少的经济方面的文章,如《生计学学说沿革小史》从第9号开始分六次刊登(9,13,17,19,23,51),涉及西方"重商主义""重农学派"等。还写了《托辣斯》(40—41,42—43)、《中国货币问题》(50,52)、《外资输入问题》(52,54,56)等,却始终没有这方面的肖像。如第19号专论亚当·斯密的《原富》,完全应该配个肖像。相关的仅在第28号刊登了美国"铁道大王温达必"(C. Venderbilt),这与丛报极为重视中国铁路与各国资本的现状有关。除了经济问题,梁启超在第10号发表了《格致学沿革考略》(10,14),显示他对世界科学发展的关注,而配图方面从第30号开始刊出"电话发明者克剌谦俾尔及其夫人""无线电信发明者马哥尼"。此后陆续刊登了蒸汽机、X光线摄影(36)、电报(42/43)、电学(52)、天文望远镜(84)、化学(85)、海底电线(88)等发明家的肖像。其实梁启超的《格致学沿革考略》没有写完,而肖像则超出其范围而形成一个科学谱系。

文与图之间的配合基本上是不规则的,有趣的是在进行过程中不断互相调适和补充,各自有其自身的逻辑与具体条件的制约,这其中似乎有一个总设计师在规划,竭力展示人类文明的景观。也有文本根据图像而作补充与调适的情况,如第2号出现"德前相俾斯麦"的肖像,而蜕庵的《铁血首相俾斯麦》发表于第34、36号的"传记"栏目中。其他如"德皇威廉第二""英国殖民大臣张伯伦"与"美国总统罗斯福"等都先有肖像,后来在"人物时评"专栏中都有他们的评传。的确,《新民丛报》与《新小说》展示了中国与东西洋文化交流的景观,其开创性魄力与波澜壮阔的气势在20世纪中国杂志文化中可说是独一无二的。这多半归功于梁启超的"业余主义"(amateurism)——借用列文森的一个概念,梁的百科全书式的宽广视野受益于中国的人文传统,但在崇尚专业主义的现代社会就不一定合适。梁启超的论述风格很快遇到挑战,1904年《时报》创刊,担任主笔的陈冷血就代表了一种专业主义。胡适的《五十年来中国之文学》一文中提到日俄战争以后,"梁启超早年提倡出来的那种'情感'的文章,永永不适用了。帖括式的条理不能不让位给法律家的论理了,笔锋的情感不能不让位给纸背的学理了"①。所谓"法律家的论理"即指《时报》而言,虽然"永永不适用"有点夸张,却是他当时的感受。

五六年里《新民丛报》与《新小说》刊登了347张图像,在全球视野中展现了文明景观,无疑是一次视觉盛宴。这方面《点石斋画报》已有先例,历时十数年将世界各地新闻描绘成图,且采用透视画法,接近照相真实,被称作"全球想象图景"。② 不过根据奇闻轶事绘制的世界图像还是扭曲的。这两份杂志所展示的世界图像更加丰富和真实,虽然意识形态的倾向不同。苏格拉底、柏拉图与亚里士多德的肖像含有西方哲学源头的象征意义,虽然梁启超仅介绍了亚里士多德。从文艺复兴到19世纪的重要思想家几乎包罗殆尽,政治上主要是近世至当代东西洋的领袖人物,有意思的是第8号刊登的"杜兰斯珪大统领古鲁家"和"菲律宾大统领阿圭拿度",似乎照顾到弱势地区。中国方面则有"祖国大政治家王荆公先生""祖国大教育家王阳明先生"(56)。袁崇焕(60)和邓世昌(25)是爱国将领,曾国藩和左宗棠(11)是近世政治人物,思想方面以陈白沙(60)和谭嗣同(25)为代表。与"宗教改革者玛丁路德"(17)相对应,中国也有"宗教改革之伟人六祖"(73)。科学方面包

---

① 胡适:《五十年来中国之文学》,见申报馆编:《最近之五十年,1872—1922》,上海:申报馆,1923年,第13页。
② [德]鲁道夫·G.瓦格纳:《进入全球想象图景:上海的〈点石斋画报〉》,《中国学术》第8辑(2001年),第1—95页。

括电话、电报、蒸汽机等各大发明家。文学方面只有莎士比亚与米尔顿。马君武介绍了德国两大文豪歌德和席勒(28),两人的肖像出现在《新小说》(14)中,另有托尔斯泰、拜伦、雨果、雪莱、梅特林克、马克吐温、吉卜林等,以及在 1904 年获得诺贝尔文学奖的西班牙剧作家伊克格拉(Jose Echegaray)。女性肖像很少,《新民丛报》中仅 8 幅,《新小说》15 幅,却对正在起步的女权潮流意义深远。如维多利亚女王和慈禧太后同样作为国家权力的象征意蕴无穷,尽管褒贬有别。如英国女王伊丽莎白一世、意大利和日本王妃皆显示王室仪范,电话发明者贝尔之夫人似是贤妻良母的典范,华盛顿之母乃是为母表率,三位日本爱国妇人会的领袖也为女界树立榜样,特别是"救亡女杰贞德、革命女杰罗兰夫人和刺奸女杰哥尔地"的"法国三女杰"在当时传颂一时。而几幅"泰西美人"和法国"女优"亦具有十分前卫的意涵。

  图像自成一体,直观具象地诠释了杂志的人类文明竞争进化的历史,而对重大事件或人物的重复则含某种强化意识,如第 17 号上有"亚美利加开辟者哥伦布士"肖像,在第 72 号另刊"哥伦布初探见新大陆之图",即描画其亲吻新大陆一幕。这对梁启超的作为"新民说"重要部分的《论进取冒险》(5)起彰显作用。早几年他在提倡"诗界革命"时召唤哥伦布式的"诗王"①,且被他的弟子誉为"诗界哥伦布"。这种冒险进取的精神被转化为一种殖民者崇拜,如他在《中国殖民八大伟人传》(63)一文中把历史上在海外建国的梁道明、叶来等人作为殖民伟人而推崇备至:"以吾所述八君子者,以泰西史上人物校之,非摩西则哥伦布、立温斯敦也。"②这方面图像表现得较为充分,当然不缺"开辟亚非利加洲者立温斯顿(David Livingstone)",并列的是"开辟澳洲及檀岛者伋顿廓(James Cook)"(55),另如"苏彝士运河开凿者李西蒲(Ferdinand Lesseps)"(28)与"印度征服者斯丹里"(87)等。

  梁启超主张"开明专制",不像《清议报》时期那么醉心"民主"和"自由",同时也抨击专制。然而图像有时溢出文本的局限,仍凸显革命、自由与平等的价值。比如除了华盛顿肖像外有"华盛顿之母"(57)、"美国麻省英美战役

---

① 任公:《汗漫录》,《清议报》第 34 册,1900 年 1 月,第 3a—4b 页。
② 中国之新民:《中国殖民八大伟人传》,《新民丛报》第 62 号,1905 年 3 月,第 84 页。

战功纪念碑"(22)以及"美国独立树之图,华盛顿初起兵誓师于此树下"(《新小说》,18),皆表彰为摆脱殖民统治而战的"美国革命",与丛报对殖民主义的赞扬不无偏离。图像也再三向林肯致敬,如"美国为国流血之大统领林肯"(19)、"林肯释放黑人之铜像"(72)及"林肯幼时所居之宅"(81),释放出反抗压迫、争取平等与解放的信息。更显得吊诡的是有关法国革命的图像,如"法国革命之活剧,破巴士底大监狱之图,围攻巴黎皇宫之图"(71),而《新小说》第5号与《新民丛报》第51号重复刊登了"法王路易第十六被巴黎市民逮捕之图"。此时改良派极力反对革命,康有为在《法国革命史论》中渲染法国革命血流成河的残暴恐怖,梁启超在《释革》《中国历史上革命之研究》等文中一再申明反对革命的立场。然而图像采用法国名画,所表现的是巴黎民众推翻旧王朝而获得解放的场景。所谓"法国革命之活剧"的标题不痛不痒,而且正当反清革命运动方兴未艾,这类图像可引起不同的解读。值得注意的是对铜像、绘画等艺术品图像的运用,对历史的戏剧化表现更能激发读者的情绪与想象。

约140幅风景照除少数含政治性外,出色诠释了杂志的人文内涵,在世界全景的层面上展开呈现了人类文明的风貌与各民族的文化差异。巴黎的艾菲尔铁塔、凯旋门、七月革命纪念塔、马赛港及自由神像等,伦敦的大教堂、泰晤士河、塔桥与水晶宫等,希腊雅典城,纽约自由神及布洛克林大桥、华盛顿国会议堂等,罗马的教皇宫殿、博物院、大剧院与游戏场,柏林博物院、澳洲雪梨实景图等,这些皆为世界都会的标志性建筑,较集中在欧美各国,以资本主义发展作为中国的楷模。相映之下"俄国经营旅顺口之全景"与"德国经营胶州湾之全景"则显示两国在中国的殖民占据的现状,可见其对列强各国的选择性展示。另有关于英国、日本、奥地利等国的大学的图像,说明对教育的重视,其中英国牛津大学的图像达六幅之多。

关于世界名胜风景的图像也具标志性,包括苏伊士运河、埃及金字塔与尼罗河、夏威夷风景、比利时滑铁卢战场、意大利那波利火山、美国尼亚加拉瀑布、加拿大加里波山中吊桥、日本奈良春日神社及东京上野公园、西京岚山樱花图等。在中国方面则有万里长城、明长陵以及浙江会稽的夏禹庙、夏禹墓以显示悠久历史与文化传统,而将"山东孔林庙"与"朝鲜平壤箕子墓"并列,在于说明儒家思想的东亚影响,另有居庸关、青岛全景、北京皇宫全景、杭州西湖全景等展现疆域之广、江山之美。有意味的是用"契丹文字、女真文字、西夏文字、磨些文字、罗罗文字"(65)的图像以示中国的多民族文化。这一图像系列以"万里长城、明长陵"开始,在杂志发行过程中不断补充,可见编辑者对于中国深厚的历史与文化传统始终怀着自豪之情,并表达了中国必定与世界文明一起进步的信念。

四、阅读脉络与图像谱系

图像的意义不是仅仅由生产者所决定的。读者买了《新民丛报》,在目录之后首先看到图像,尽管编辑者有其宣传目的,但是"他们还是无法完全掌控影像在不同脉络下和不同观众中所引发的意义"①。丛报创刊号第一幅图是"法帝拿破仑第一"(见图 3),读者会产生怎样的观感?若这位读者是个"拿粉"——在当时的中国,拿破仑与华盛顿已几乎是家喻户晓的人物,看到图中拿破仑抱着他的儿子,他肯定会感到惊喜。早在 19 世纪初西方传教士把拿破仑的历史介绍到中国,把他描写成穷兵黩武、荼毒生灵的恶魔,后来拿破仑传奇广为流传,甲午之耻后中国人感到危机而期待这样的盖世英雄能出现②,而流亡日本的梁启超更把拿破仑作为"旷世英雄"而佩服得五体投地。1902 年,梁启超在《新民说》中要求中国人学习拿破仑的"冒险进取"精神:"法国大革命后,风潮迅激,大陆震憎,举国不宁。时则有一小军队中一小将校,奋其功名心,征埃及,征义大利,席卷全欧,建大帝国。犹率四十万貔貅,临强俄,逐北千里,虽败而其气不挫,则法皇拿破仑其人也。"③又在《论小说与群治之关系》中以拿破仑作比方,强调小说描写英雄人物所能产生的动人力量。但是尽管拿破仑的故事已深入人心,国人并不知他的真实相貌,以前似乎还没有他的图像见世。或许能让读者更觉得好奇的是他的儿子,因为有关拿破仑的故事都是讲他怎么能征惯战,所向无敌,基本上未涉及他的私生活。次年《新小说》中一幅题为"拿破仑与普鲁士

---

① [美]玛莉塔·史特肯、[美]莉莎·卡莱特:《观看的实践——给所有影像世代的视觉文化导论》,陈品秀译,台北:脸谱出版,2011 年,第 67 页。
② 参看崔文东:《从撒旦到霸王——马礼逊、郭实猎笔下的拿破仑形象及其影响》,台湾《清华学报》新 45 卷第 4 期,2015 年 12 月,第 631—664 页。
③ 中国之新民:《新民说五·论进取冒险》,《新民丛报》第 5 号,1902 年 4 月。

王后会于的尔薛之图"(见图4)更有趣,这是尼古拉斯·高斯作的名画,图中是1807年6月普鲁士国王及王后与征服者拿破仑缔结城下之盟的情景,拿破仑朝王后看,好像含情脉脉的样子。到底其中有什么故事,读者不得要领,丛报里的文本没提到。

图3　法帝拿破仑第一,《新民丛报》第1号,1902年

图4　拿破仑与普鲁士王后会于的尔薛之图,《新小说》,1903年

　　阅读脉络随时空转移,是千变万化的。还是这个"拿粉",在十多年之后重看这两张图像,就不再疑惑。民初的大众传媒以丑化拿破仑为乐事,消闲杂志如雨后春笋,喜欢传播他的风流轶事。他本是多情种子,在兵马倥偬之际给约瑟芬写了无数情书,又为了娶奥地利公主露易丝而与她离婚,这些成为人们茶余饭后的话题。舞台上搬演露易丝怎么背叛拿破仑而一再出轨,报纸广告讥笑他被戴上"绿头巾"。他的风流轶事也层出不穷,情人有五六个,杂志中图像也越来越多,可看到他的儿子的幼年照片,或者他在圣海伦娜岛上与乌龟形影相吊的图画,电影院里放映他的打仗故事片。图中的普鲁士王后叫路易瑟,拿破仑对她垂涎已久,在与普鲁士国王

要签和约时,他前去握路易瑟的手,被她痛斥一顿,把他搞得灰溜溜的。①

　　从图像谱系看,不知为什么《新民丛报》和《新小说》刊登了这两幅拿破仑图像,那是绝对前卫的,首度让国民目睹其富于人情的真容,且掀开其私人生活的一角。在"法帝拿破仑第一"之后,1902年8月有一本史子彬的《欧洲第一雄主传》出版,封面是坐在椅子上的拿破仑肖像,是根据1814年德·拉·洛奇(De la Roche)的油画用石印翻制的,书中写到拿破仑怎么爱上一个叫"乔西非你"(即约瑟芬)的寡妇而结婚的事。② 接着1903年涌现至少五种拿破仑传记,大多从日文转译,内容仍然不离政治军事方面。③ 其中上海徐汇报馆的《增补泰西名人传记》有拿破仑肖像,石印的。而在文明书局的《拿破仑》中的肖像身穿戎装,与"法帝拿破仑第一"的影像效果一样,应当引进了日本的玻璃照相制版。同年在"小说界革命"影响下创刊的《绣像小说》杂志连载洗红庵主的《泰西历史演义》,演述拿破仑传记,每回配有插图,图中拿破仑一律不戴帽子。1909年创刊的《图画日报》以拿破仑作为"世界名人历史画"系列之一,28幅,图中拿破仑戴上了像日本军官的帽子。他的三角帽出现在1912年10月第17号《小说时报》上,在周瘦鹃翻译的《六年中之拿破仑》的插图中。1914年1月《小说时报》第21号刊登"裸体美人集合成拿破仑像"。1914年1月《中华小说界》有"拿破仑之后及其子罗马王",9月有"法皇拿破仑第一及其皇后加冕之图",即雅克-路易·大卫在1805—1807年绘制的名画,现在巴黎罗浮宫。1916年6月《春声》第5期刊出"拿破仑之策马过亚尔泼山图",即雅克-路易·大卫1801—1805年绘制的"拿破仑跨越阿尔卑斯山"。这里从民初大众传播的"拿破仑热"中仅举数例,说明"图像谱系"的形成,构成拿破仑中国传奇不可分割的部分。从辛亥革命之后四川妇女流行"梳着偏分式"的"拿破仑式"④发型这一例子来看,很难想象如果只有历史文本而没有这图像谱系,对于拿破仑的认知会是怎样。在中国与东西洋跨文化翻译过程中"拿破仑"占有活色生香的一页,在法国大革命与世界近代史的背景中展开的后宫秘辛与花都巴黎的浪漫想

---

① 参看陈建华:《拿破仑"三戴绿头巾"——民国时期都市传播文化的女权与民主倾向》,收入《古今与跨界——中国文学文化研究》,上海:复旦大学出版社,2013年,第177—202页。
② 史子彬:《欧洲第一雄主传》,郇山堂,1902年,第6a—7b页。
③ 感谢崔文东提供这些拿破仑传记的版本资料。
④ 胡兰畦:《胡兰畦回忆录,1901—1936》,成都:四川人民出版社,1985年,第14—15页。

象,而随着图像复制技术的进步,涉及名画、电影、插画、漫画等多种类型。在拿破仑的中国传奇的生产过程中,浓厚的感情投入与"拿来主义"策略相辅相成,也是探寻中国主体自我形塑的一种表现。

2013年荷兰博睿公司出版的《视觉化中国,1845—1965:历史叙事中的动静图像》一书将各种图像、影像资料分为"砍头""广告""都市居住""街头小贩""名媛闺秀"等主题,实践一种跨学科社会文化史书写,在挖掘图像证据、重现历史感知现场以及视觉传播等方面为历史建构方式带来新的启示。① 以不同主题的图像谱系来建构历史叙事,正是有别于语言表述的视觉方法。再从《新民丛报》与《新小说》举一例说明"图像谱系"的重要性。1904年9月《新小说》第10号有两幅"泰西美人"图(见图5),此词含有中西文明交流的意涵,出处见于1902年梁启超在《新民丛报》上《论中国学术思想变迁之大势》一文中:"盖大地今日只有两文明,一泰西文明,欧美是也;二泰东文明,中华是也。二十世纪则两文明结婚之时代也。吾欲我同胞张灯置酒,迓轮俟门,三揖三让,以行亲迎之大典,彼西方美人必能为我家育宁馨儿以亢我宗也。"② 梁启超把"美人"比作"文明",表达了对20世纪中西文化结合交流的乐观前景,然而后面把抽象比喻转为家庭"迎亲"的具象描述,所谓"必能为我家育宁馨儿以亢我宗也",好似一个鲜活的"西方美人"呼之即出,"宁馨儿"也好似一个可爱的小孩子。因此刘人鹏指出:"香草美人般的倾慕,竟成为娶妻生子以亢我宗的婚姻目标。"③ 这样的想象,放在晚清流行"强种"即"强国"的生理学话语的语境里未必不能理解。

在当时救亡图存思潮的影响下,"西方美人"一词指为国为民、富于理想、敢于牺牲的西方妇女。如《新民丛报》中的"法国三女杰"即为圣女贞德、为自由理想献身的罗兰夫人与刺杀马拉的哥尔地。1903年吴保初《元旦试笔示二女弱男亚男》一诗有"西方有美女,贞德与罗兰"之句④,就把"女杰"称作"美女"。1903年陈撷芬办《女学报》,提倡兴办女学,反对缠足,把"西

---

① Christian Henriot and Wen-hsin Yeh, eds., *Visualizing China, 1845 - 1965: Moving and Still Images in Historical Narratives*, Leiden: Brill, 2013.
② 中国之新民:《论中国学术思想变迁之大势》,《新民丛报》第3号,1902年3月,第46页。
③ 刘人鹏:《近代中国女权论述——国族、翻译与性别政治》,台北:学生书局,2000年,第137页。
④ 吴保初:《元旦试笔示二女弱男亚男》,《北山楼集》,合肥:黄山书社,1990年,第62页。

方美人"作为楷模,她们是各国"女豪杰",才德兼备,爱国利民。在反满革命思潮影响下,陈撷芬等人激励女子争取自由与平权的战斗精神,主张朴素自然,体魄强健,反对梳妆打扮,所谓"品行端正胜面貌美丽"成为她们的信条之一。① 因此,有学者认为"美人""不是实指西方女子的容貌如何出众,它更多的是一个政治概念"。②

的确,与"拿破仑"的肖像相似,梁启超的"西方美人"与当时接受之间也产生不小的落差。1904 年 6 月《新小说》上的两位"泰西美人",完全不是"概念"性的美人,而是有血有肉的真实再现。再看两年前刊出的"法国女优图",皆风情万种,显示西方美人在舞台上的形象,与中国女性的实际状况形成强烈反差。阿底路的热情奔放的身姿,挨嚏士的眼神,均展露无限风情,凭借先进照相制版技术,给读者带来的震惊效应是可想而知的。

图 5　泰西美人,《新小说》,1904 年

---

① 《杂俎》,《女学报》第 3 期,1902 年,第 49 页。
② 唐欣玉:《从"番妇"到"西方美人":西方女性在晚清》,《中国比较文学》第 76 期,2009 年 5 月,第 66 页。

图6 法国著名女优阿底路,《新小说》第1号

图7 法国著名女优挨哗士,《新小说》第4号

"西方美人"的图像谱系,要比拿破仑的起源更早,也更为丰富复杂。笔者在《晚清民初"美人"话语与中西文化交流》①一文中指出,"美人"话语在中国源远流长,在近代中国被当作国族想象共同体的象征符号,"西方美人"担任了传播文明价值的中介角色。文中梳理了图像谱系的发展轨迹,从晚清《点石斋画报》以来,到民初月份牌、百美图到好莱坞女明星,指出随着民初从"革命"到"共和"的意识形态的转型,"美人"图像与大众消费相结合,成为都市的日常景观,也为建构现代新文化作出了重要贡献。需要补充与强调的是,在这一图像谱系中,《新小说》中的"泰西美人"图,无论在内容还是复制技术方面,是十分超前的,也是在民初方出现迅速发展,《小说月报》《香艳小品》《眉语》《礼拜六》《中华小说界》等杂志刊登了大量"女优""西方美人"及"化妆西女"图,正是沿着《新小说》一脉发展而来的。

---

① 陈建华:《晚清民初"美人"话语与中西文化交流——以上海大众传媒为中心》,见荣跃明、黄昌勇主编:《"一带一路"城市空间新格局,文化发展新动力——世界城市文化上海论坛,2017》,上海:上海人民出版社、上海书店出版社,2018年,第219—232页。

五、余论：梁启超与视觉现代性

弗朗西斯·哈斯克尔在《历史及其图像》一书中说："在许多世纪中，肖像一直是历史读者——及作者——最常见、最重要，通常也是唯一的形象化历史证据。"①这段话讲的是西方传统，从罗马帝国以来，君主头像被铸于钱币或制成各种纪念品，就像今天在西方国家随处可见帝政时代的帝王大臣的肖像，让人们习惯在公共空间里自由瞻仰或观赏。1880年在中国的传教士主办的《花图新报》刊出"俄国公主与其英国丈夫"的半身肖像，将铜版原刊通过石印复制，在当时报刊中已属先进技术。此后，1884年创刊的《点石斋画报》不断刊出英国女王或日本天皇等半身肖像，1889年创刊的《万国公报》也不时有中外政要的肖像照。这些已经一直在输入西方的肖像及公共政治的观念。而在晚清中国对于肖像、照相的接受经历了曲折过程，一般人认为照相会把人的魂灵勾摄了去，或相信"洋鬼子挖眼睛"之类的传闻。② 至1913年张石川要拍电影找不到演员，"盖时沪人多重迷信，目摄影为不祥，率不敢轻易尝试"。③ 中西之间的世界观碰撞与交融，首先是视觉性的，同样对待肖像也有很多禁忌。1878年郭嵩焘担任英国公使期间，有画师要为他画肖像，他一定要求"两耳齐露"，甚至要把脑后的顶戴花翎也画进去。这件事被刊登在《申报》上引起很大纠纷，虽说与事实有出入，却也反映了肖像画所含的文化差异。④ 或者像鲁迅在《论照相之类》中说："半身像是大抵避忌的，因为像腰斩"，"所以他们所照的多是全身，旁边一张大茶几，上有帽架，茶碗，水烟袋，花盆，几下一个痰盂……人呢，或立或坐，或者手执书卷，或者大襟上挂一个很大的手表"⑤。元代以来帝王肖像也有半身的，

---

① [英]弗朗西斯·哈斯克尔著：《历史及其图像——艺术及对往昔的诠释》，孔令伟译，杨思梁、曹意强校，北京：商务印书馆，2018年，第26页。
② 鲁迅：《论照相之类》，《鲁迅全集》（第一卷），北京：人民文学出版社，2005年，第190页。
③ 徐耻痕：《中国影戏之溯源》，见《中国影戏大观》，上海：大东书局，1927年，第1页。
④ 俞莹：《中国新闻史上第一起名誉纠纷——郭嵩焘与〈申报〉的一段纠葛》，《上海档案》1989年第1期，第25、27页。
⑤ 鲁迅：《论照相之类》，《鲁迅全集》（第一卷），北京：人民文学出版社，2005年，第193页。

今天还能见到清代顺治帝的半身朝服像①,不过我们看晚清时期的中国人的肖像照,基本上都是全身的,即使是得风气之先的妓女所拍的肖像照也是如此。慈禧太后一向把摄影看作西洋的"淫巧奇器"而禁止在宫中照相,据说她严惩珍妃也跟照相有关。她自己在1903年也开始拍肖像照,一律是全身。美国画家卡尔为她画肖像,她要求脸部不能出现阴影②,说明传统观念仍然顽强。

因此在使用肖像上《新民丛报》和《新小说》可说是一次实质性接轨,一次观念的象征性飞跃,且梁启超本人身体力行。《新民丛报》从一开始就连续为他的《饮冰室文集》作广告:"卷首复冠以著者所作《三十自述》一篇及照像三幅,一为《时务报》时代造像,二为《清议报》时代造像,三为《新民丛报》时代造像。海内外君子有表同情于饮冰室主人者乎?得此亦足以嘤鸣求友之乐也。"这三张分别于1896、1899、1902年所摄(见图8、图9、图10),代表三个"时代",前两幅半身,以自己的像照见证自己的政治与思想历程,与读者建立信任的纽带,也不排除商业销售的策略性运用。

如果说近代中国所面临的基本挑战是如何重新认识世界,那么图像就具有形而上的意义。王国维在《人间词话》中提出的"境界说",从"独上高楼""衣带渐宽"到"回头蓦见",可说是一个如何通过观看并艰苦求索而达到认识真理的隐喻,也是他自号"观堂"的命意所在。③ 我们对《新民丛报》与《新小说》的图像读解有利于对杂志的整体理解,须指出的是在世界镜像的观照之中所展开的话语论述具有一种自反性(self-reflexive),如海德格尔在《世界图像的时代》一文中所说,世界被把握成图像,人在与社会机制互动中运用科学技术作现代性规划,而以眼见为实为前提。④ 通过杂志传播大量图像给中国人带来世界真实形相的启蒙,为晚清以来的新知识体系建立了可见可感的视觉基础,具有认识真理的意义,其西化程度较之"五四"新文化

---

① 龚之允:《图像与范式——早期中西绘画交流史》,北京:商务印书馆,2014年,第121—122页。

② Katherine Augusta Carl, *With the Empress Dowager of China*, London and New York: KPI, 1986, p. 161.

③ 王国维:《人间词话·王国维集》,上海:上海古籍出版社,2016年,第28页。

④ [德]马丁·海德格尔著:《林中路》修订本,孙周兴译,上海:上海译文出版社,2009年,第77—115页。

图8　任公先生丙申年影像　　图9　任公先生己亥年影像　　图10　任公先生壬寅年影像

不遑多让,而梁启超的大量论述体现了自反性特征,如《论中国学术思想变迁之大势》《新史学》等以自我批判的姿态从事传统文化的现代价值转换。同样图像谱系也属于知识体系的传播部分,涉及对传媒起制约作用的技术机制及其纵向的历史渊源与影响,因此加强图像研究有助于对它与文本、历史关系的重新认识。

　　图像问题给梁启超带来新的认识维度。在发挥意识形态功能方面,这两本杂志对图像的使用可说是空前的,也体现了梁启超对于图像的功利态度,虽然不像鲁迅的"幻灯片事件"那么戏剧化,对于中国视觉现代性来说也具标志性。三年前他在《夏威夷游记》中声称:"为十九世纪世界大风潮所簸荡所冲激所驱遣,不得不为世界人。"①《新民丛报》第1号刊出他的《二十世纪太平洋歌》,犹如一部世界文明简史,最后表达:"我有同胞兮四万五千万,岂其束手兮待僵?招国魂兮何方?大风泱泱兮大潮滂滂。吾闻海国民族思想高尚以活泼,吾欲吾同胞兮御风以翔,吾欲吾同胞兮破浪以飏。"②气势何等激昂澎湃! 由是图像可谓赋形生动地昭示其世界主义的襟怀。但是本文最后想指出的是,我们一贯注重梁启超的"宏大叙事",却忽略了他的较为世

---

① 任公:《汗漫录》,《清议报》第35册,1899年12月,第1页。
② 任公:《二十世纪太平洋歌》,《新民丛报》第1号,1902年2月,第112页。

俗的面向及其影响。他在1920年代说:"我是个主张趣味主义的人,倘若用化学化分'梁启超'这件东西,把里头所含的一种原素名叫'趣味'的抽出来,只怕所剩下的仅有个零了。我以为:凡人必常常生活于趣味之中,生活才有价值。"①正如在《新民丛报》与《新小说》上大量刊登图像,要使读者得到"卧游之乐",或在《饮冰室文集》的广告中声称"嘤鸣求友之乐"一样,他关于"西方美人"的"亲迎大典"的比喻生动而有趣,也不难理解如此大规模使用图像,尤其对于"拿破仑"与"西方美人"的图像的超前性选择,已预示了民国初年的都市文化消费的潮流。归根结底这应当根植于梁启超的业已改变的"革命"观,即在《释革》一文中试图摆脱"汤武革命"式的暴力模式而将"革命"重新定义为"人群中一切有形无形之事物"的"变革"②,遂为世俗日常生活的变革带来无限可能性,在此意义上《新民丛报》与《新小说》开启了"长程革命"的范式。

---

① 丁文江、赵丰田编:《梁启超年谱长编》,上海:上海人民出版社,1983年,第953页。
② 中国之新民:《释革》,《新民丛报》第22号,1902年12月,第1页。

中文传教士文学:历史、文本与文学性

段怀清

(复旦大学中文系)

  自从第一位新教来华传教士马礼逊(Robert Morrison,1782—1834)来华,距今已经 200 余年。从马礼逊开始,新教来华传教士们一方面努力实现他们宣教布道的使命,另一方面,也在生成数量可观的中文基督教文献及非基督教文献。这些文献涉及宗教、科学以及其他领域,当然其中亦有一些涉及"文学"领域。如何看待这些汉语中文的文学文本及中西之间跨语际、跨文化交流的文学现象,如何对这一"文学"展开研究,这些都是需要直面并予以回答的学术问题。

一、中文传教士文学的书写主体及书写能力

  毫无疑问,晚清以来中文传教士文学的书写主体是来华传教士。而来华传教士作为中文传教士文学的书写主体,又一直是一个颇受质疑、引发争议的问题。如果来华传教士是书写主体,也就是说他们是这种文学的书写者,至少是主要书写者,那么,来华传教士是如何完成书写工作的? 他们的书写能力——文学书写能力和汉语中文文学的书写能力究竟如何呢? 这些能力是否能够帮助他们独立完成所谓中文传教士文学的书写工作呢?

  事实上,从马礼逊到麦都思到理雅各,甚至直到 20 世纪初期完成出版的"官话和合本"《圣经》,在整个 19 世纪新教来华传教士社团那些被公认为最出色的传教士-汉学家中,其实要找到同时具备上述两个条件,亦就是文

学书写能力与汉语中文文学的书写能力者,并非一件轻而易举之事。

首先,这些来华传教士在他们各自所属语文系统的本国语言文学的书写创作方面,绝大多数并没有突出的、足以让他们获得作家称号荣誉的成绩。换言之,这些传教士-汉学家,基本上没有在本国文学创作方面有足以与他们被视为传教士-作家身份相匹配的本国语文的文学写作成绩。那么,一个没有本国语文的文学写作成绩的书写者,是否能够使用一种异国语文来进行文学书写并取得成功呢?对此,简单的否定和简单的肯定似乎都不是客观、理性和全面的态度。

我们知道,在从晚清到民国这一历史时期,曾有若干位中国作家在本国寂寂无名,却以不菲的文学书写成绩在异国他乡赢得了一片赞誉,譬如陈季同①。但这种现象并不多见。事实上,晚清新教来华传教士与整个19世纪西方世俗意义上的文学——浪漫主义文学与现实主义文学——基本上是脱节的。传教士在文学观念上的相对"正统"与"保守",与他们的宗教立场及身份有关,亦与他们所接受的教育以及他们需要恪守的宗教信条有关。而这些在相当程度上都阻碍了他们与整个19世纪世界范围内的世俗文学之间的接触与交流。换言之,这些来华新教传教士,基本上都是世俗意义上的文学世界之外的人,至少世俗意义上的文学的翻译与传播,并不是他们不远万里来到中国的首要任务。

那么,这些来华传教士与同时期宗教文学尤其是基督教文学之间的关系又是怎样的呢?这是一个值得进行仔细辨析考察的领域。事实上,19世纪英语文学中的宗教文学,尤其是宗教小说和宗教抒情诗,有一定程度的发展,但亦面临着世俗文学的挤压与挑战。从那些来华传教士的中英文著述情况来看,首先,他们并没有在英文基督教文学——无论是宗教小说还是宗教抒情诗方面——有超凡脱俗的特别表现,尤其是个人自主创作书写方面。也就是说,至少从那些来华传教士的书写实践来看,他们中并没有特别引人注目的使用本国语言进行世俗意义上或者宗教意义上的文学书写并取得突出成绩者。

---

① 陈季同(1851—1907),曾历任清政府驻法国、德国、意大利公使馆参赞,用法文著译有《中国故事》《中国人自画像》《黄衫客传奇》等。

那么,那些来华传教士在使用汉语中文进行文学书写和创作方面,是否又有不同一般的表现呢?答案似乎也是否定的。

众所周知,撇开创作性的文学书写,单就《圣经》的中文翻译(包括各种方言译本)而言,从马礼逊一直到"和合本"《圣经》,无论这些传教士的中文汉学水平达到什么程度,他们都难以独立地完成《圣经》的中译工作。也就是说,我们今天能够读到的那些晚清以来的《圣经》中译本,基本上都是在本土中文助手的协助之下完成的。这种翻译模式,也就是一种组合式甚至团队式的翻译模式。在这种翻译模式中,传教士的身份毫无疑问处于主导地位——他们主导了《圣经》文本原义的阐释和译本的最后审定,而协助他们完成这一翻译工作的本土中文助手们,则主要负责这一过程中的"笔述"工作。这种"口译-笔述"模式的组合式翻译,也是晚清《圣经》中译之中最为常见的工作模式。其实这种模式并不仅限于《圣经》翻译,几乎是来华传教士中文文本生成的最主要也最常见的模式。

而在这种模式中,中文助手的主要工作其实并不仅限于翻译或笔述一途,在一种比较密切的传教士-本土中文助手的关系模式中,有些中文助手甚至还帮助传教士书写、"创作"一些释经、阐经、宣教布道一类的著述,对这些著述的中文进行笔述、"润饰"工作。从任何角度来看,这种"笔述"都可视作为一种创作,尽管在笔述过程中是以传教士的口述为基础,但最终所生成的中文文本,事实上往往并不仅限于这一基础,常常会扩展甚至超越这一基础。在"委办本"《圣经》中译过程中王韬父子,尤其是王韬的作用与贡献,就充分地体现了这种翻译模式的某些突出特点。①

王韬及其本土同行们的经历与故事,其实就是一个晚清"西学东渐"或者传教士中文译著生成过程中本土译者被来华传教士"遮蔽"或者"消隐"的故事,作为一种"影子译者",这些本土中文助手的"存在"与"消失",都反映出晚清传教士-本土中文助手翻译模式中的"译室政治"。恰恰是从这里,我们可以找寻到接近并破解晚清以降中文传教士文学在创作过程中的某种"模式性"的存在,而这一模式本身,已经大体上揭示出这一秘而未宣的事

---

① 有关王韬与"委办本"《圣经》翻译,参阅〔美〕韩南:《作为中国文学之〈圣经〉:麦都思、王韬与〈圣经〉委办本》,段怀清译,《浙江大学学报》2010年第2期;另参阅段怀清:《王韬与近现代文学转型》,上海:复旦大学出版社,2015年。

实,那就是晚清那些所谓的中文传教士文学文本,其实绝大多数都是在一种组合式的模式中生成出来的,而其中本土中文助手的存在,并非是可有可无的,而是一种不可或缺的,并最终影响到中文文本的"中文性"甚至"文学性"的重要组成。

正是基于上述事实,我们对于来华传教士作为中文传教士文学书写主体的"独立性""自足性"与"完整性"等,亦就自然会产生一些疑问,从而也影响到我们对于所谓中文传教士文学本身品质的认知与判断。也因此,如果我们接受"中文传教士文学"这样一个概念,那么我们就有必要对这一概念的内涵进行谨慎小心的界定,同时对于这一种文学的书写主体,亦要有具体到个案的详细考察,而不能将来华传教士及其书写,与一般状况下的作家及其文学书写简单地、不作任何辨析地相提并论。换言之,我们也可以说,仅就文学文本的书写主体及其书写能力而言,晚清以降的中文传教士文学,并不是一种"自足"的文学。

二、中文传教士文学的经典文本或代表文本

一般而言,一种类型的文学之所以能够成立,经典文本或代表文本的存在是必不可少的,因为在这些经典文本或代表文本中,包含着最为典型的类型特点。那么,在晚清新教传教士来华的百余年历史之中,他们又完成并出版了哪些足以被奉为文学经典——无论是一般意义上的文学还是宗教文学或基督教文学——或代表性的文学文本呢?

大略检视一下在这段历史之中的那些中文传教士著述,其中无论是文学性还是"中文性"亦都达到了一定水准,而且无论在当时抑或后来都得到了一定程度的认可并足以作为典范传世者,大概有如下数种(其中"中文基督教赞美诗歌"指的是一种笼统类型):

(一)《圣经》中译本,尤其是"委办本"及"官话和合本"

(二)《天路历程》《百年一觉》等翻译小说

(三)《荒漠甘泉》

(四)中文基督教赞美诗歌

在"中文传教士文学"这一并非不辩自明的概念语境中,《圣经》中译本

被奉为一种中文基督教文学经典,大概引起的质疑与争议是最少的。这并不奇怪。原因很简单,那就是《圣经》原文本本身,就是一部具有世界影响的经典文本。

不过,即便如此,《圣经》在汉语中文本土化过程中曾经产生出数量不少的译本,但并不是所有的译本都具有相同的影响,并受到同样的欢迎——无论是基督徒的欢迎还是一般读者的欢迎。事实上,很多《圣经》中译本已经消失在了历史烟尘之中而鲜为人知。即便今天那些文本被重新提及,更多亦只是在学者们的研究语境之中,而且他们所讨论的,大多也只是这些文本的文献价值与学术意义,对于它们的"文学性"的关注其实甚少,更多是在清末民初中西跨语际、跨文化交流的语境之中展开。

不过有一些例外,也就是说,在《圣经》汉语中文译本中,曾经诞生过一些具有里程碑意义的译本。这些译本不仅较好地完成了它的神学的、基督教的"使命",而且也较好地完成了它的本土化使命。其中最突出的,大概有"委办本"《圣经》和"官话和合本"《圣经》。

撇开"委办本"《圣经》不论,单就"官话和合本"《圣经》这样一部历时20余年翻译完成的译本而言,其翻译已经大大超越了晚清来华传教士-本土中文助手的一般模式。无论是其翻译的时间、参与的人数还是投入的财力物力等,都是"空前绝后"的。当然这些并非是确保这样一个译本就一定能够成为一部翻译文学经典的必不可少的因素。事实上,真正使得这部中文译本流传甚广、影响至今的原因,是它在语言上明智且彻底的"适应策略"——它不仅超越性地使用了"官话"这样一种在当时广泛使用的"方言",而且还对这种语言进行了很多技术上和文学上的"改良",使得它足以配得上作为《圣经》这样一部经典宗教文学文本的翻译语言。事实上,尤其是从后来的结果看,"官话和合本翻译委员会"的最初选择及决定是明智且正确的。

当然,"官话"并不是确保这一译本被奉为经典的唯一因素。来华传教士在中文、中国文学及中国文化修养方面的提高,本土中文助手的外文及基督教神学修养的提高,传教士与中文助手之间合作关系的根本改善以及双方交流的空前顺畅等,对于这部经典文本的问世,亦产生了显而易见的重要的影响。也就是说,在晚清来华传教士主导、本土中文助手协助的口述-笔译模式中,"官话和合本"《圣经》的翻译过程,可能代表了这一模式的最高水准,至少是最和谐、最具有双边激发性的合作翻译。

与《圣经》中译本类似,《天路历程》《百年一觉》以及《荒漠甘泉》中译本,也是19世纪到20世纪上半期中文传教士文学中的代表性文本。① 另外就是在整个19世纪中,还产生了数量不菲的中文基督教赞美诗歌文本。这些中文基督教文学有一些共同特点,譬如说大多是翻译文本而不是创作文本,以及这些翻译文本的主体,基本上是来华传教士,但作为主体的来华传教士又不是自足的,并不能够独立自主地很好完成这些文本的汉语翻译转换。

也就是说,如果我们一定要建构并使用"中文传教士文学"这样一个概念,我们就需要找到并确认一批足以被奉为经典或代表的中文传教士文学文本。而事实上我们能够找到并确认为经典的这些文本,基本上都是翻译文本,而不是当我们在使用"中文传教士文学"这一概念之时更容易联想到的"创作"而成的中文传教士文学。

这就是我们不得不直面的事实与现实,这大概也是"中文传教士文学"的基本特征之一。

毫无疑问,如果期待"中文传教士文学"这一概念成立,单靠上述这些翻译文学文本未免有些单薄,也很容易遭到质疑甚至挑战。不仅如此,即便是那些翻译文学文本,也不是由来华传教士们单独地、独立地完成的。不过,即便如此,在一个世纪左右的时间里,单就中文传教士文学文本的数量以及传播影响而言,这种文学的存在又是一个无法否认的事实。

三、中文传教士文学的文学性

毋庸置疑,"中文传教士文学"要想得以成立,那些经典文本或代表文本的"文学性"同样成了一个无法回避的理论命题,同时也是一个实践性很强的命题。

上述讨论中,已经涉及"中文传教士文学"以翻译文本为主的这一历史事实。这或许从一个角度基本保证了这些中文翻译文本的"文学性",至少

---

① 《荒漠甘泉》的中译,并不是在来华传教士的主导之下翻译完成的,这是不同于《圣经》以及《天路历程》的中文翻译的地方。

其原文本的"文学性"是毋庸置疑的。不过,文学翻译尤其是那种被认为具有创造性的文学翻译,在传递、转换并生成中文文本的"文学性"过程中,显然同样需要创造性。当然,在中文传教士文学的语境中,这种"创造性翻译",是由来华传教士和本土中文助手合作共同完成的。也就是说,历史地看,晚清以降的中文传教士文学文本,无论是翻译文本抑或是创作文本,其中都存在着本土中文助手们的身影。后者不仅是保证这些文本的中文性不可缺少的存在,而且也是保证其文学性不可缺少的存在。也因此,中文传教士文学的"文学性",也离不开对于这种类型的文学的书写主体的进一步辨析讨论。

如果从来华传教士团体对于"中文传教士文学"文本的关注及重视角度来看,他们似乎并没有表现出特别的或者明显的倾向性。事实上,来华传教士团体对于这些文学文本的汉语中文化的关注,是"淹没"在中文"西学"文本以及中文"西教"文本之中的,也就是说,当年来华传教士们对于西方文学的中文化或者用汉语进行文学创作,并没有表现出超出一般的兴趣和关注。这一点其实并不奇怪,如果说来华传教士曾经将中国的基督教化和西方化奉为使命的话,其中"文学化"中国不仅并不在他们的使命之中,而且他们既无意亦无力去完成这一任务。

不妨来看看在传教士个人及团体所编纂的来华传教士中文著述目录中"文学"文本的数量及地位,包括这些带有一定"文学性"的中文文本的文体形式等。

首先来看看伟烈亚力编撰的《1867年以前来华基督教传教士列传及著作目录》。该目录对于1867年之前来华新教传教士著述的辑录甚详,甚至对相关内容亦有不少介绍,是一部考察19世纪上半期新教来华传教士著述状况不可或缺的目录书。在这部目录书中,来华传教士的中文翻译及著述,集中于基督教及西学。而其中涉及的那些"文学性"文本,亦多以《圣经》中译本、基督教赞美诗歌以及与《圣经》有关的人物传记及宗教故事为主。

其次来看看《1876年费城美国国际博览会中国海关藏书展目录》(Catalogue of the Chinese Imperial Maritime Customs Collection at the United States International Exhibition, Philadelphia, 1876),以及1917年由雷振华编纂的《基督圣教出版各书书目汇纂》。

《基督圣教出版各书书目汇纂》总目,按照"经部及类书""哲学""宗教""社会学""政治""科学""医学""美术""文学、语言学""历史、地理"凡十大类分门别类进行辑录。值得注意的是,其"文学、语言学"大类中,分列了"文学""文派""总集文选""诏令奏议""诗赋词曲""小说、尺牍""语言学""外国语"。这一分列内容,不仅有助于了解晚清新教来华传教士的中文著述状况,而且还可以了解截止到 1917 年,传教士团体内部对于"文学"这一概念内涵的中国化的理解认知①,以及在这些文本的文体方面主动地与中国文学的文体概念术语的对接。

1922 年出版的《协和书局图书目录》(Catalogue of Chinese Books sold by The Mission Book Company)中,使用了两种图书目录分类法。一种分类法为:教育类(Educational)、科学类(Scientific)、福音传道类(Evangelistic)、修养类(Devotional)、医药类(Medical)和神学类(Theological);另一种分类法,是将所有经销的中文图书按照"教会应用书籍"和"科学应用书籍"分为两大类。在"教会应用书籍"中,最接近文学的著述大概有传记类(Biographies)、诗歌类(Music and Hymn Books)和小说类(Stories)。传记类中多为《圣经》里面的人物故事,当然最多的还是耶稣传;诗歌类则多为赞美诗歌;小说类其实亦多为一些宗教故事。具体分类如下:

(一)圣经(Sacred Scriptures)(38 种)

(二)释经文(Commentaries,Notes)(13 种)

(三)神学、阐经文(Theology,Narrative)、宣教布道文(102 种)

(四)圣徒传(Sacred Biography)、福音书(Gospel)(31 种)

(五)对话录(Catechisms)、问答集(11 种)

(六)祈祷文(诗)(Prayer Books)(8 种)

(七)圣诗圣歌集(Hymn Books)(19 种)

(八)教理、教规与教务(Church Rules and Discipline)(12 种)

(九)文学(Literature):寓言故事、小说等(22 种)

---

① 有关晚清新教来华传教士与西方"literature"概念在中文语境中的"旅行""落户"及"入籍"这一历史之关系,可参阅段怀清《晚清新教来华传教士语境中的 Literature 概念——以马礼逊的〈华英字典〉为中心》,《杭州师范大学学报》2014 年第 6 期;《Literature 是怎样变成"文学"的——晚清早期新教来华传教士的"文学"实践及评价》,《社会科学》2015 年第 2 期;《西方文学还是西学?——王韬的经验及其评价》,《文艺理论研究》2015 年第 4 期。

在教会内部所编撰的各种著述目录中,文学类著述不仅并不占据显著位置,而且在数量上亦没有想象中多。这基本上说明,文学类著述不仅并非教会内部或者来华传教士的首要关注,甚至说不上是重要关注。此外,从这些文学类著述的性质来看,基本上皆为宗教类文本,其神性或宗教性,也要远远超出世俗性。也就是说,上述书目中,并没有真正意义上的19世纪西方文学主流或经典作家的代表性文本。[①]

而且,上述文本基本上为"翻译"文本和"改写"文本,真正意义上的创作类文本甚少,在文学语言、形式及文体上,亦未见有值得关注的真正探索性的创造发明。而上述出版目录,尽管未能囊括晚清以降传教士团体出版的全部著述,但基本上反映了这一时期著述出版的概貌,由此可见,支撑起"中文传教士文学"这一概念的"文学性"因素,显然亦还存在着尚待澄清或解决的不少"疑问"。

四、中文传教士文学的出版、阅读、传播及影响

从文学的出版、阅读、传播、接受及影响角度来看,中文传教士文学对于当时及后世所产生的影响,通过基督教文学文本以及部分非基督教文学文本的汉译,将西方的一些文学理念及书写实践经验引入汉语中文语境,使得来华传教士翻译文学成为晚清汉语中文文本的一个组成部分,并对当时乃至后来汉语中文文学的改良及革命,产生了一些日渐受到关注的影响。

在上述翻译转换过程中,来华传教士不仅将基督教的文本语言及西方的文本语言转换成为汉语中文文本,而且还对这种文本所使用的本土语言进行了适应性的改造,亦生成了一种呼应晚清中西跨语际、跨文化互动交流,带有一定实验性的新语文。无论是这种新语文的生成过程及方式,还是这种新语文本身,不仅参与见证了晚清的语文改良,而且也成为这一过程中富于开放性及创新意义的一部分,为之后的新语文及新文学改良提供了基础和铺垫,营造出带有一定探索与变革意味的时代潮流及社会氛围。其中

[①] 在19世纪来华传教士所主办的各类中文期刊及出版著述中,亦间杂着对于西方古典及近代世俗文学的翻译介绍,例如弥尔顿、莎士比亚、斯威夫特、笛福等,但总体上此类翻译介绍并非主流。

尤为引人关注的，是传教士们在翻译《圣经》过程中在深文理、浅文理、官话以及其他地方方言方面所进行的适应性尝试。这些新语文探索及经验，触动了本土文士对于汉语中文的语文历史及书写现状的重新反思，并由此而引发了晚清直至现代的多次语文改良及变革。

中文传教士文学在文体形态上尽可能地借鉴并靠近了本土文学，但基督教文学以及西方文学在文体形态上的一些独特之处，在翻译转换过程中得以留存。这些独特之处，不仅表现在语言及叙述方式上，而且作为一种文学类型或类型文学，亦丰富并扩展了汉语中文文学的类型与结构。

而中文传教士个人及团体在翻译、出版及传播这些汉译基督教文学——还包括相当数量的非基督教世俗文学文本以及西学文本——的过程中所采用的近代出版技术及传播理念，推动了晚清中国的新闻、报刊及出版，同时也为此间公共言论空间的繁荣做出了显而易见的积极贡献。

具体而言，晚清以降"中文传教士文学"文本中地位最高、影响最大者，莫过于《圣经》中译本，其中又以"官话和合本"《圣经》及其修订本最为突出。

《圣经》文学作为基督教文学的标志，从晚清出现中译本之后，就开始了它在汉语中文世界的神奇"旅行"。撇开在信徒世界的阅读、接受、信仰与传播，即便是在文学语境中，《圣经》文学亦开启了它本土化的序幕。其中在时间上较早者，就有邹弢及王韬的《梦中梦》《乐国纪游》《梦游地狱》等。[①] 而《圣经》及《圣经》文学中的一些专有概念术语以及文学形象、传说故事等，亦逐渐进入到汉语中文文学之中，成为19世纪末直至20世纪中西跨语际、跨文化交流最具有代表性的"文学事件"之一，对中国现代文学及当代文学均产生了深刻持续的影响。

作为此间中文基督教文学的另一本土化的代表，《天路历程》在汉语中文语境中的"旅行"同样引人注目。[②] 这种围绕着追求信仰或者朝圣旅途而展开的外在与内在之间纠缠博弈的文学叙述方式，几乎以一种文学范式的形式影响到后来的汉语中文文学，尤其是叙事类文学。而李提摩太改写翻

[①] 参阅段怀清：《王韬与近现代文学转型》，上海：复旦大学出版社，2015年。
[②] 参阅段怀清《〈天路历程〉在晚清中国的六个译本》一文，《杭州师范大学学报》2012年第3期，人大复印资料《外国文学研究》2012年第10期全文转载。另参阅黎子鹏：《经典的转生——晚清〈天路历程〉汉译研究》，香港：香港中文大学出版社，2012年。

译的《百年一觉》,对于康有为、梁启超等人对中国未来及"维新变法"思想主张的影响更是广为人知。

类似的还有《荒漠甘泉》。这部在基督教世界中流传甚广的灵修著作,在1930年代末期翻译成为中文文本之后,不到十年已经重印近10次。该著日记体的日常灵修生活叙述,将《圣经》文本中的引言、其他神学著述以及著作者夫妇的见证和灵修生活结合在一起,形成一种基于基督教教徒精神信仰与内在追求的叙述模式,描述了基督教信徒在困扰、迷茫与苦难之中如何借助祈祷,来获得"盼望、忍耐与喜乐"。当然,《荒漠甘泉》的翻译,并不是像《圣经》及《天路历程》那样以来华传教士及本土中文助手合作方式完成的翻译,而是由本土传教士①节译出版。也因此,该著中译本不应该纳入来华传教士文学的语境中进行考察讨论,而是属于中文基督教文学的范畴。

可以肯定的是,《圣经》《天路历程》《百年一觉》以及基督教赞美诗歌等,不仅有众多中文译本,而且也深刻地影响了汉语中文文学。上述几种文本或文学类型,在汉语中文语境中均产生了与之相对应的文体及文本。如果说《圣经》以一种综合的、包含着深刻的内在丰富性和多样性的文体形态,不仅被奉为基督宗教典籍,而且亦被视为一种语言及文体风格独特的文学经典,那么其实,《天路历程》以及一些有代表性的赞美诗歌文本,除了显而易见的宗教性外,其在宽泛的文学意义上的影响同样有目共睹。

其实,作为晚清"西学东渐"以及西方文学进入中国的一种特殊存在,来华传教士文学对于汉语中文文学所产生的影响是多方面、多渠道以及多形式的。除了在翻译领域的上述贡献之外,来华传教士还以直接发起并积极推动晚清汉语中文的语文变革以及文学改良的方式,影响着近代汉语以及近代文学的发展。在韩南《中国近代小说的兴起》中,有不少早已引起学界关注的研究阐释。

中文传教士翻译文学,尤其是翻译小说,对于中国文学,尤其是小说写作的启发影响研究,这些年逐渐受到学界关注。不过,在晚清文学语境中,这一影响及在小说写作实践层面的落实,是一个较为缓慢而且不易觉察的

---

① 《荒漠甘泉》1939年由唐醒(唐守临)、袁周洁民节译,上海:上海福音书房出版。

过程。相较于《圣经》文学或基督教文学在中文现代文学中的影响存在,晚清文学中的"外来因素"及其表现形式,更多局限在来华传教士文学领域,而不是直接地渗透介入到本土文学之中,成为本土文学具有创造性及建构性的新要素。不过,如果说 1870 年代以前,中文传教士文学对于本土的影响尚且有限的话,随着"西学东渐"以及"洋务运动"的兴起及深入,尤其是 1890 年代以后本土士大夫阶层中改良思想的萌发,来华传教士及其所翻译传播的西学以及社会启蒙及改良思想,对于本土士大夫阶层的影响则日益明显。

这些影响亦表现在文学领域。其中,除了传教士们面对本土女性、儿童等读者群体所翻译、改写、创作的一些带有一定文学性的启蒙教育读物,对于本土知识阶层乃至社会精英所发起的"新小说"竞赛以及翻译出版的《百年一觉》等文学作品,尽管其主导力量依然是来华传教士及其团体,其实就其所体现的思想追求及社会旨趣,已经超越了早期"基督教中国"与"基督教文学"的范围及范畴,更多体现出来华传教士自身对于其在华使命及实践途径的更为多样化、丰富化的理解认知及现实选择,同时亦反映出这一外来团体及力量已经逐渐深入到中国社会各个阶层,并通过不同的方式途径来选择性地介入并产生影响。正是在 1870 年代以后来华传教士们这一带有里程碑意义的调整,也给来华传教士文学的本土化及其传播影响,带来了更大空间及更多的现实可能性。

结语

某种意义上,"中文传教士文学"只是一个历史性的描述概念,用来特指 19 世纪由来华传教士所主导翻译、改写、创作并出版传播的汉语中文文学文本。这类文学文本大多数属于广义的"基督教文学"范畴,亦有部分其基督教特性并不明显。不过,即便是那些世俗性特征较为明显的文本,其道德劝谕及伦理教化的色彩亦甚为鲜明。就此而言,19 世纪中文传教士文学,实际上一直兼顾宗教启蒙与社会教化的多重诉求及功用。

对于"中文传教士文学"的研究,至少在目前看来,有必要将相对集中于对中文传教士文献文本的研究,逐步扩展甚至转移到中文传教士文学文本的研究;从相对集中于传教士的研究,逐步扩展甚至转移到传教士作家的研究,直至从中文传教士文学研究,扩展甚至转移到中文基督教文学的研究。在此过程中,还要处理解决作为中文基督教文学书写主体的外来主体与本土主体、翻译主体与创作主体之间关系及迁移变化的研究,以及这一文学的基督教性、文学性及中文性的相关研究。

开放-结尾叙事与寓言:从《老残游记》到沈从文的湘西文学旅行

焦石(Pietro Giordan)

许静 译

在分析传统中国小说作品的"未完成性"时,法国汉学家让·莱维(Jean Lévi)比较了中西方的小说模式;他认为,因为不同的美学标准,西方小说倾向于把完美与完成性这一概念相连。在他看来,这可能解释了为什么在西方美学中,美的概念在传统上(从古代的毕达哥拉斯到但丁)往往与球体运动相连。另一方面,莱维认为,在中国,美的概念似乎与完成性无关。在中国传统的代表作品中,美与完美往往取决于作品的未完成性,以及作品对时间进行的不同叙述。在莱维看来,中西方对于完成性的理解是如此不同,以至于在西方文学典籍中,任何未完成的作品将被认为是不可补救的瑕疵。而与之相反,中国艺术作品的未完成性将可能使之接近文学经典。这可能是因为作者们意识到存在的变化无常;同时,他们也根深蒂固地认为:写作本身能够使作者本人不朽。

类似观点在莱维对《老残游记》的分析中有所论述。这位法国汉学家认为,尽管该文本看似叙述完整,《老残游记》仍然是一部过渡性的作品。换言之,刘鹗的这一代表作可以同时被解读为中国文学的传统叙事以及初具雏形的西方化小说;而后者使得该小说在叙事闭合的过程中,寓言与情节融合。① 另

---

① Jean Lévi, *La Chine Romanesque*, Paris: Seuil, 1995. 根据浦安迪的论述,"寓言"一词可以被理解为是中文里"最接近 allegory 的术语",并称"寓言"最初指"在《庄子》之类文本中使用的谚语或格言名句",但它却不"持续操控作品结构";后者在《红楼梦》中有所体现。Andrew Placks, *Archetype and Allegory in The Dream of the Red Chamber*, Princeton: Princeton University Press, 1976, p.84.

一方面,沈从文的小说也通常给读者叙事闭合的印象,因为巨大变化的发生改变了本初的情境,并且改变了主人公的性格或者世界观。然而,叙事者增加令读者疑惑的暗指来示意另外可能的情节发展与解决方案。这些暗指的别样结局使得文本具有并非单义的解读,也不表明一定是快乐的结局。如果我们想要对沈从文选择开放叙事的原因有深层理解,让·莱维对《老残游记》的观点具有启示性。

从理论方面来讲,在解析寓言的多层含义时,我首先从诺思洛普·弗莱(Northrop Frye)的象征理论中对寓言的定义开始,然后讨论及批判性地使用其他学者的理论,诸如詹明信(Fredric Jameson)的"民族寓言"。尽管从晚清开始中国小说更接近西方模式,尤其是在情节结构和叙事闭合方面,但是《老残游记》与沈从文的现代主义写作不能被简单地定义为一个(典型的)第三世界民族寓言。

一、寓言:含义与界限

让我们尝试着定义"寓言"的含义。诺思洛普·弗莱认为,"真正的寓言是文学的一种结构性元素:它本身便存在,而不只是批评解析时被附加到文本之上"。① 具体说来,弗莱的定义如下:

当诗人明确表达诗中的意象与实例和行动准则的关系,并尝试表明应该如何正确评论他的作品时,这便是真正的寓言。任何时候,当一位作家说,"如是说,我也想表达另外一层意思",这便是寓言式的表述……但即便是持续的寓言,它仍是意象的结构,而不是关乎暗含观点的结构,而且接下来应有评论,正和对其他文学进行评论一样。评论是试图看清整体意象所表达的行动准则和实例是什么。批评者对寓言常常有偏见,却不知它真正的原因是:持续的寓言规定了他评论的方向,限制了他的自由。简单质朴的寓言是讨论式写作的伪装形式,主要属于初级的教育文学。②

最近,针对寓言的持久生命力,加里·约翰逊(Gary Johnson)所做的叙

---

① Northrop Frye, *Anatomy of Criticism: Four Essays*, Princeton: Princeton University Press, 1973, p.54.
② 同上书,第90页。

事学和修辞学分析是该领域的最重要作品之一。约翰逊认为,"尽管寓言的鼎盛时期离现在已有几个世纪之遥,寓言尚未死去";他也认为,寓言"可以不同的程度及方式在叙事中出现",并将其划分为下述几类。(一)"强烈的"寓言(弗莱称之为"真正的寓言",即"当诗人明确表达诗中的意象与实例和行动准则的关系时,并尝试表明应该如何正确评论他的作品"①);(二)"微弱的""嵌入的"寓言(该种类被继续细分为"独立的""依附的"以及"相互依存的"寓言);(三)"主题的""讽刺的"寓言。传统说法多将寓言定义为"延伸的隐喻",约翰逊对此并不认同;他认为,即使在昆体良对贺拉斯著名的船——代表国家——这一意象进行分析时,不同的隐喻将"共同创造一种在程度乃至类别上不同于单一隐喻的效果",因为"当作者增加隐喻式的情节元素(风暴代表内战)以及隐喻的事态时(安全的港湾代表和平年代),我们已经从描述转移到了叙事的范畴"②。约翰逊继续阐述此观点,"寓言与隐喻不同,我们只有在叙事语境中才能应用此概念"。并补充说,"相比作为修辞手段,寓言更多的是作为叙事手段"③。

事实上,寓言的形象叙事层面应从"转义"一词的词源角度来理解——它的词源意思是"转向":"构成寓言叙事家族的各文本很相似,因为都彰显作者试图将某物转变(转向)成另一事物的特征"。④ 在约翰逊看来,寓言是"通过转变成形象叙述而实现它修辞目的的作品"。⑤ 约翰逊进一步解释该术语说,"形象的"一词意指将文学叙事转变成一更加广义的叙事,"寓言不仅是比较两种'事物',而是将一种事物变成另一种事物"。⑥ 另一方面,根据费伦的定义,"叙事"应被理解为"一种修辞行为:某人在某种场合为了某种目的告知别人发生了某事"。⑦

英国诗人柯尔律治将象征与寓言两个概念并置,认为前者更自然、不那

---

① Gary Johnson, *The Vitality of Allegory : Figural Narrative in Modern and Contemporary Fiction*, Columbus: Ohio State University Press, 2012, p. 15.
② 同上书,第5页。非常令人惊奇的是,刘鹗在《老残游记》中的著名梦幻场景也使用了该意象。
③ 同上书,第7页。
④ 同上书,第8页。
⑤ 同上书,第9页。
⑥ 同上书,第13页。
⑦ 同上书,第16页。

么刻意。① 这种对象征的肯定、对寓言的抵制在瓦尔特·本雅明的作品中是被驳斥反对的。在本雅明看来,寓言表达的是"在人类的命名中,物体含义……被缄默的部分",然而,象征关注"使人类命名合理存在的规则"。而且,象征式的表述似乎是"哲学'系统'中主导与权威的形式捕捉'真理'"的手段。② 对于这位德国哲学家而言,寓言有不同的含义,已经超出了他对文学与艺术现代主义的诠释范畴;该概念也属于哲学、宗教美学、政治和历史的范畴。③ 凯吉尔承认,本雅明将寓言这一概念"作为现代体验的一个条件,也作为艺术表达的一个美学手段"④;凯吉尔强调并坚持认为:表达(当然也包括艺术表达)是为了传达。但是,"表达与传达"需要被翻译成彼此的语言,从而也涉及"误译的可能",这为"哲学的理解寓言提供了条件"。⑤ 如此定义翻译的角色显然与詹明信对文化的辩证理解具有相似性。但因为表达最终融入交流,"有效的传达和表达均依赖于语言媒介",而且语言只能表达它自身。⑥ 所以,当语言试图翻译自然的语言时,所产生的却是一种无言、无声的抵抗空间,这是寓言的一方面。⑦

人类语言的第二种局限取决于它"表达与传达"非客观存在的事物的能力,⑧即"过渡成抽象的、评估性的语言,从'命名'到'判断'词汇的过程"。⑨ 本雅明将该过程定义为寓言的条件:"在远离那作为禁锢的事物的过程中,产生了构建巴别塔的计划以及随之而来的语言困惑。"⑩ 谈到哲学领域的寓言方法,本雅明认为,寓言的表达形式是哲学论文的形式,后者通过聚集片段以及并置"有显著差异和无法比较的"各片段,来追求难以捉摸

---

① Gary Johnson, *The Vitality of Allegory*: *Figural Narrative in Modern and Contemporary Fiction*, Columbus: Ohio State University Press, 2012, p. 34.
② Howard Caygill, "Benjamin's Concept of Allegory", *The Cambridge Companion to Allegory*, Rita Copeland and Peter T. Struck, eds., Cambridge: Cambridge University Press, 2010, p. 245.
③ 同上书,第 241 页。
④ 同上书,第 242 页。
⑤ 同上。
⑥ 同上书,第 243 页。
⑦ 同上。
⑧ 同上书,第 244 页。
⑨ 同上。
⑩ 同上书,第 244 页。也参见 Walter Benjamin, *The Origin of German Tragic Drama*, trans. John Osborne, London: New Left Books, 2003, p. 72.

的真理。① 尤为有趣的是,本雅明并不认为寓言是简单的修辞手段,因为他谈到通过寓言技术来追求寓言的目的。② 很显然,在本雅明的作品中,"寓言"的目的是基于具体的历史与宗教背景,即马克思唯物主义与犹太神秘主义的集合。这与詹明信谈到的无意识机制只有少许联系。但是本雅明的寓言应被理解为对一个现代的、不可救赎的世界的表达;这个世界的特点是:为永久的、不可挽救的紧急状态哀悼。很显然,这是为什么本雅明将"寓言类型"与"现代性和资本主义的寓言困境"区分开来。后者总是使价值被赋予又被轻视。③ 对于寓言及现代性危机的思考,本雅明也在他后期的作品中进行了充分的论述。他讨论波德莱尔的"寓言直觉"④,以及资本主义对表达此种直觉的重要性。该背景与《老残游记》的背景截然不同,但是本雅明的有些论点仍是有用的,而且我相信也是能够适用的。比如,凯吉尔的恰当总结:"在物体与行动的世界中,意义的流失","圣人或者英雄体验及思考这个世界的幻想破灭,由此引发的伤感","不可避免的意义危机的出现——这是寓言的本质",这与老残在中国及中国文明中的旅行不无关联。⑤

寓言通常被认为表达的是教条的思维模式,限制批评与创造行为,因此寓言的重要性失去了很多,但在最近它有恢复的势头,并从更自然的人类思维过程角度,寓言被重新界定。⑥ 总体而言,新近的文学研究与批评倾向于

---

① Howard Caygill, "Benjamin's Concept of Allegory", *The Cambridge Companion to Allegory*, Rita Copeland and Peter T. Struck, eds., Cambridge: Cambridge University Press, 2010, p. 245.
② 同上书,第246页。在本雅明对德国巴洛克戏剧的分析中,有提及该论点。
③ 同上书,第251页。
④ 同上。
⑤ 本雅明从辩证的角度看待寓言。"虚无主义地贬低物质与行动世界的意义,却伴随着从更高的寓言层面对它们的重新评估,二者构成悖论的两方面。寓言的首场运动是碎片化运动——破坏或者毁灭意义的语境——然后废墟成为寓言的破坏属性的象征标志。这种破坏运动与残忍和密谋相关,制造紧急状态……当寓言含义摧毁了自然含义,随之而来的是寓言的归还……碎片化状态本身也是碎片的,从而将质疑意义的破坏成为可能。"参见 Howard Caygill, "Benjamin's Concept of Allegory", *The Cambridge Companion to Allegory*, Rita Copeland and Peter T. Struck, eds., Cambridge: Cambridge University Press, 2010, pp. 248 - 249。
⑥ 最近保罗·萨加德(Paul Thagard)的一篇相关文章分析了文学寓言的创作和阐释中所涉及的神经系统和心理过程。萨加德认为,人们应该能够"通过运用类比思维的认知理论更好地理解寓言如何运作";他推测说,"神经表达理论,包含认知和情感方面,有潜力帮助人们理解多种文学比较,从诗学隐喻到戏仿到文学寓言"。萨加德详细地分析了两部文学作品(奥威尔的《动物庄园》和若泽·萨拉马戈的《失明症漫记》),并努力证明:寓言的认知-情感理论能够解释为什么前(转下页)

认为任何形式的寓言阅读是老旧的,或者可谓将之边缘化,这主要是基于一种假设:寓言式的阅读将产生对文本单一而闭合的诠释。另一方面,持不同文化和政治信仰的学者(例如,弗莱契尔和詹明信)主张更开放、更灵活地理解寓言和寓言解释(allegoresis)的概念及其应用(寓言解释,意为对寓言的多样诠释)。詹明信著名的、泛泛的论点称,所谓的"第三世界"叙事都应被解读为民族寓言。我认为该论点尽管欠妥,但是我们可以用建设性的方式重新界定它,同时也可以使用它,批评分析其他文本。① 实际上,詹明信理论中更有价值、更可取的方面不是并置"我们"(即"第一世界")与"他们"(即"第三世界");该并置本身是有争议的,某种程度上也体现东方主义式思想。相反,更有用的是詹明信将寓言看成是一个无意识的过程,在此过程

(接上页)者被认为是一个"成功的"寓言,而后者似乎不如前者令人信服。他建议,"为了捕捉寓言如何在人脑中运作,我们需要理解类比、感情和大脑整体如何运作……类比是系统的比较,在比较的过程中,源情境提供关于目标情境的信息。在寓言解释中,源情境是作家创作的文学作品,目标情境是人类条件的某些方面"。凭借心理学证据和计算机模型,萨加德认为寓言的复杂性可以从三种限定的角度予以解释:相似性、结构和目的。具体而言,他认为,"政治寓言的目的可能包括解释早前历史情境的某些方面,为如何避免过去的错误提供经验"。萨加德陈述说,"寓言通常通过唤起情感反应来奏效",情感可以被定义为"判断与生理感知共同作用的神经过程"。他认为,"理解寓言需要情感理论",但也承认此种理论"在目前的认知科学中是非常有争议的"。另一方面,他表示,若根据该理论,"读者对源寓言与它的现实生活目标作出判断,加之读或听寓言引起的生理反应,二者共同作用,使得寓言和其他类比唤起情感",那么"情感需要被理解为一个大脑运行过程,而不是抽象的认知状态"。通过引用史密斯和科斯林等学者的作品,萨加德推测,思维过程应被理解为"大脑运行过程,而不是独立于身体基本结构的计算过程"。该文章提到的另一重要观点是:一个"越来越被实验数据和理论神经学支持"的观点是"我们可以把诸如概念等心理表征看成是在神经元群体中的开火行为",而且"神经表达不是静态物体,像纸上的单词或者街上的标志一样,而是一个动态的过程;它涉及许多神经元的不断变化和彼此间的关联"。读者对寓言描述、理解,并从中学习的这一思维过程,依赖大脑机制来编码信息,并用它来生成类比推论和情感反应。相比萨拉马戈的《失明症漫记》,奥威尔的《动物庄园》引发读者更强烈的神经-情感反应。如果因此而将《动物庄园》理解为是一个更好的寓言或寓言设计,那么运用约翰逊的叙事学/修辞学方法,或者詹明信的心理分析、心理政治的方法解读寓言的人们,对此当然是怀疑的。尽管如此,萨加德的交叉学科方法研究寓言是很有前景的。参见 Paul Thagard, "The Brain Is Wider than the Sky: Analogy, Emotion, and Allegory", *Metaphor and Symbol* 26(2011), No. 2-Cognitive Allegory: pp. 131–142。

① "已经做了初步的区分,现在让我做一个泛泛的假设,尝试着认为,所有的第三世界文化生产似乎有共同点,并且与第一世界的类似文化形式有根本的不同。我想论证:所有的第三世界文本必然是寓言式的,具体的方式是:它们被解读成我所说的'民族寓言',即便是,或者恐怕我应该说,尤其是当第三世界文本形式主要从西方的表达机构发展而来,比如小说。让我以极度简单化的方式陈述这一区别:资本主义文化的决定因素之一是西方现实主义和现代主义小说文化;该文化是私人与公众,诗学与政治之间的分裂……换言之,弗洛伊德与马克思之间的差别。我将论述:尽管我们是为了便利及分析而要保留此般分类——比如主观的、公共的、或者政治的,它们之间的关系在第三世界文化中是完全不同的……私密的个体命运故事总是第三世界文化与社会的、公共困境的寓言。"参见 Fredric Jameson, "National Allegory in Wyndham Lewis", *The Jameson Reader*, Michael Hardt and Kathi Weeks, eds., Oxford, UK; Malden-Mass.: Blackwell, 2000, p. 319。

中,文化社会、政治与经济结构,以及在特定历史背景中某一社会的意识形态都变得明显可见。按照詹明信自己的说法,"像其他形式一样,寓言应被解读为一种不稳定的、暂时的解决美学困境的方案;困境本身是社会和历史矛盾的显现"①。詹明信认为,"一种过时的叙事体系"的回归"表明:作为一种形式的可能性,寓言的回归是在客观情境中产生的,而该客观情境的调整再一次排斥了寓言"。② 这位美国学者承认,虽然作为一种"叙事"体系,寓言现在是"过时了",但是它目前被(文学作品及文学批评)"排斥"是读者与作者无意识的搪塞;他们认为,寓言可谓是没有任何复杂性的,不能够意识到寓言作为无意识的、有创造性的、诠释性结构的价值。

在他极其有趣的文章中,艾姆瑞·兹曼(Imre Szeman)表达了他认为的学者们对詹明信理论的主要误解及其原因。例如,兹曼认为,许多詹明信的批评家疏忽了一点,即整个问题不在于是否"第三世界"文本是民族寓言,或者民族在第三世界的相关性,而在于"第一世界"的读者们如何以及为什么认为这些文本似曾相识。这一点或许是正确的,在詹明信后来的文章中,他实际上也有提出此观点。另外,读者可能对詹明信作品呈现的少有的才智深度和他理论范围的广度感到惊奇,但回溯来看,他在辩论中相当怪异地运用诸如"民族""寓言""第三世界"等关键术语,似乎注定要引发这样的争议。实际上,兹曼在讨论之初澄清他文章的目的是,论证"民族寓言"本身所命名的是当下产生元评论可能性的条件,并且探寻"(作为诠释模式的)寓言与民族的关系"③。本着同样的逻辑,他接下来提议:詹明信"泛泛的假设"更多的不是"为了传递对第三世界文本的判断,而是发展一种体系;通过这种体系,人们或许能够在这个使第三世界成为第三世界的全球经济政治体系中理解这些文本"④。兹曼坚信有必要"认真审视詹明信对寓言的描述"⑤,但是人们也不禁好奇:为什么詹明信使用的术语是"寓言"而不是"寓言解

---

① Fredric Jameson, "National Allegory in Wyndham Lewis", *The Jameson Reader*, Michael Hardt and Kathy Weeks, eds., Oxford, UK; Malden, Mass.: Blackwell, 2000, p.313.
② 同上书,第312页。
③ Imre Szeman, "Who's Afraid of National Allegory? Jameson, Literary Criticism, Globalization", *On Jameson: From Postmodernism to Globalization*, Caren Irr and Ian Buchanan eds., Albany: State University of New York Press, 2006, p.191.
④ 同上书,第192页。
⑤ 同上书,第193页。

释",因为作为一种诠释模式的寓言则是寓言解释。对此,兹曼甄别和澄清了詹明信的一些说法,承认"第三世界文本更直接地说明其国家的情况"。① 詹明信论点中一个有问题的方面是他声称:在不同的世界中,心理与政治的关系不同。更具争议的是,他认为,与人们认为的"第三世界"情况不同,"第一世界注重公共与私人领域的区分,这导致个人的政治抱负被重新遏制,(公共范畴的)政治也被主观内化为(个人)心理"。② 兹曼将这些观点总结如下:"西方世界具有公私分开的特点,而多数的第三世界社会没有该特点,或许应该(若不是在今天,至少在 1986 年)被解读为尚未具有,或者尚未完全具有该特点。"③ 兹曼强调,对詹明信来说,在寓言的过程中,文化维度成为心理维度与政治维度之间的事实上的桥梁,因为"心理维度表明政治维度,也反映处于底层的创伤",然后寓言式地转变成文化维度。文化维度连接实践与理论、心理与政治;通过文化手段,"印刻在大片身体性情中的(殖民)底层的无意识创伤"④能够最终得到解决,(也或许)被克服。对于文化在此辩证过程中的作用,兹曼认为,对于詹明信来说,"成为调解中介的文化形式和范式本身也是更早期的调解中介过程的产物;它们现在被物化,成为文化的形式和范式,被当做是文化生产的原材料"。⑤ 此处的论点是:寓言应被理解成是一个文化调解、"文化策略"或者"翻译"的辩证过程。⑥

---

① Imre Szeman, "Who's Afraid of National Allegory? Jameson, Literary Criticism, Globalization", *On Jameson: From Postmodernism to Globalization*, Caren Irr and Ian Buchanan eds., Albany: State University of New York Press, 2006, p. 193.
② 同上书,第 195 页。也参见 Fredric Jameson, "Third-World Literature in the Era of Multinational Capitalism", *Social Text* 15(1986), p. 71。
③ 兹曼的文章发表于 2006 年,但在当代,当所谓的"第一世界"被不同形式的民族主义塑造,当社交媒体和网络安全问题的遍布已经使得保持隐私的想法很受质疑,人们不禁好奇,此种二元阅读还有多少观点可取。
④ Imre Szeman, "Who's Afraid of National Allegory? Jameson, Literary Criticism, Globalization", *On Jameson: From Postmodernism to Globalization*, Caren Irr and Ian Buchanan eds., Albany: State University of New York Press, 2006, p. 195.
⑤ 同上书,第 196 页。根据该论述的逻辑,在《老残游记》中,游记体裁应该被理解为早期调解过程的文学凝结产物,现在它被重新使用,成为(并非很"原始"的)文化生产材料。
⑥ 这很接近本雅明对寓言的解读。

詹明信的理论既泛泛而谈,又引人深思。① 在此,我将用詹明信的理论作为一个宽泛的参考方法,但会更进一步通过文学文本分析,量化其理论的有效性。所涉及的文学文本包括:《老残游记》以及唐纳德·霍洛赫(Donald Holoch)对它的寓言式解读;对沈从文《边城》的大概评论以及王仙子对它进行的民族寓言解读。在本文的结论部分,针对詹明信理论中的关键术语如何在游记文学中被理论性地澄清这一问题,我将作出评论。但在对上述的文学文本进行细读与分析之前,我将先审视晚清及民国早期的文学和历史背景。

二、文学与历史背景

多莱热罗娃-韦林格洛娃将晚清和民国早期分成三个阶段:1897—1904年;1904—1910年;1910—1916年。她认为,在第一阶段,"改革政治家们认为当代政治小说占据了中国文学的顶峰",因为"梁启超将最重要的、启蒙的作用归功于小说"。在第二阶段,发生了从独家政治性的欣赏文学到理解"小说的美学质量"的大转变。② 在此阶段,产生了许多代表作品,而且短篇小说"从几个世纪的休眠中醒来,开始严肃地挑战长篇小说的主导地位"。③ 在第三阶段,她陈述说,一些"更勇敢的灵魂"已经宣称"中国文学达到了接近于欧洲现代主义的阶段",而且中国短篇小说的进化"与同时期的西方创意写作显现出并行趋势"。④

---

① 约翰逊对寓言的修辞学和叙事学诠释很显然不同于詹明信。在他的著名文章中,詹明信将第三世界文本看作民族寓言,"不用形容词'寓言的'修饰'文本''故事'或者'文学'而是用之修饰'文化'本身"(Gary Johnson, *The Vitality of Allegory*: *Figural Narrative in Modern and Contemporary Fiction*, Columbus: Ohio State University Press, 2012, p. 22.)。约翰逊得出结论,"尽管詹明信所说的语境的力量使虚构叙事具有'寓言性',我们对他的泛泛论点应持怀疑态度"。实际上,根据他对奥威尔的小说《动物庄园》以及散文《猎象记》的解读结论,约翰逊推测:还需要其他因素,尤其是"把历史语境翻译到修辞情境中的能力"(第24页)。具体说来,约翰逊得出结论,"诸如《动物庄园》之类的通篇寓言本质上是叙事修辞行为;为了理解它们,我们必须意识到文学体裁、(阅读)意愿和速度与文本现象之间的相互联系"(第28页)。
② Milena Dolezelova-Velingerova, "Fiction from the End of the Empire to the Beginning of the Republic (1897 - 1916)", *The Columbia History of Chinese Literature*, Victor Mair, ed., New York: Columbia University Press, 2001, p. 700.
③ 同上。
④ 同上。

多莱热罗娃-韦林格洛娃表明,20世纪第一个十年的主要叙事创新包括:"第一人称叙事模式的频繁使用,'生活片段式'的情节……灵活的叙事时间……私人象征及意象的创造。"①在该年代,"短篇小说再次复苏,成为中国文学场域上最重要的题材"。② 多莱热罗娃-韦林格洛娃指出晚清小说在民族文学方面的重要性:"晚清小说似乎抓住了正在出现的中国现代社会的所有复杂性、多样性、移动性以及不确定性。这些主题范畴让人想起同时期的欧洲小说。它表明晚清小说具有作为民族文学的能力,而且主题、背景、人物范畴的广泛性与叙事形式、方法和类型上显现出的令人惊讶的多样性相匹配。"③有趣的是,在她信息量庞大的文章中,当提及与刘鹗代表作相关的语境时,多莱热罗娃-韦林格洛娃似乎避免使用"寓言"一词。

例如,她描述了曾朴和刘鹗的作品与同时代的其他作家相比,"吸引见多识广的读者,因为他们的小说所传递的信息*掩饰在象征主义的面纱下*,所用的语言借用古典文学中的意象和典故。可以见出二人作品与中国诗学和象征传统的密切联系,尤其是刘鹗的《老残游记》。小说以序言开头,描述了中心人物老残的一个梦境。梦里他把中国看成是一艘正在沉降的船。这种*象征性的开篇*预示了叙事的整体象征性特点……将该小说与其他小说区分开来的正是它主张无为的话语,包括对中国景观的著名诗意描写。然而,这不应该仅仅被理解为自然美的意象,而是对社会条件的*隐喻性陈述*……正是这些曾经不相容的元素的融合使得该小说如此有新意"(楷体为笔者加)。④

接下来,多莱热罗娃-韦林格洛娃讨论曾朴的《孽海花》:和刘鹗的小说一样……序言*通过提喻预示*了整篇小说的主题——与上海相连的奴乐岛正在沉降到海中。⑤ 她所使用的此种表述,诸如"掩饰在象征主义的面纱下""象征性的开篇""隐喻性的陈述"以及"通过提喻预示主题"似乎是小心措辞来避免使用"寓言"这一术语。该术语最初由唐纳德·霍洛赫在多莱热罗

---

① Milena Dolezelova-Velingerova, "Fiction from the End of the Empire to the Beginning of the Republic (1897 – 1916)", *The Columbia History of Chinese Literature*, Victor Mair, ed., New York: Columbia University Press, 2001, p. 700.
② 同上书,第704页。
③ 同上书,第722页。
④ 同上书,第724—725页。
⑤ 同上书,第725页。

娃-韦林格洛娃1980年所编著的书中使用。① 尽管这一貌似刻意的选择有其原因,人们好奇这是否与已过时的浪漫主义阐释转型有关,即注重多义的、开放的象征,与之相对的是据称闭合的、独白的寓言;抑或者,另一方面,多莱热罗娃-韦林格洛娃的静默也或许是因为:自从詹明信运用新马克思主义、心理分析方法重新解读寓言,将它理解为"第三世界"文学的无意识的根本方面以来,人们从民族寓言的角度,为寓言的概念赋予新的关注与价值。

三、中国游记文学:传统/转变

"游记"一词暗指不同种类的叙事。它丰富的语义与含糊性能够在如下事实中可见一斑:当把该术语翻译成英语,并试图对它分类时,人们首先需要辨别,该术语是指一部全面的小说作品,还是指在某种程度的长途旅行中,对所发生事件进行的抒情的、散文式的描述。② 在第一种情况下,复合词"虚构的游记文学"听起来很奇怪,然而其他相关的术语,比如"冒险"和"成长小说"涉及危险和教育等不同的内涵。在第二种情况下,"游记"的含义似乎更为显著。奇怪的是,在J. A. 卡登很有影响力的《文学术语词典》一书中,他提到一个不同的,或许更古老的术语,"旅行书"(travel book),来指代"一个很古老的、被忽视的、多样的体裁;许多著名的、几乎专业的或者'全职的'作家为此体裁做出了贡献;同时,也有业余作家丰富了该体裁。其中主要为外交官、学者、传教士、雇佣兵、医生、探索者和海员。该体裁包含探索和探险的作品,以及身处外乡的旅居者的指南和描述"。③

在他涵盖广泛的清单上,卡登包含了古希腊和拉丁的例子,中世纪和文

---

① 霍洛赫讨论了"遍布的象征主义",将旅程定义为"一个便利的连接设备,而不是艺术统一的源泉",并将寓言看成是小说的结构源泉。Donald Holoch, "The Travels of Lao Can: Allegorical Narrative", *The Chinese Novel at the Turn of the Century*, Milena Doleželová-Velingerová, ed., Toronto: University of Toronto Press, 1980, pp. 129–149. 该书中文译本参见:米列娜·多莱热罗娃-韦林格洛娃:《从传统到现代:19至20世纪转折时期的中国小说》,伍晓明译,北京:北京大学出版社,1991年。
② 当然,此处的"事件"一词包含外部的和心理的事实。
③ J. A. Cuddon, *Dictionary of Literary Terms and Literary Theory*, Oxford, Cambridge: Blackwell Reference, 1991, p. 995.

艺复兴时期作家,诸如哥伦布、马可波罗等探索者,伟大的自然学家和旅行者弗雷德里克·洪堡,英国作家 D. H. 劳伦斯,以及布鲁斯·查特文。但是,清单也包括古代阿拉伯和波斯游记作家,"法显(公元 399—414 年间)在印度的早期旅行描述",以及沙门慧立(公元 630 年)对远东旅行的记述。① 卡登在他的附记结尾强调游记文学非凡的丰富性和多样性(人们也疑问,为什么他没有从开篇便使用该术语),他也强调该体裁应该包含"由探索者、航行者、登山者、人类学家、考古学家等撰写的大量书籍"。另一方面,从马可·波罗(卡登称他为"传奇的")到曼德维尔,在西方传统和中国传统中,这两种文学形式有时似乎是重叠的,以至于很难进行明确的区分。更有趣的是,中国传统涉及更复杂的一层:"小说"作品可能包含诗歌。人们一直认为"游记"一词首先是王羲之在《游四郡记》的题目中使用,该书仅有片段被保留下来。②

很显然,游记文学这一体裁的意义与涵盖范围在民国早期发生变迁或转移——从用散文、诗歌语言书写的游记文学转型为虚构叙事。③ 如多莱热罗娃-韦林格洛娃所说,在 20 世纪第一个十年"许多非文学性的作品,比如日记、游记、个人通信转变成文学作品,因此扩大了中国文学的范畴"。④ 另一方面,人们也应该知道,"西方的游记具有创新倾向,注重社会事件以及重要人物的描写",然而"中国游记注重诗意书写,强调自然景观中

---

① J. A. Cuddon, *Dictionary of Literary Terms and Literary Theory*, Oxford, Cambridge: Blackwell Reference, 1991, p. 995. 卡登笼统描述了中国古代旅行者。施特拉斯伯格的下述评论可以作为对卡登的补充说明:"最后,六朝时期见证了越来越多的佛教僧人记述他们经过中国西部和中亚去印度朝圣的旅程经历。"法显(334—420)的《佛国记》是此类体裁最早的例子之一。此类记述是用来服务官方和民众的,既作为统治者的情报,也作为未来朝圣者的指南。上述所有游记作品的共同特点是:客观、第三人称叙事;强调真实性;通过编纂和加工包括其他文本在内的多样信息,完成创作。另参见 Richard E. Strassberg, *Inscribed Landscapes: Travel Writing in Imperial China*, Berkeley: University of California Press, 1994, pp. 32 - 33。

② Richard E. Strassberg, *Inscribed Landscapes: Travel Writing in Imperial China*, Berkeley: University of California Press, 1994, p. 437。

③ 该议题更加复杂,因为传统的游记文学与山水诗重叠、相像。如同施特拉斯伯格所说,山水诗"通常描述单一的某场所",而游记文学"描写旅行中的许多经历。但这充其量也是相对的差异,多数的散文兼具了二者的元素"。对于两种体裁参照梅新林、俞樟华主编:《中国游记文学史》,上海:学林出版社,2004 年,第 33 页。

④ Milena Dolezelova-Velingerova, "Fiction from the End of the Empire to the Beginning of the Republic (1897 - 1916)", *The Columbia History of Chinese Literature*, Victor Mair, ed., New York: Columbia University Press, 2001, p. 705。

感知到的物体及品质"。① 当然,人们或许会认为,此种转变的重要性与程度至少需要被量化;不然的话,我们可能会认为构成《西游记》模糊的历史背景的整个朝圣传统不那么重要。

另一重要的相关议题是空间。多莱热罗娃-韦林格洛娃认为,在20世纪第一个十年,"我们不能忽略《西游记》《镜花缘》中想象性的旅行,因为史上第一次中国以外的场域被包含其中"。② 我们被告知,外面的场域包括日本、德国、俄罗斯等国家,甚至"科幻小说中的外空世界",比如萧然郁生的《乌托邦记》(1906),荒江钓叟的《月球殖民》(1906)。当然,人们也想知道,法显去西方旅行这一历史事实如何影响了《西游记》的"想象"属性,有多少真正的(或者是被异域化的)日本或者欧洲在上述的场域中被提及。在游记文学中,什么样的空间被人们访问、主观化,并被赋予意义?该问题尤其指向像刘鹗一样的晚清旅行作家所描述和构建的叙事与地理空间。刘鹗描写的是何种世界?他笔下的世界如何蕴含晚清新的文化、物质和地缘政治背景?在不对作者和叙事者的道德选择做评判的情况下,最明智的解读该文本的方式是什么?另一方面,不简单地将《老残游记》文本、它的历史背景以及文学创作过程与五四文学并置,而是寻找它们的共同点,不知是否可行、可取?③

四、寓言与老残

前面提到,西方汉学家们对《老残游记》最有趣的阐释之一出自霍洛赫。④ 该学者详细地阐述了他的主要论点:刘鹗的整篇小说,不仅是第一

---

① Richard E. Strassberg, *Inscribed Landscapes: Travel Writing in Imperial China*, Berkeley: University of California Press, 1994, p.31.
② Milena Dolezelova-Velingerova, "Fiction from the End of the Empire to the Beginning of the Republic (1897 – 1916)", *The Columbia History of Chinese Literature*, Victor Mair, ed., New York: Columbia University Press, 2001, p.721.
③ "宋朝末期,许多作家已经开始运用游记和日记来表达他们对自然、写作、文化思想和政治等的更广泛看法……许多作家践行广为人知的建议——'行万里路'和'读万卷书',从中显露他们对景观的鉴赏态度,将旅行作为个人品味的体现。"参看 Richard E. Strassberg, *Inscribed Landscapes: Travel Writing in Imperial China*, Berkeley: University of California Press, 1994, p.56. 老残确定会认同读书与旅行的重要性,他也具有所需的鉴赏能力。另一方面,他似乎不看重品味的过分的复杂化,也不假装有品味。
④ 收录霍洛赫文章的该编者在重新评估晚清小说上是里程碑式作品。包括霍洛赫在内的许多篇章作者采用东欧的结构分析方法。

章,应该从寓言的角度予以解读;寓言结构是将分散的、片段的叙事整合为一的元素。他的文章写成于詹明信著名的(在一些人看来,臭名昭著的)理论之前,霍洛赫没有明显地使用"民族寓言"一词。"民族"(nation)一词似乎仅指示现代化的、外国帝国主义权势,然而,清朝被称为"国家"(state)。实际上,霍洛赫旨在证明:在序言中提到的两个事件,即"治理黄河和(梦见)国家之舟",并非是孤立的寓言;更确切地讲,老残"*从寓言式的梦中醒来,到达寓言式的现实*"(楷体为笔者加)。① 在霍洛赫看来,整部小说应被解读为一位传统学者所处困境的寓言,该传统学者感觉到"中国有许多问题,其中最主要的是由现代化国家侵占导致的新问题","*解决方案是应用技术,而不是改变社会结构*"(楷体为作者加)。② 霍洛赫强调"该梦境与后续文本在主题与方法上的连续性",并得出结论,"统一性源自于抒情的叙事步骤与概念阐述的融合;简言之,寓言方法"。③

《老残游记》以多样的天才和艺术作为母题。在某些情况下,它们可以被互文解读,即提及/暗指传统的文本,并被嵌入到一个更笼统的寓言结构中。在此我将讨论三个相关母题:书的价值、音乐的神秘性,以及天才的有用性。让我们从第一个涉及老残的重要母题开始讨论。老残是一位道家和儒家传统意义上的旅行学者。他总是随身携带几本他喜欢的书,或者在旅行途中简单翻看。他不炫耀自己藏书之多,但他的朋友黄人瑞恰巧在老残的房间中注意到这一点,并惊奇地问:"这是部宋版张君房刻本的《庄子》,从那里得来的? 此书世上久不见了,季沧苇、黄丕烈诸人俱来见过,要算希世之宝呢!"老残道:"不过先人遗留下来的几本破书,卖又不值钱,随便带在行

---

① Donald Holoch, "The Travels of Lao Can: Allegorical Narrative", *The Chinese Novel at the Turn of the Century*, Toronto: University of Toronto Press, 1980, pp. 132 - 133. 需要注意的是,梦的第一部分描述老残和他的朋友拜访蓬莱阁,这一意象与游记文学的经典传统一致,"在悬崖下面泛舟的学者难免指代赤壁之行,沿着蜿蜒溪流而坐的诗人与漂流的酒杯马上被认出是兰亭的集会"。参看 Richard E. Strassberg, *Inscribed Landscapes: Travel Writing in Imperial China*, Berkeley: University of California Press, 1994, p. 7. 毫无疑问,两部作品的作者分别是苏轼和王羲之。
② Donald Holoch, "The Travels of Lao Can: Allegorical Narrative", *The Chinese Novel at the Turn of the Century*, Toronto: University of Toronto Press, 1980, p. 134.
③ Donald Holoch, "The Travels of Lao Can: Allegorical Narrative", *The Chinese Novel at the Turn of the Century*, Toronto: University of Toronto Press, 1980, p. 145. 约翰逊讨论过寓言可在文学作品中出现的程度。他认为,"寓言可以包含在叙事中,但却不能使之成为决定性方面","寓言叙事可以在大篇幅的小说中出现,但小说本身不一定是个寓言"。此外,他认为,"传统的'寓言'这种命名通常被(错误地)应用于整篇作品"。

篋,解解闷儿,当小说书看罢了,何足挂齿。""再望下翻,是一本苏东坡手写的陶诗,就是毛子晋所仿刻的祖本。"①

此处,老残描述这些书为"破书"(实际是古老的),是无价值的(然而它们明显有很大的商业价值)。书是从父亲处继承而来,所以这里突显他家庭的文人背景。提到苏东坡,表明老残所珍视的文化遗产,然而,正确阅读古书的传统方式正在消失(当小说书看罢了),讽刺性地强调叙事者/作者对他所叙述/书写的小说赋予的重要性。这些书是对老残("老而残破的")以及中国传统中宝贵事物的提喻。然而,在小说的第二部分,这些书在客栈的一场火灾中被烧。当时,老残在黄人瑞的房间,由两位妓女陪伴。老残承认这些书异常珍贵:"老残道:'物件倒没有值钱的,只可惜我两部宋板书,是有钱没处买的,未免可惜。然也是天数,只索听他罢了。'"②老残的反应并非像顿悟的道士或儒家和尚的反应,鉴于后者可以不用带书,自在旅行。事实上,老残很珍惜他的书籍以及书(作为四种传统艺术之一)的深远意义,但他平和地将之归于命运,犹如儒家学者般的淡然、镇定。

第二母题涉及两场不同,却相互关联的音乐表演。老残对这两场表演有异常精彩的描述。对于其中一场,他具有鉴赏家的语言和感觉。第一场音乐表演在第二章中被提到。作为一个江湖郎中,老残恰巧在济南住了几天。在成功地提供医疗服务之后,他在城里随意走走,其间听说一位有名的歌手白妞在表演说鼓书,是山东乡下的土调。老残既好奇又将信将疑,他决定自己亲去戏院求证真伪。

在白妞这位明星歌手开始表演之前,她的妹妹黑妞与另一位艺人开始热场,并逐渐为白妞的隆重出演做准备。小说中,白妞被描述为一个年轻的普通姑娘:"年纪约十八九岁,装束与前一个毫无分别,瓜子脸儿,白净面皮,相貌不过中人以上之姿,只觉得秀而不媚,清而不寒。"③但一旦她开始弹奏响板,几乎奇妙地变成了另外一个人,因为"向台下一盼。那双眼睛,如秋水,如寒星,如宝珠,如白水银里头养着两丸黑水银,左右一顾一看,连那坐

---

① 刘鹗、曾朴:《老残游记·孽海花》,北京:华夏出版社,1995 年,第 17 页。
② 同上书,第 95 页。值得一提的是老残不相信中的盲目信仰。当听到因为盲目地听信古书的指南而导致巨大灾难,老残说:"圣人所谓'君子和而不同',就是这个道理。'和'之一字,后人误会久矣。"
③ 同上书,第 11 页。

在远远墙角子里的人,都觉得王小玉(白妞)看见我了。"①果然,她的表现力几乎是神奇的。

"声音初不甚大,只觉入耳有说不出来的妙境:五脏六腑里,像熨斗熨过,无一处不伏贴;三万六千个毛孔,像吃了人参果,无一个毛孔不畅快。唱了十数句之后,渐渐的越唱越高,忽然拔了一个尖儿,像一线钢丝抛入天际,不禁暗暗叫绝。那知他于那极高的地方,尚能回环转折。几啭之后,又高一层,接连有三四叠,节节高起。恍如由傲来峰西面攀登泰山的景象:初看傲来峰削壁千仞,以为上与天通;及至翻到傲来峰顶,才见扇子崖更在傲来峰上;及至翻到扇子崖,又见南天门更在扇子崖上:愈翻愈险,愈险愈奇。"(楷体为笔者加)②在"那声音渐渐的就听不见了"之后,白妞再次漫漫地起声,"这一声飞起,即有无限声音俱来并发"。伴奏者同样出色地胜任,"那弹弦子的亦全用轮指,忽大忽小,同他那声音相和相合,有如花坞春晓,好鸟乱鸣",以至于演出在尾声时达到巅峰,人们完全被迷住,"耳朵忙不过来,不晓得听那一声的为是。正在撩乱之际,忽听霍然一声,人弦俱寂。这时台下叫好之声,轰然雷动"③。

这里需要强调:第一,老残和叙事者具有在技术与传统美学角度欣赏白妞表演的能力,却悄悄地对在技巧与诗意上均如此美妙的表演感到惊奇(他们被征服,却保持着理智);第二,与叙事情节发展相关:白妞螺旋上升的嗓音与从西部的傲来悬崖攀登泰山(及其产生的"不安全感")形成类比,二者将地理的精准与诗意的感觉相融合。此外,这个类比预示:申子平上山的困难,他与黄龙子和玙姑相遇,以及二人和一些像来自仙境的年轻女孩们为申子平进行的美妙音乐表演。

申子平不是老残的翻版,而是一个"软弱"版本的他:诚实却懦弱、肤浅,既不博学,也不聪明。他被派去会见一位著名的武术大师。大师是老残的一位老友,申子平的拜访是为了请大师帮忙消除无数的罪犯和土匪,因为后者与贪官和过于热心的官员们一起使当地普通百姓的生活充满苦楚。申子平最终见到大师。由于老残之前寄的一封信,大师同意提供帮助,并最终

---

① 刘鹗、曾朴:《老残游记·孽海花》,北京:华夏出版社,1995年,第11页。
② 同上。
③ 同上。

解决了问题。但申子平此任务最有趣的部分是他艰难的旅途:他翻越山林,遇到一只真正的却同时也是寓言性的老虎,后来遇见黄龙子以及玙姑(从哲学与政治观点的角度看,黄龙子实际是老残的翻版)。① 涉及申子平的章节具有寓言成分,该小说互文地提到游记文学的传统——唐三藏西行,更加彰显了它的寓言性。这种互文性关系由旅行者面对美丽风景时的典型反应开启。在旅行之初,申子平骑着一头驴(显然是一种非常适合骑者的动物),由几位仆人陪同(却不是孙悟空和猪八戒)。这似乎完美地展现一位受到周围自然景观启示、博学的旅行者形象:"子平进了山口,抬头看时,只见不远前面就是一片高山,像架屏风似的,迎面竖起,土石相间,树木丛杂。却当大雪之后,石是青的,雪是白的,树上枝条是黄的,又有许多松柏是绿的,一丛一丛,如画上点的苔一样。骑着驴,玩着山景,实在快乐得极,思想做两句诗,描摹这个景象。"② 但在诗意风景之后,马上发生了戏剧性的转变,首先路变得愈加危险,申子平显现了他的本色:"子平道:'强盗虽没有,倘或有了,我也无多行李,很不怕他,拿就拿去,也不要紧;实在可怕的是豺狼虎豹。天晚了,倘若出来个把,我们就坏了。'"③ 此外,在面对多样的自然障碍时:"可了不得!我们走差了路,走到死路上了!"……子平道:"可吓煞我了!这桥怎么过法?一滑脚就是死,我真没有这个胆子走!"……"车子抬得过去,我却走不过去;那驴子又怎样呢?"……子平道:"就是有人扶着,我也是不敢走。告诉你说罢,我两条腿已经软了,那里还能走路呢!"④ 最终,老虎走开,即使"眼睛映着月光,灼亮的亮,并不朝着驴子看,却对着这几个"。⑤ 申子

---

① 第一次相遇与第八章相关,第二次相遇涉及三个对话和一个"演出",与第九至十一章相关。在小说的后记中,提到一位名为青龙子的道家隐士。老残去他的山洞中与之相见。青龙子给老残一种药,可以治愈小说最后部分提到的中毒案的受害者,因此解决了之前老残牵涉其中的侦破犯罪案件。青龙子,而非黄龙子,代表着早前(秦和西汉)游记文学中提到的方士在现代的化身。"据记载,方士在这个时期迅猛增加,他们出游去与仙人接触;仙人是罕见的,他们发现了长寿秘诀,已经灵化成精神力量,因此能够自由地在时空中游走"。参看 Richard E. Strassberg, *Inscribed Landscapes: Travel Writing in Imperial China*, Berkeley: University of California Press, 1994, p.23。老残身为专注于传统医学的医生,似乎是世俗版本的方士。实际上,在找到青龙子之前,老残与一位外国的药剂师(一位传教士)讨论过该病例。这似乎是颇具讽刺意味的暗指:至少是在该病例中,传统方案如何解决了中国的问题。
② 刘鹗、曾朴:《老残游记·孽海花》,北京:华夏出版社,1995年,第46页。
③ 同上。
④ 同上书,第49页。
⑤ 同上。

平仍然害怕得颤抖,最终不知羞愧地叹了一口气道:"命虽不送在虎口里,这夜里若再遇见刚才那样的桥,断不能过!肚里又饥,身上又冷、活冻也冻死了。"

我们在这里看到的是类似于对唐三藏人性弱点的夸张描述(当然,没有后者道貌岸然的自负),同时兼具一点猪八戒的嘴馋。在此次磨难之后,申子平被邀请在山中一座神秘的房子过夜,并被告知,已经通知了这里的人他的到达。房子像是一位隐士、道士或是仙人的家。一位女孩用最贞洁的方式招待申子平,并对子平布道:"圣人言情言礼,不言理欲。以少女中男,深夜对坐,不及乱言,止乎礼义矣。此正合圣人之道。"①事实上,申子平对女孩美貌的反应并非如唐三藏般(恐怕有点像猪八戒的反应)。但是因为他以往(新儒家式的)礼仪观被女孩扭曲,所以子平剩得哑口无言:"那女子嫣然一笑,秋波流媚,向子平睇了一眼。子平觉得翠眉含娇,丹唇启秀,又似有一阵幽香,沁入肌骨,不禁神魂飘荡。那女子伸出一只白如玉、软如棉的手来,隔着炕桌子,握着子平的手。"②申子平后来被介绍给一位不寻常的中年男子,黄龙子。人们一直认为,女孩和黄龙子所阐述的观点实际包含了刘鹗自己的观点(女孩反对新儒家主义对儒家思想的错误解读,支持对三教合流的解读;黄龙子反对有迷信观念的义和团以及世俗化的革命者)。③ 与当前讨论相关的是:寓言解释(根据霍洛赫的说法,它是文本的结构性统一因素)实际上是被嵌入到一个互文的结构中,该结构将此小说的政治寓言与《西游记》中风趣的宗教寓言相连接。此外,如果我们认可老虎和黄龙子实际代表老残自己,则可以推测:在我们所推荐的互文性寓言解释中,他们也表明孙悟空的缺席。

黄龙子和那些女孩们的演奏不涉及歌唱,但是,音乐的神秘性这个母题当然非常明显:"弦已调好,玙姑与黄龙子商酌了两句,就弹起来了,初起不过轻挑漫剔,声响悠柔……粗听若弹琴鼓瑟,各自为调,细听则如珠鸟一双,此唱彼和,问来答往……六七八段,间以曼衍,愈转愈清,其调愈逸。"(楷体

---

① 刘鹗、曾朴:《老残游记·孽海花》,北京:华夏出版社,1995年,第56页。
② 同上书,第55页。
③ 另一个我们可以顺便提及的、有趣的互文参考是申子平与黄龙子和玙姑的对话,讨论变化、理解及月相,这与苏轼与道士杨世昌在赤壁的对话形成互文。如施特拉斯伯格所说,后者恐怕是中国文学史上被阅读最多的游记。参见 Richard E. Strassberg, *Inscribed Landscapes: Travel Writing in Imperial China*, Berkeley: University of California Press, 1994, p.55.

为笔者加)①起初,有些音乐背景的申子平("子平本会弹十几调琴")仔细倾听,观察演奏者如何左手控制古筝,同时也理解右手的工作。但是接下来发生的似乎是在描述一种突然的悟道,此前他对此"真是闻所未闻":"初听还在算计他的指法、调头,既而便耳中有音,目中无指。久之,耳目俱无,觉得自己的身体,飘飘荡荡,如随长风,浮沉于云霞之际。久之又久,心身俱忘,如醉如梦。于恍惚杳冥之中,铮从数声,琴瑟俱息,乃通见闻,人亦警觉,欠身而起,说道:'此曲妙到极处。'"②申子平询问该曲目的名称以及它醉人的美的奥妙,女孩告诉他题目是"海水天风",此音乐魅力的决定因素是合奏胜于同奏。女孩接下来把话题转到哲学上,将对音乐的解释联系到之前她对朱熹曲解儒家思想的抨击:"圣人所谓'君子和而不同',就是这个道理。'和'之一字,后人误会久矣。"③

音乐的母题以及情欲的自然性在老残营救妓女翠环时被再次提及。老残对他的朋友黄人瑞说:"好,好,好!我就陪你谈谈。我对你说罢:我回屋子也是坐着,何必矫情呢?因为你已叫了两个姑娘,正好同他们说说情义话,或者打两个皮科儿,嘻笑嘻笑。我在这里不便:其实我也不是道学先生想吃冷猪肉的人,作甚么伪呢!"(楷体为笔者加)④黄人瑞认为两个女孩虽不是美人但也不错("虽比不上牡丹、芍药,难道还及不上牵牛花、淡竹叶花吗"⑤)。所以,老残最后同意选其中一位(翠环)为妾,但这是因为他发现了翠环的悲惨故事以及她从前的富贵身份,纳妾也是为了帮她结束悲剧。然而,作为一个成年人,老残偶然在夜深人静的时候发现旁边有一位年轻女孩陪伴,像申子平在夜深人静的时候旁边有玙姑陪伴一样。老残和申子平被困的处境显然不同,但二人都是因为天气而被困。因为黄河结冰,不能经过,老残被迫住在客栈。当翠环与她的朋友开始唱歌取悦老残和黄人瑞,她们的表演无法与白妞和玙姑相比。黄人瑞让女孩们停下,并加入他们的晚餐。⑥ 这两个女孩,尤其是翠环,认为她们的救星很有可能变了主意。但叙

---

① 刘鹗、曾朴:《老残游记·孽海花》,北京:华夏出版社,1995年,第59页。
② 同上。
③ 同上书,第60页。
④ 同上书,第80页。
⑤ 同上。
⑥ 同上书,第67页。

事的发展并非如此。

　　同样重要的是,老残为翠环改名的情节。翠环从前是富有人家娇养的女儿,目前是一位歌妓,前面提到,后来她成为老残的妾。老残同意娶翠环为合法小妾后,立即开始教她读书——类似于传统上伟大诗人兼旅行者袁枚的做法。老残决定变换"翠""环"二字的顺序,将她改名为"环翠"。新名意为她被绿色环绕。改名是因为之前的名字品味低、不合适。但很显然,它有更深寓意:改名暗指老残"拯救"了这位妓女,将其过去抹去,重新定义她的身份。换言之,他改变了环翠的人生方向。如果我们同意谢迪克的建议——像"景观"之类事物应被暗指、名词化,那么翠环的新名意为"被绿色环绕的景观",这便有新视野的暗义。正如施特拉斯伯格指出:作为君子的游记作家为人改名是在许多文本中出现的人格面具,尤其是"告别性的游记"。① 施特拉斯伯格陈述说,该传统始于唐代诗人韩愈,"许多作家将风景作为表达个人美德的场景,所以试图(在风景中)去赞美有价值的人,矫正不公,同时也把自己形容为忠实的儒士。"(楷体为作者加)② 出于美学和策略原因,老残修改了一个人的名字,这是特定的社会文化景观的重要部分。但是通过此种做法,他在矫正不公。因此,老残的举止像是一位传统的儒士旅行者。

　　第三个重要的互文/寓言母题是关于天才。该小说对此有两个场景。第一个场景描写的是关于老残和他的有影响力的朋友,黄人瑞。老残的困境源于他是有才、不拘一格的君子,他的能力范围准确地反映刘鹗本人。实际上,老残经常需要转危为安(以及寓言性地挽救中国,这在小说序言和前几章已经提到),所以要吸引有权势和好心的领导。老残很聪明、博学、实际和谦虚,但他知道接受有权领导的邀请将承受声誉受损和腐败的双重弊端,所以他总是拒绝邀请,珍惜道家逍遥游式的自由。如前面所说,这是游记传统的重要组成部分。与那些终极目标是恢复道德和政治秩序的旅行相比,庄子将旅行看成是从社会的不自然束缚中解放,不揣冒昧的精神旅行,以实现无拘无束的本真自然,像是道的自生运动。如果儒家旅行的目的归结为

---

① Richard E. Strassberg, *Inscribed Landscapes: Travel Writing in Imperial China*, Berkeley: University of California Press, 1994, p.21.
② 同上书,第38—39页。

自我修养与统治世界的理想,庄子的第一章的题目"逍遥游"成为所有追随庄子、试图逃离朝廷场域内冲突的人们的代言。① 老残系统地避开了想让他当官的企图。这当然也是促使他不断旅行、游走的另一动力。② 另外,这里包含一种"恶性"循环:老残避免声誉,但是他已经很出名;在道义上他觉得应该帮忙,即使这之后需要他从英勇行为发生的现场逃离,就像罪犯逃离现场。他的朋友黄人瑞③指出老残矛盾的价值观或者动因,并告诉他:"昨儿听先生鄙薄那肥遯鸣高的人,说道:'天地生才有限,不宜妄自菲薄。'这话,我兄弟五体投地的佩服。然而先生所做的事情,却与乎论有点违背……试问,与那凿坏而遁,洗耳不听的,有何分别呢?"④听到老残承认,"摇串铃,诚然无济于世道",但又补充说:"难道做官就有济于世道吗?"黄人瑞悲伤地总结:"无才者抵死要做官,有才者抵死不做官,此正是天地间第一憾事!"⑤老残接下来的回答将道家的无为与儒家的理性主义结合:基于小说中对诚实、但却残忍又自负的清官玉贤的描写,老残对黄人瑞的论点逻辑进行批判:"不然。我说无才的要做官很不要紧,正坏在有才的要做官,你想,这个玉大尊,不是个有才的吗? 只为过于要做官,且急于做大官,所以伤天害理的做到这样。而且政声又如此其好,怕不数年之间就要方面兼圻的吗。"⑥

同样的母题(天才)由翠环/环翠的一个天真却深刻的问题引出:什么

---

① Richard E. Strassberg, *Inscribed Landscapes*: *Travel Writing in Imperial China*, Berkeley: University of California Press, 1994, p. 22.
② 施特拉斯伯格陈述道:"孔子与《庄子》的作者(们)或许认同:身居某场所的方式比将该场所看作目的地更重要……这样的态度某种程度上解释了为什么求索在中国游记中没有在西方游记中重要,解释了为什么许多旅行被表述为漫步,并从中产生自由的见解和感知,而不是把旅行当做获得具体权力对象之路。"参看 Richard E. Strassberg, *Inscribed Landscapes*: *Travel Writing in Imperial China*, Berkeley: University of California Press, 1994, p. 22. 尽管从总体上讲,人们可能同意该说法(实际上《老残游记》恐怕可以被重新命名为《老残漫游》),人们也可能会认为,此种的中西差别并不明显,因为老残的求索意图很明显:矫正不公。另外,古代中国文学(屈原的诗)涉及旅行与求索的双命题。尚且将之搁置,如果人们认为游记是更加流动的体裁,涉及小说从《西游记》到多莱热罗娃-韦林格洛娃提到的晚清作品,求索可能与中国的文学经典也更相关。
③ "黄人"意为"黄色的人",既表明叙事的民族寓言属性,也很显然地指代种族。
④ 刘鹗、曾朴:《老残游记·孽海花》,北京:华夏出版社,1995年,第36—37页。
⑤ 同上书,第37页。
⑥ 同上。对此,霍洛赫陈述道,老残认为"文化危机和行动的伦理至关重要。这就导致了一双关乎道德的举动:挽救两个女孩沦为妓女(而不是指向形成该问题的政治原因,错误的河流治理措施的执行者),以及营救两位无辜的被告和十三个毒药受害者……道德行为使政治行为黯然失色;后者没有明显奏效,而前者却取得成功,尽管规模有限。"Donald Holoch, "The Travels of Lao Can: Allegorical Narrative", *The Chinese Novel at the Turn of the Century*, Toronto: University of Toronto Press, 1980, p. 144。

可以被合理地当作诗的主题？该讨论的由头是老残在他所住客栈房间的墙上做的一首诗。传统的游记作家将自己的到场题写记录在空间（著名景点或纪念碑）和时间（模仿过去学者们的做法）里，题词通常是写在风雅的物体的表面，无论是自然的、还是人工的。而老残则不然，题诗在粗劣的墙面。① 在诗中，老残描写寒冷的天气如何使人叹息，使旅行者焦躁、徒劳，但也因为歌女们的陪伴而感到慰藉。很显然，年轻的歌妓翠环对自己值得在诗中——乃至写作中——被提及，感到惊讶，从而问道："说得真是不错。但是诗上也兴说这些话吗？"老残回答："诗上不兴说这些话，更说什么话呢？"②她然后详述了对自己做歌女时所经历的老爷们的理解。他们中有人在墙上作诗："听来听去，大约不过两个意思：体面些的人总无非说自己才气怎么大，天下人都不认识他；次一等的人呢，就无非说那个姐儿长的怎么好，同他怎么样的恩爱。那老爷们的才气大不大呢，我们是不会知道的。只是过来过去的人怎样都是些大才，为啥想一个没有才的看看都看不着呢，我说一句傻话：既是没才的这么少，俗语说的好，'物以稀为贵'，岂不是没才的倒成了宝贝了吗。这且不去管他。"③

在老残的故事中，翠环的评论讽刺性地表明，事实更可能是：许多自称怀才不遇的人实际是平庸的学者，不适合做官员，只是自以为是。通过间接地重申人才的缺少，翠环似乎与黄人瑞的观点类似。在此事例中，老残的回答强调：选择不同的话题作诗是因为生活中人们遵循的教诲不同。这重申了他在避免黄人瑞请求时，提到的自由与独立的相对性概念。但另一方面，老残决定挽救年轻的歌妓并赎回她，这其中的寓言层面似乎尚未给予足够的强调。

该寓言层面，与后来最终成为五四文学传统的主流趋势或主题，呈现出惊人的相似性，即多少有意识或者明显地使用女性人物，来代表被压迫的中国，需要被更激进的、西方化的觉悟的男性知识分子救赎、教化和现代化。

---

① 另外一种传播方式，或许是中国游记特有，是将文本刻在他们获得灵感的原场地……通过将文本与环境融合，旅行者试图持久地参与到该场地的整体性中。他使自己短暂的经历永恒，希望获得文学的不朽，因为他深信：通过此种题词，未来的读者将知晓和欣赏作者的本真自我。同时，他留下的文本改变了该场地，因为他塑造当地旅行者们的认知，指导那些想要追随先贤脚步的人。参看 Richard E. Strassberg, *Inscribed Landscapes: Travel Writing in Imperial China*, Berkeley: University of California Press, 1994, p. 5.

② 刘鹗、曾朴：《老残游记·孽海花》，北京：华夏出版社，1995年，第78页。

③ 同上书，第78—79页。

这是周蕾在《妇女与中国现代性》一书中的主要论点。如同美籍印度历史学家杜赞奇重申的,在中国(人们可能认为,也在欧洲)女人的性的纯洁/童贞是一个常见的/传统的隐喻/转喻,代表民族的纯洁。传统上,外国、他族人施加给中国女性的性暴力被解读为对民族身体的暴力。① 老残是非正统的、不拘一格的传统学者,他没有五四运动思潮对娶妾的道德顾虑。所以,他能轻松地将挽救少女/国家的使命与传统文明联系起来。

另一方面,当老残看到文化或自然景观、或者建筑作品,他欣赏、认同著名诗人们写下的诗句,这些诗句被同样著名的书法家抄录在济南千佛山上有名的地点(比如历下亭和梵宇僧楼)。然而,有时这样的欣赏是被镶嵌在寓言结构中(比如在描写喷泉一节中,由于失衡而导致的喷泉故障与国家统治的问题相似)。② 但该节中最引人注目的是对冰冻黄河的描写。尽管人们会想到《西游记》中类似的情形,朝圣者被陷入雪中,但最重要(而显著)的参考是最伟大的游记诗人之一的谢灵运。

老残对着雪月交辉的景致,想起谢灵运的诗,"明月照积雪,北风劲且哀"。③ 首先,老残在此暗指他与谢灵运的相似。毕竟,谢灵运"在文学文化中,成为著名的、热忱的旅行者,他在官场生活梦想破灭后,向自然求助"。④ 另外,谢灵运的"独居旅行者的自我意象",以及他"参与到当时动荡的政治生活中,在任职与幻想破灭的退职之间交替"的经历⑤,一定给刘鹗/老残留下了深刻印象,而且刘鹗也有着稍微相似的命运。⑥ 叙事者/老残对谢灵运的这首诗评论并哀叹道:"若非经历北方苦寒景象,哪里知道'北风劲且哀'的'哀'字下的好呢?"……"心里想道:'岁月如流,眼见斗杓又将东指了,人又要添一岁了。一年一年的这样瞎混下去,如何是个了局呢?'"老残

---

① 也参见刘禾对萧红小说《生死场》的论述。Lydia Liu, "The Female Body and Nationalist Discourse — Manchuria in Xiao Hong's 'Field of Life and Death'", *Body, Subject, and Power in China*, Angela Zito and Tani Barlow, eds., Chicago: University of Chicago Press, 1994, pp. 157 - 177.
② 细节分析,参见 Donald Holoch, "The Travels of Lao Can: Allegorical Narrative", *The Chinese Novel at the Turn of the Century*, Toronto: University of Toronto Press, 1980, pp. 136 - 137。
③ 刘鹗、曾朴:《老残游记·孽海花》,北京:华夏出版社,1995 年,第 72 页。
④ Richard E. Strassberg, *Inscribed Landscapes: Travel Writing in Imperial China*, Berkeley: University of California Press, 1994, p. 28.
⑤ 同上书,第 29 页。
⑥ 同上。实际上,谢灵运"被放逐并在相对年轻的时候被处死"。

又想到《诗经》上说的"维北有斗,不可以挹酒浆"。①《诗经》中的诗句促使他想到被懦弱官员毁掉的政府:"国是如此,丈夫何以家为!"然后,"想到此地,不觉滴下泪来,也就无心观玩景致,慢慢回店去了"②。然而,当他发现脸上有冰冷的事物,他的沮丧变成欢笑,他意识到"原来就是方才流的泪,天寒,立刻就冻住了,地下必定还有几多冰珠子呢"。③ 讽刺的是,老残的悲情似乎在荒凉的环境、寒冷的天气中得到回应。他冰冻的眼泪实际上象征着通过艺术和冥想来"冻结时间"的有限可能性。毕竟,时间本像水一样流淌。④ 实际上,根据施特拉斯伯格的观点,作为一个传统的游记作家,老残或许"通过协调不断转变的角度,来探索更主观意义上的时间,以唤起一种新的视角:将道看成是一个不断变化的过程"。⑤ 再者,毫无疑问,从主观角度讲,时间也涉及死亡。当老残悲叹人们努力的徒劳,很容易唤起旅行者在旅途(或放逐)中死去的想法。像谢灵运一样,老残把自然景观作为他注定要离开的世俗世界的理想形象。⑥

五、沈从文写作中的寓言与民族

让我们现在思考沈从文的作品如何有利于定义本文研究的主题——民族寓言。老残的歌女翠环的社会背景和所属民族显然与湖南湘西地区贫穷的妓女不同。在他卓越的游记《湘行散记》中,沈从文带着激情、尊敬和悲伤描述了这些湘西妓女。在该散记中,有一篇题为《桃源与沅州》的散文。该

---

① 刘鹗、曾朴:《老残游记·孽海花》,北京:华夏出版社,1995年,第73页。
② 像传统的游记作家一样,老残似乎带着施特拉斯伯格所说的"历史学家与诗人的双层面具",但是该平衡很难保持,因为"自我的公共与私人方面之间"存在矛盾;老残用类比和转喻的方式质疑为自己家人着想这一行为的伦理和道德的合法性,便是对上述矛盾的例证。Richard E. Strassberg, *Inscribed Landscapes: Travel Writing in Imperial China*, Berkeley: University of California Press, 1994, p. 12.
③ 同上。
④ 如同施特拉斯伯格所说,游记作家表达"自己内心感受(情)与场景的感官质量(境)的紧密联系"(《被题刻的景观:中华帝国的游记》,第12页)。对于"情"与"境"关系的一有趣新观点,参见 Lam Ling Hon, *The Spatiality of Emotion in Early Modern China: From Landscapes to Theatricality*, New York: Columbia University Press, 2018, pp. 3 - 4.
⑤ Richard E. Strassberg, *Inscribed Landscapes: Travel Writing in Imperial China*, Berkeley: University of California Press, 1994, p. 12.
⑥ 同上书,第28—31页。

文讲述了现代性的暴力给小小的湘西这一在文化上引以为傲,却社会经济落后的地域带来的巨大变化;沈从文对此的描写具有浓重的抒情色彩。该文章论战的对象既包括抽象的政治与经济背景,也包括具体的主题,如低俗的异域情调,以及几近于殖民的性剥削。前者将桃源描述为中国的人间天堂;后者讲述风雅人乘船到湘西在桃源留宿一夜,花钱享受浪漫:

> 桃源既是个有名地方,每年自然有许多"风雅"人,心慕古桃源之名,二三月里携了《陶靖节集》与《诗韵集成》等参考资料和文房四宝,来到桃源县访幽探胜。这些人往桃源洞赋诗前后,必尚有机会过后江走走,由朋友或专家引导,这家那家坐坐,烧盒烟,喝杯茶。看中意某一个女人时,问问行市,花个三元五元,便在那龌龊不堪万人用过的花板床上,压着那可怜妇人胸膛放荡一夜。于是纪游诗上多了几首无题艳遇诗,把"巫峡神女""汉皋解佩""刘阮天台"等等典故,一律被引用到诗上去。看过了桃源洞,这人平常若是很谨慎的,自会觉得应当即早过医生处走走,于是匆匆的回家了。①

该选段讲出了翠环故事中未讲的部分,但是也对翠环所说的第二个主题——诗歌中的"那个姐儿长得怎么好,同他怎么样的恩爱"——有不同的表述。在沈从文的文本中,诗歌并非要写在妓院的墙上。但恐怕,在某一著名的桃源洞上,人们会找到对"巫山神女"的伪抒情的胡言乱语。沈从文的文本运用讽刺/反语模式,增添种族层面的表意,反映其叙事的复杂性,也使之与刘鹗小说及五四的民族寓言区分开来。除了现代游记作品,如《湘行散记》,沈从文丰富的文学作品也包括虚构的游记,比如《阿丽思中国游记》。该小说是对他者性的有趣文学实验——它更像是孟德斯鸠的《波斯人信札》的创作角度,而不是卡罗尔的《爱丽丝梦游仙境》。最后,我将讨论如何从寓言的角度解读《边城》等沈从文作品中的开放式结尾叙事。该作品的故事情节广为人知,我将不进行细节分析,而是关注它情节中的几个方面,以及王仙子最近对该作品的有趣(也有可商榷之处的)分析。

《边城》的情节围绕着不同人物之间层叠交加的误解展开,也涉及多次的

---

① 沈从文:《桃源与沅州》,《湘行散记》,北京:北京十月文艺出版社,2008年,第13—14页。

位移和变迁(从渡轮到村庄,再到有些遥远的水路沿线的不同场所,从童年到性觉醒,从生命到死亡),这些因此也可以从寓言的角度予以解读。但是该作品的整体叙事可以从现代性与现代化、性的意识以及死亡如何闯入翠翠的生活和她所在村庄的角度予以解读。王仙子的双关表达得很好,"湘西世界并非世外桃源"。① 因为野蛮的暴力、宗教迷信、愚蠢的道德标准都在萦绕着这个需要被治愈的美丽世界。② 再者,王仙子正确地指出,渡轮象征着少数民族的弱势与无力;另一方面,磨坊代表物质世界战胜精神世界,汉族的闯入导致少数民族居住地区的崩溃瓦解,以及最终的灭亡。③ 然而,王仙子对詹明信理论的应用并非没有问题。主要的问题可能在于语言或者术语的属性。

"民族"一词至少有两个基本含义。一、泛指;二、在中国具体的背景中,该词受到斯大林模式的深刻影响。根据现代汉语词典,民族指"在历史上形成的、处于不同社会发展阶段的各种人的共同体",它"特指具有共同语言、共同地域、共同经济生活以及表现于共同文化上的共同心理素质的人的共同体",也就是说,民族国家和民族是"有共同根源、传统和语言的一个民族"或者"一个种族群体构成更大单位(比如国家)中的一元素"(韦氏词典)。④ 鉴于此,人们可能会发现詹明信对"民族性""第三世界"术语的使用并不清晰。接下来,我试图解析"民族性"的模糊性以及其他相关问题。

六、民族、民族主义与民族国家体系

兹曼在对詹明信理论的评论中提到,"民族寓言无异于是对所有文化文本辩证批评的一个替代词汇——无论文化文本是否属于第三世界"。⑤ 另外,更重要的是,兹曼阐明,"在詹明信对民族寓言的讨论中,缺少了与寓言讨论相匹配的对民族的讨论"。兹曼补充说,在他著名的文章中,詹明信"对

---

① 王仙子:《论"边城"的民族寓言性》,《从文学刊》,张建永编,2012年第6辑,第246页。
② 同上。
③ 同上。
④ 基于此原因,"少数民族"的准确英文翻译可以是"national minority"或者"ethnic minority"。
⑤ Imre Szeman, "Who's Afraid of National Allegory? Jameson, Literary Criticism, Globalization", *On Jameson: From Postmodernism to Globalization*, Caren Irr and Ian Buchanan eds., Albany: State University of New York Press, 2006, p. 198.

于民族本身的讨论""少得惊奇……民族多少与'政治性'相混淆"。① 实际上,"民族性"似乎暗指虚构人物蕴含民族的某些本质特征(比如温德姆·路易斯的《塔尔》)。但是,如同詹明信所说,民族特征以及代表该特征的人物是由第一次世界大战前的民族国家和欧洲的外交结构而定。兹曼得出结论,从詹明信的整体讨论来看,"民族已经从第三世界的民族寓言中消失",而且詹明信的民族寓言"很容易被称作'政治寓言'",因为民族据称是"第三世界(自然的)政治空间"。② 兹曼似乎暗指詹明信的理论可能缺少术语准确性。他认为,"詹明信在探索第三世界文学时使用的'民族性'一词或许只是一个令人遗憾的错误",③但又总结说,"民族"一词"具有完全不同的含义,它不同于简单的、客观存在的团体或集体性"。相反,它似乎是"一个物化的'文化范式',即一个从前的辩证解决办法转变成为一个问题,但是有望成为一个乌托邦式的救赎"——像老残的文化中国。换言之,"'民族'不仅是指代集体性的一个名称,它也是一种话语和认识论问题的名称。它命名的问题包括:试图代表这一集体说话,以及试图跟这一集体对话"。④

姚大力在他2010年发表的题为《谈民族与民族主义》的文章中,分析英语中"民族"一词的起源和矛盾性,阐述"国家民族主义"和"种族民族主义"的起源以及二者的区别。

尽管赞赏里亚·格林菲尔德的书《民族主义:走向现代的五条道路》(1992),姚大力也发现了该学者一些错误的假设,尤其是她似乎认同"民族实际是被民族主义'发明'的"这一看法。这也是为什么在姚看来,格林菲尔德是在使用欧洲中心模式来诠释中国历史和中国的民族主义。姚将个人主义和民族主义的重要性淡化或者相对化,他认为国家并非一定是由政治理性发起的组织结构,它们也不一定要被理解为共同享有自由和民主的群体中人们的一致统一。姚认为,即使人们同意民族主义是一个现代概念,民族被民族主义创造,这并不意味着在前现代的传统年代,"根本不存在类似今

---

① Imre Szeman, "Who's Afraid of National Allegory? Jameson, Literary Criticism, Globalization", *On Jameson: From Postmodernism to Globalization*, Caren Irr and Ian Buchanan eds., Albany: State University of New York Press, 2006, p. 198.
② 同上书,第200页。
③ 同上书,第201页。
④ 同上。

日民族那样的、被他们自己乃至该人群之外的他者们普遍认为是出自共同血统的文化共同体"。① 为了支撑他的论点,姚分析了"族类"这一合成词的词源;族类的本质含义是"指物的类别"。姚继续论述,"由此推衍,它可特指由同一姓氏的直系后裔成员所构成的血族"。② 这里的主要问题在于:这些古老的名称如何、在何时、在什么样的条件下衍变成它们的现代化身。换言之,无论从民族还是文化的角度,微小的重叠并不能确保某些本质的东西能从过去被传承下来。③《边城》中所描述的寓言很难算"民族性",因为所描述的是两个种族之间的冲突,而该冲突可以追溯到民族国家体系形成之前,并最终由于迟疑的现代化的到来而达到高潮。④

如上所述,霍洛赫对《老残游记》的诠释某种程度上调整了詹明信的理论,因为他认为:寓言及寓言解释并非一定要与某一民族的、后殖民的民族国家相连,而是与一个不同的(更古老的、或许更复杂的、多民族的)文化主

---

① 姚大力:《谈民族与民族主义》,《追寻"我们"的根源:中国历史上的民族与国家意识》,北京:生活·读书·新知三联书店,2018年,第132页。
② 同上书,第133页。
③ 姚大力提到非常有趣的一点,但论证的方式偏趣闻性:他认为,在"历史民族"与"近代民族"之间存在很大不同,"就是历史民族并不把拒绝来自其他民族的统治,以及独立建立本民族的国家政权作为自己的最高政治诉求";基于特定的文化主义思维,传统的中国政治理论强调"正统论、君权神授学说为核心,它并不特别强调统治者与被统治者必具有共同族类背景的问题"(姚大力:《追寻"我们"的根源》,第133页)。另一方面,姚提出一个令人惊异的解释:"因为当事人根本没有这样的观念"(第133页)。对于民族主义如何在20世纪初期发生、发展,姚提出非常重要的论点:反对满族的辛亥革命的根本动力是种族民族主义。对于"汉族与满族之间的矛盾已经在被所谓的同治中兴时代所克服"这一观点正确与否,姚对此没有表明立场。然而,他认为,辛亥革命的和平胜利不仅是因为不能应对侵略及其耻辱的满族政府已经失去了它立足存在的任何合法性,也是因为种族民族主义的传播(第134页)。姚通过引用美国历史学家周锡瑞的《从帝国到民族国家》(Joseph Esherick, Hasan Kayali, Eric Van Young, eds. *Empire to Nation: Historical Perspectives on the Making of the Modern World*. Lanham: Rowman & Littlefield, 2006)一书,继续论述该观点。事实上,姚同意:无论立宪派与革命派关于是否满族应被纳入中华民族这一议题有多么强烈的争议,两派都认为中华民族等同于汉族、西藏、新疆,以及那时的蒙古的领地应属于中国的一部分。姚得出结论:在针对满族的问题上,两派是种族民族主义者;而在第二个问题上,两派是国家民族主义者。姚的观点可以与杜赞奇的观点并置,并得到后者的补充。杜指出,在辛亥革命之前,"近代民族主义"的观念在中国知识分子中已经确立,像康有为这样的君主立宪派与章炳麟和汪精卫等革命派的分歧与传统的民族主义的两面性有关。康和他的党派支持信仰儒家文化主义的政治团体,而革命派依据古老的种族中心主义传统。因此,从立宪派的角度,他们支持皇帝是考虑到,即使是满族的统治者,不论他们的民族是什么,他们也与汉族有同样的文化价值观;文化价值观是构成一个合法团体的根基。政治上,此观点最终被否认、击败,因为孙中山和他的党派把传统的、以种族为中心的民族成功地根植到近代民族国家的民族主义思想中。
④ 另一方面,现在看来很明显的事实是,建立在种族之基上面的政体反对民族国家体系,声称他们自己具有不同的忠诚,即对"民族主义"一词有不同的诠释。只有我们同意杜赞奇的解释:把从国家体系中区分开来的民族团体看成是民族的话,王仙子在《边城》中对"民族性"寓言的论点才是可以接受的。

义国家相连。① 杜赞奇(1995)对现代民族主义的不同特点提供了启示性的讨论,即民族国家体系意识形态。他指出,该体系的两个根本方面是注重领土与边界,以及声称它代表本民族的人民。而且,杜赞奇指出,从历史角度看,在19世纪后半叶,民族国家遍及全球,民族国家强行成为唯一合法的"政体形式",允许国家权力普遍接管所有曾经由当地职权控制的地域。② 杜赞奇的评论有助于帮助人们理解詹明信的民族概念应该被解读的方式。实际上,"民族主义"一词常被理解为指代民族国家的意识形态(人们也会认为,该词指代民族国家系统)。它强调在民族国家层面上(据称是)不能改变的政治身份认同。这是詹明信在他的著名论述中暗指的观点。因此,更稳妥的论点是:老残的寓言叙事对象是(文化主义性质的)民族,同时也是民族国家意义上的民族,尽管后者的程度更小些。③ 沈从文,在某种意

---

① "民族寓言在总体上存在的前提条件是:民族国家作为世界政治的基本构成元素,以及民族国家的客观存在"。参见 Fredric Jameson, "National Allegory in Wyndham Lewis", *The Jameson Reader*, Michael Hardt and Kathi Weeks, eds., Oxford, UK; Malden, Mass.: Blackwell, 2000, p. 312。

② 可以这样认为,在西方的地缘政治和文化背景里,近代民族变得与民族国家系统的发展紧密相连,也就是说,在古代多民族政体解体之后,欧洲民族国家创立。诸如,奥匈帝国、奥斯曼帝国,或者后来发展到欧洲以外,曾经被西方或者西方化国家控制的殖民地区,在殖民统治结束之后,也诞生了新的民族国家。

③ 当然,人们可能会认为,外国帝国主义和殖民主义实际上是形成寓言叙事的一种无意识的促进因素。在姚大力的另一篇2014年发表的文章《中国历史上的两种国家建构模式》中,他认为,在万斯同主编的《明史》中,"中国"一词很显然既指代汉族,也指汉文化。(姚大力:《中国历史上的两种国家建构模式》,《追寻"我们"的根源:中国历史上的民族与国家意识》,北京:生活·读书·新知三联书店,2018年,第154页。)而且,根据多样的语言学分析,姚认为"大清国"的满语是"dai-qing gurun",但在攻占中国之前(也暗指在那之后的一段时间)满族统治者用"tulimbai gurun"指代中国。然而,尽管一开始该词可能用于他者化被征服者,但最终,满族统治者把"中国"看作"大清国"的同义词。换言之,姚认为:"这是满洲人把自己看作'中国'人最直接的证据"(第155页)。姚与某西方学者意见相反,后者"用民族主义思潮席卷时代'后见之明'看待清朝,说清政府不能算'中国'",姚认为并非如此,因为"满洲人自己都把清朝与中国等同看待,别人还有什么理由以为清朝不是中国呢?"(第155页)。关于蒙古人的自我认知,姚提供了一个类似的例子(第156页)。尽管姚提供了许多敏锐、非常有趣、值得研究的见解,但是满族统治者与汉族臣民的关系以及前者(还有其他少数民族)的自我认知问题非常复杂(王仙子的文章也有体现),有待更多研究。

杜赞奇反对现代化的理论,他认为民族身份这一概念在本质上不是意识的新形式,它应当与近代民族国家体系这一概念区分开来,后者是彻底新的社会经济构建。杜认为,现代与前现代的民族的概念没有绝对的分歧。对他而言,民族主义是一种"沟通性"的身份形式,它早于现代性;"有自我意识的政治团体也存在于更传统的社会中"。众所周知,像康有为、张之洞等儒学现代化者认为,按照儒家行为准则建立的民族群体也包括非汉族的人,尤其是满族,他们应该要接受儒家的思想。人们可能推测,老残(和刘鹗)显然会同意该观点。这在小说序言提到的梦境中有所暗示。在梦里,(认为民族是基于种族中心的)革命派被尖锐批评。似乎姚大力没分析汉族与满族之间的矛盾,以及满族在认同汉人这一点上所表现出的持久的含糊性。引用王夫之强烈的反满观点,杜赞奇认为,即使满族人成为合法的统治者,清朝仍然普遍存在着种族中心主义者对它的反对。如(转下页)

义上是一个现代主义作家,他显然要对此种情形做出反应,而且他的叙事反应是表达一种两难困境。但是冲突是真实的,叙事的寓言结构有意识或者无意识地表现该冲突。

如阿罕默德所说:"如果我们把'民族'的概念换成更宏大的、少束缚的'集体性',如果我们不从民族主义的角度思考寓言化的过程,而只是将它看成是私人与公众、个人与集体的关系,那么寓言化可能绝不是只有所谓的第三世界国家才具有的特征。"① 如果我们从寓言的角度理解沈从文的代表作(因为我认为即使不运用詹明信使用的角度,这也可能是合理的),将寓言在范围与属性上误解为一个闭合结构,以及把寓言解释误解为一个单一的阐释过程,二者都是有问题的。实际上,《边城》的后记并非暗指一个欢乐的结局,也称不上是悲伤的后记。两种情况都将符合"典型"寓言叙事的特点。另一方面,故事的尾句表明尚有许多未表述的话语:"这个人也许永远不回来了,也许明天回来!"如此开放式的后记反映沈从文的反讽式写作风格,暗示着文学诠释学旅程的开放结尾。

(接上页)杜所说,文化主义反映了中国价值观具有优越性的观点,但限定条件是这些价值观可能被其他人接受,从而变成这一文化群体的一部分。基于库恩和克罗斯利的研究,杜观察认为,满族统治者对汉族臣民的态度经历几个阶段。首先,他们通过各种手段,保持自己种族的特殊性。比如,禁止跨族通婚,阻止汉人移民到满洲。当这些(以及其他)手段不奏效,当不同的满族群体开始失去自己的语言和传统,他们开始了寻根趋势,重新找回满族民族身份的意愿在乾隆统治时期尤为明显。为了支持/重建那被认为正在消失的满族身份,乾隆实施了许多政策。后来,在19世纪,满族身份兴旺,但是因为汉族臣民(精英和大众)把重点从儒家的普遍主义转移到种族排外主义,二者之间矛盾急剧增加,并爆发多种流血冲突,比如太平天国运动。参见 Prasenjit Duara, *Rescuing History form the Nation*: *Questioning Narratives of Modern China*, Chicago: Chicago University Press, 1995. 该书中文译本参见杜赞奇:《从民族国家拯救历史——民族主义话语与中国现代史研究》,王宪明、高继美、李海燕、李点译,南京:江苏人民出版社,2009年。

① Aijaz Ahmad, "Jameson's Rhetoric of Otherness and the 'National Allegory.' " In *In Theory*: *Classes*, *Nations*, *Literatures*, London, Verso, [1987]2000, p. 110. 如同詹明信最忠实的拥护者伊恩·布坎南(Ian Buchanan)所说,阿罕默德对詹明信批评的某些方面似乎与许多后殖民学者对"身份政治"的控诉重叠。Ian Buchanan, "National Allegory Today: A Return to Jameson", *On Jameson*: *From Postmodernism to Globalization*, Caren Irr and Ian Buchanan, eds., Albany: State University of New York Press, 2006, p. 176. 尽管一些表面的相似性不可避免,在我看来,阿罕默德对印度文学创作在语言、主题、类型、比喻多样性方面的观点并非是想要表现不可弥合的差异延异;相反,应该将它理解为在更广阔的文学载体中对理论的重新评估。另外,无可厚非,"几乎是后殖民批评的转义词:由于资本主义的世俗化渗透,当传统本身遭受危机时,性挫折在传统社会涌出,流入文学中"(第176页)。布坎南反对阿罕默德对印度文学的论述涉及"上学女孩的社会与性挫折",并将此作为非寓言文学的案例。但是尚未解答的问题包括:为什么"资本主义(或殖民主义)的世俗渗透"使得某种主题或话语的文学呈现成为可能? 而为什么此类主题的作品一定要被解读为某"民族"挣扎的寓言,而不是被看成是对"内部"(宗教、家庭、传统的)殖民者反抗的直接表述? 布坎南还提出其他有趣的反驳阿罕默德对詹明信解读的观点,但对这些问题的详细分析超出了本文的范畴。

循着光漫游的灵魂——晚清民国欧洲来华作家行旅写作中的传教士/修女形象

马佳

(约克大学语言文学语言学系)

一、行旅写作与传教士文本

在后殖民主义理论框架和思维定势下,当我们带着批判、反思和挑剔的态度审视与 15 世纪开始的人类海洋时代(航海大发现)几乎同步的"基督教全球化"运动中的传教和传教士,似乎可以将其诙谐地定义为一场"精神热病"驱动下的超大规模集体无意识行为。这样的定义当然有其当下响当当的"政治正确"①,因为连后来的一些基督教人士,尤其是不少传教研究(Missionary Studies)的学者都承认,那个时期的很多传教士都是在所谓基督世界即将来临的感召鼓动下,满腔热忱、义无反顾地投身于全球化的传教事业中,冒险的本能、探索未知国度的热情、年轻人的冲动,让一批又一批的传教士们被肩负拯救人类、开辟新纪元的宏大使命所激发和煽动,走出欧洲、北美传统基督教国家的国门,怀揣着圣经、指南针和地图,漂洋过海,前赴后继,不屈不挠,向着荒蛮辽阔的非洲大陆,向着神秘遥远的远东亚洲进

---

① 近代西方传教士到亚洲和中国传教始于 16 世纪,以天主教耶稣会派遣的传教士为先锋。1552 年耶稣会传教士圣方济各·沙勿略(San Francisco Xavier,1506—1552)到达广东沿海的小岛上川,但未及登陆广州便因病去世。值得一提的是,在此之前,沙勿略还曾经在印度、日本、婆罗洲、马六甲群岛等地传教,但只在印度获得短暂的成功。他被梵蒂冈称为"历史上最伟大的传教士"。沙勿略和罗耀拉等 7 人同为耶稣会的创始人。耶稣会在 1540 年经当时的教宗保禄三世正式批准成立。罗耀拉成为第一任会长,沙勿略则受命成为耶稣会的首批传教士(参见顾长声的《传教士与近代中国》,相应的中文维基百科条目)。

发,为能使异教徒们脱离悲惨的生活,让他们的灵魂得以拯救。① 于是,传教士在当时的足迹延伸到所有的五大洲,这让我们自然地从"类型文学"中的"行旅文学"和基督教传教士之间找到一个有趣的交叉点——行旅。

"行旅文学"的内核是旅行、履步、行走、漫游乃至流浪,或依赖双足,或仰仗各类交通工具,范围一定是"跨界"的——跨村落、跨州县、跨国乃至跨大洋、大洲,但一般而言以跨国为多,这种"行万里路"所获得的林林总总的异域情调的体验化诸笔端,凭借作者"读万卷书"的内存储备,造就了"行旅文学"灵动活泼、想象丰沛、互动比较、继而让读者耳目一新的特质。如同"行旅"的跨界乃臻至无界,"行旅文学"在今天的全球化、后殖民化时代,往往外延到离散文学(diasporic literature)、海外文学(overseas literature)或者是语系文学(-phone literature),比如最早的英语语系文学(Anglophone literature)、法语语系文学(Francophone literature)一直到依然热议的华语语系文学(Sinophone literature)②。王德威在阐释华语语系文学产生的背景时说道:"……在一个号称全球化的时代,文化、知识讯息急剧流转,空间的位移,记忆的重组,族群的迁徙,以及网路世界的游荡,已经成为我们生活经验的重要面向。旅行——不论是具体的或是虚拟的,跨国的或是跨网路的旅行——成为常态。"③而在航海大发现之后漫长的500多年里,虽然航海工具不断更新,但迟至载人远程飞行器发明制造之前,一直到20世纪中叶,越洋跨国的旅行对大多数人来说依然是不可企及的梦想,故成为少数外交官、商人、作家和传教士的专利。

由于基督宗教从诞生之日起的传教性质,我们其实在《圣经·新约》的四福音书里就可以发现基督宗教文本和"行旅文学"关联的端倪,之后的诸如《天路历程》④、

---

① 伊丽莎白·L. 马尔科姆(Malcolm, Elizabeth L., University of New South Wales, Sydney)在《〈中国丛报〉和1800—1850年间关于中国的西方文论》("The Chinese Repository and Western Literature on China 1800-1850", *Modern Asian Studies*, Vol. 7, No. 2, 1973, London: Cambridge University Press)一文中,曾不无讽刺地写道:"受制于个人嗜好、偏见和西方思维定式,许多传教士似乎认为中国人要先学会用刀叉,才能真正地皈依基督教。"(p. 168)
② 王德威、季进:《文学行旅与世界想象》,《联合报》,2006年7月8日及7月9日。
③ 同上。
④ 英文书名:The Pilgrim's Progress。《天路历程》的初版是1678年,1684年增添了第二部分。牛津大学出版社2008年版本的编者欧文斯(W. R. Owens)在其前言里开宗明义地写道:"自《天路历程》出版的那一刻起,它就一直吸引着超乎寻常的大量的各种各样的读者。在所有英语作品中,经过漫长的时间后,《天路历程》的阅读量仅次于《圣经》。"据信,1851年有了《天路历程》的第一个中文版。

循着光漫游的灵魂——晚清民国欧洲来华作家行旅写作中的传教士/修女形象

《鲁滨逊漂流记》①等西方经典的"行旅小说"更有圣经和基督精神的内容贯穿其间,前者常常被认为是基督宗教小说的范本。更有甚者,绵延数世纪的西学东渐,或基督教东延的过程中,出现了不少传教士身份的著名写手,他们缤纷多彩、闻所未闻的异国他乡的传奇经历被编织进书信体、自传体、忏悔劝谕体的体例中,成为文学史中一道奇特的风景。

众所周知,中国文化中虽然缺少根深蒂固的宗教传统,但来自域外却源远流长的佛教,加上内化锻炼出的禅宗,以及道教,甚至也被一些学者认可的本土的巫术宗教和所谓的儒教②,也形成了自己独特的宗教根系,并在此根基上逐渐萌生了带有佛教色彩的"行旅文学"的雏形,《西游记》是其中的典型代表。另一支传统"行旅文学"的脉络串连着中国诗歌中的"边塞诗""远游诗"和"放逐诗",从两汉的古体诗开始,以唐诗宋词为高标,一路绵延至元明清。或西风瘦马,旅途漫漫,或踉跄而行,郁郁寡欢,或暂时在移步换景中,借景喻情,一吐胸中之块垒。之所以"边塞诗""远游诗""放逐诗"以唐诗宋词为最,皆因唐朝科举考试,文人争相取士,文官制度蔚然成型的历史背景下,文官在朝和外放的双向流动,以及唐代处理边疆事务时的和亲政策使然。"边塞诗"中,王维的"大漠孤烟直,长河落日圆""劝君更尽一杯酒,西出阳关无故人"等远行的异域情调,送别的浓情厚意,直击人心。同是唐人的李商隐的名句"君问归期未有期,巴山夜雨涨秋池。何当共剪西窗烛,却话巴山夜雨时。"将外放巴蜀,远离长安亲友的细密情愫表现得如此婉转迷离,缠绵悱恻,让人肝肠欲摧,是"远游诗"中的经典。宋苏轼的《儋耳》一诗中"垂天雌霓云端下,快意雄风海上来。野老已歌丰岁语,除书欲放逐臣回。"抒发了他在垂垂老矣的当儿获得朝廷赦免的欣喜宽慰。而一首"滚滚

---

① 英文书名:The Life and Strange Surprising Adventures of Robinson Crusoe of York Mariner。也简称为 Robinson Crusoe。作者丹尼尔·笛福(Daniel Defoe,1661? —1731)。本书初版于 1719 年 4 月 25 日。《鲁滨逊漂流记》据说是根据苏格兰的一位荒岛余生者亚历山大·塞尔寇柯(Alexander Selkirk)在一个名叫马萨提拉岛(Más a Tierra)的太平洋小岛独自生存 4 年的经历写成。马萨提拉岛现属于智利,1966 年被命名为鲁滨逊岛。《鲁滨逊漂流记》是糅合了书信、自述(常带有基督教的忏悔基调)、道德劝谕的自传体小说,也是所谓"流浪汉小说"的鼻祖。

② 参见秦家懿、孔汉恩的相关论著《中国宗教与基督教》(北京:生活·读书·新知三联书店,1990 年。中文版由吴华根据 1989 年的英文版 Christianity and Chinese Religions 译出)。秦家懿写道:"首先,我要强调'中国宗教'不单指儒学、佛教和道教,还应包括一个更古老的传统。这一古代传统一度十分活跃,现在只能从古籍中重新发掘出来。这就是'原始宗教',它包括神话、占卜、祭祀,有着浓厚的狂人或巫术宗教的色彩。"(第 10 页)

长江东逝水,浪花淘尽英雄,是非成败转头空,青山依旧在,几度夕阳红"的词作,不仅奠定了四川才子杨慎的词坛地位,更是表达了被发配充军云南的逆境中依然如故的家国情怀。到了清末民初的近代,在《天路历程》《鲁滨逊漂流记》等西方小说的影响下,中国现代"行旅文学"应运而生,前有《老残游记》,后有郁达夫、沈从文等人的作品,从而夯实了它作为类型文学在中国近现代文学中的位置。

所以,简而论之,"行旅文学"在中国文学中其实并不是个外来的文学类型,但它的成长壮大的确受到了当时这类西方文学的影响和推动。而从西方文学的传统着眼,传教士文本(文学)其实在形式和内容上和"行旅文学"多有交叉和互动。

二、传教士和行脚僧——信仰、观察和思忖

如果要追溯传教士形象的原型,应该始于耶稣基督。在《圣经·新约》的记载中,作为上帝之子,向大众传播福音,是其孜孜以求,永不放弃的,哪怕被犹大出卖,钉在十字架上,也在所不辞,终于道成肉身。《马太福音》里耶稣讲:"这天国的福音将传遍天下,让万民都听见,然后末日才会来临。"[1]而《新约·使徒行传》是专章记叙使徒(信徒),也就是最早的一批传教士的行径。《使徒行传》第15章里,有个在基督宗教史上划时代的耶路撒冷会议,在此之前,"基督教还是犹太教里的一派,那么,从犹太人那里接受基督教信仰的所谓'外邦人'就面临着是否也要遵循犹太律法的争议,比如说,是否要行割礼,是否要死守安息日的规定。在此次会议上,彼得、雅各、保罗等共同商讨这个问题,而圣灵也亲自动工,亲自带领,感动一些人的心,使他们愿意接受彼得和保罗在外邦人中作见证时,自己看到神的作为。于是,会议向外邦信徒发出了一封信,说圣灵和使徒决意不将别的重担放在外邦信徒的身上。这意味着以后使徒们向外邦人传福音,可以撇开犹太的律法……这是基督教从犹太教独立出来,并走向世界的发端"。[2] 所以,某种

---

[1] 《马太福音》24:14,《圣经》(当代译本修订版),上海:中国基督教协会,2017年。
[2] 马佳:《爱释真理:丁光训传》,香港:基督教文艺出版社,2006年,第191页。

程度上,基督教从犹太教脱胎而出,一路向北、向西传入欧洲,是耶稣一步一个脚印带着门徒走出来的。

在基督教发展的现实层面,随着基督教被罗马帝国定于一尊,然后向欧洲大陆北部拓展的过程中,传教士先是成为了带有荣耀的头衔,之后更演变为一个教会内的职位。如前所述,伴随着15世纪的世界地理大发现和人类海洋时代的开始,基督教开始雄心勃勃向全球扩张海外传教运动,由此以降,传教士多为来自欧洲和北美,带着坚定的基督信仰,远行向不信仰宗教的人们传播宗教的修道者和宣教师。公元600年左右叙利亚教会派传教士到中国介绍景教;1552年耶稣会传教士圣方济各·沙勿略(San Francisco Xavier,1506—1552)到达广东沿海的小岛上川,成为近代第一个踏上中国领域的西方传教士。1622年,负责新大陆传教区的教廷传信部(今万民福音部)成立。之后,耶稣会传教士开始向远东进发,明朝天主教的著名传教士利玛窦(意大利)和汤若望(德国)为我们耳熟能详,而新教传教士最早进入中国当在19世纪初。

有趣的是,中国行旅文学中则出现了类似传教士的独特形象——行脚僧,简而言之,他们是徒步修行参禅的云游者,故也称云游僧;泛言之,则指那些食仅果腹、居无定所,同时有明确目标,或不辞劳苦,磨砺修持,或寻访名师,升华心智,或身体力行,感染众生,但性情上却自由自在,了无羁绊的特殊僧人。行脚僧亦简称"行脚",有时也和隐士同义。仅举数例:南宋陆游《双流旅舍》组诗其一有云:"孤市人稀冷欲冰,昏昏一盏店家灯。开门拂榻便酣寝,我是江南行脚僧。"①,行脚僧不辞劳顿、昼行夜宿、踽踽独行的模样呼之欲出。以北宋为背景的《水浒传》第六十六回写道:"再调鲁智深、武松,扮做行脚僧行,去北京城外庵院挂搭。"可见当时行脚僧并非罕见,且为官府和市井百姓所认可同情。宋元以降,至明清民国,行脚僧依然穿行于大街小巷、荒郊野岭,在文学作品中抑或化身为隐士,如明代《西游记》中记唐僧西天取经;清《老残游记》中第二十回"浪子金银伐性斧 道人冰雪返魂香"中描述隐士青龙子,依仗一身绝技,步履四方,隐形崇山峻岭,不露声色中打抱不平,彰显英雄本色。清朝诗人陆长春《香饮楼宾谈·罗汉寺》一文

---

① 《双流旅舍》是由三首绝句组成的组诗,此诗为其中之一。

有如下文字:"殿宇嵯峨,香火特盛。远方行脚多挂褡其中。"罗汉寺即江西赣县境内的契真寺,汉代香火始盛,可见行脚僧多在庙宇投宿,以践行苦行修持,寻访名师的目的。民国小说高手郁达夫本人的传奇人生就集云游僧的诸多特质于一身,他早年游学日本,恰逢国内五四退潮期,国家持续羸弱,在日本学校不堪被贬称"支那人",于是自我放逐,四处漂游,据此写就《沉沦》而一鸣惊人。归国后,怀着一颗赤子之心,或投身革命,或介入各类文学潮流,或因爱情而奔波,居无定所,惯于游走,《春风沉醉的晚上》《迟桂花》等名篇无不浸淫作者的云游痕迹,直至抗战时期流落海外,在 1945 年日军投降前夕在印尼苏门答腊被谋害。郁达夫天性纤弱、敏锐,情感倾向神秘悠远,崇拜自然,这使得他在心灵深处和基督宗教中的基督崇拜、忏悔意识、性灵拯救容易产生共鸣,这在他的作品《风铃》和《迷羊》中都有表现[1],而他沉厚的古典文化修养中凸显的是对魏晋风度的天然接近,使得他风云舒卷的一生,书内书外的"我"获得了行脚僧最高的境界——我行我素,远离尘嚣。

综上,如果把行旅文学中传教士和行脚僧的形象做比照,我们可以发现这样的相似处——苦行僧的模样。精神上,两者都是吃苦耐劳、心智坚定,带着理想或信仰的远行;行为上,行踪不定,长途跋涉,为的是完成宣教或说教的使命,即我们在小标题中点明的——信仰、观察和思忖。而相异处在于,借助各种交通工具,传教士往往行程遥远,越界跨国,但行脚僧只得一双脚一拐杖,往往囿于国内。前者有强大的教会和差会的支持,后者往往是个人行为;前者更有使命感,但渐成一门职业,后者一般无牵无挂,云游四方,瓢饮箪食。

有了以上对行旅文学、传教士文本、传教士和行脚僧两个形似神似的文学形象的概述,然后以郭士立(Karl Friedrich August Gützlaff)[2]和毛姆的个案研究(case study)展开分析晚清民国欧洲来华作家行旅写作中的传教士和修女形象,我们便可获得大历史视野下相对客观真切的图像。

---

[1] 参见马佳的论著《十字架下的徘徊》,上海:学林出版社,1995 年,第 73—77 页。
[2] 郭士立是其汉文名字,见其著 *Journal of Two Voyages along the Coast of China, in 1831, & 1832: The First in a Chinese Junk; The Second in the British Ship Lord Amherst; With Notices of Siam, Corea, and the Loo-Choo Islands, and Remarks on the Policy, Religion, etc.*, New York: John P. Haven, 1833, p.71: "I took, also, the name Shih-lee."

三、作为传教士的郭士立的自画像：在其晚清的航海笔记中浮现

我们之前在论及行旅文学和传教士文本或文学形象的关联时，曾指出有不少来华的传教士本身就是优秀的写手或作家，他们自己书写的行旅文学作品，常常采用的形式是脱胎于《天路历程》或《鲁滨逊漂流记》的自传式、日记体的方式，其实，从另一个角度去看，早期的传教士大都受过很好的教育，日记书信成为他们日常的功课，不可或缺。早期新教传教士的不少书信日记都陆续出版，或者被收入各类新教的年报和会议记录或纪要中，继而部分出现在新教传教士的报刊上，或者作为教会通讯/事工的原始材料，或者成为了俗世"新闻"的一部分，因此在早期传教士操办的报刊和相关的书信日记之间就形成了一个自然的纽带（bond），这让我们可以从历史的层面（新闻报刊史、思想史、概念史等）去剖析，也可以循着类型文学、文体学（新闻、书信、日记）、翻译学的路径去解构，显然，后者正是本文的重心。

回顾西方传教士活跃的晚清时期，我们知道，经历两次鸦片战争重挫后，清政府试图另辟蹊径，重振国力，于是启动了著名的"洋务运动"和制宪行为；后来又有了自下而上的"公车上书""戊戌变法"，一直到"太平天国"的兴起、"义和团"的乱象、孙中山领导的"辛亥革命"，在此期间，无不活跃着各类传教士的身影。这个时期传教士们和自己的教会、差会、亲朋好友以及其他人士的书信往来在当时的教会刊物和报纸上发表，有的后来集结成书，成为研究当时急剧变动的中国社会万象，西方教会、信众、政府、精英和普通民众对中国和中国文化的认知，中西文化文明交流碰撞，西方基督教普世运动和殖民主义等珍贵的第一手资料。

比如在义和团运动期间率领八国联军进入天津城的卫理公会传教士弗雷德里克·布朗，在他的日记中对此有比较详细的记载。布朗的父母都是圣公会的信徒，但他们允许自己的儿子皈依卫理公会。1882年布朗来到中国传教，先到了山东的芝罘，后转派到北京，1888年担任天津教区的主管。1900年夏天，由于他熟悉天津以及当地的方言，应八

国联军先遣军的请求,替他们带路,引导先遣军攻入被义和团包围的天津城。①

再比如在1918—1955年期间在中国徐州教区传教的加拿大魁北克天主教耶稣会的神父、修士,他们先在上海徐家汇的总部接受半年到一年的汉语培训,然后去徐州赴任。在此期间,他们不断地传回有关中国的通讯报道,发表在魁北克母会主办的《强盗》杂志上②。

从以上对早期来华传教士书信日记的梳理,我们可以看出这类写作的大部分都是作为传教士的差会,教会母会,以及相关西方信众和民众了解遥远神秘国度的第一手资料来对待的,甚至在当时和后来成为西方国家实施中国战略的重要参考,所以,晚清时期的1834年在伦敦出版的郭士立的航海日志《1831—1832年沿着中国海岸的两次航行日志:第一次搭乘中国商船,第二次乘"阿默斯特勋爵"号,并附在暹罗、朝鲜和琉球群岛的笔记》(以下简称《1831—1832沿中国海岸两次航行日志》)③在当时和以后相当长的一段历史阶段都产生了同样的效果,而作者本人也以此为傲,这部笔记也同时成为作为传教士的郭士立参与英国和中国的国际事务(尤以鸦片战争中的翻译为甚)和短暂担任英国驻华官吏的敲门砖。但经历了风云诡谲、跌宕起伏的19世纪和20世纪,当我们拭去蒙在这本所谓的航海日志之上的层层尘垢,却发现,过往的读者和研究者大都有意无意地漠视了这本书的文学价值,也就是作为来华传教士行旅文学范本的意义。这显然值得今天的学者用功于此。

卡尔·弗里德里希·奥古斯特·郭实腊(Karl Friedrich August Gützlaff,又译:郭实猎,中文名为郭士立,本文以下的论述中使用他的中文名字),1803年生于普鲁士的斯特汀(Stettin),1851年卒于香港。他因为喜

---

① 他在日记中写道:"I too entered the hole under the City Walls, in sewage and covered with filth. We were a sorry spectacle. A march of 12 miles, some fighting and the rescue of the Legations all in one day was not a bad day's work and we had every reason to be thankful."参见 Ma Jia and Liao Suyun, *Incorruptible Love-The K. H. Ting Story*, New York: Peter Lang, 2018, p. 189。
② 梁丽芳、马佳主编:《中外文学交流史:中国—加拿大卷》,济南:山东教育出版社,2015年,第354页。
③ *Journal of Two Voyages along the Coast of China, in 1831, & 1832: The First in a Chinese Junk; The Second in the British Ship Lord Amherst; With Notices of Siam, Corea, and the Loo-Choo Islands, and Remarks on the Policy, Religion, etc.*, New York: John P. Haven, 1833.

爱英语,继而崇尚英国文化,让自己的名字英语化为查尔斯·郭实腊(Charles Gutzlaff)①。郭士立是德国路德教派往远东的传教士,因首次作为新教传教士到达泰国的曼谷(1828年)和朝鲜(1832年)而引人注目。他也是第一位抵达中国的路德宗传教士。他一生著述甚丰,仅英文作品就有五六部之多,除了我们要详加解读的《1831—1832沿中国海岸两次航行日志》,其他代表作还有《中国历史速写》②、《打开中国的大门》③、《中国先皇帝道光之生平》④、《访问中国海岸:另一本给年轻读者的书》⑤,这5本书分别于1833年、1834年、1838年、1852年和1853年出版,可见从19世纪30年代早期一直到郭士立去世前这不到20年的时间段,是郭士立写作的高峰期,内容绝大部分聚焦中国,涵盖中国的地形地貌(尤其是沿海)、古今历史、风俗习惯、行为方式、文学艺术、商业贸易、国际关系、宗教、法律、政治制度(对皇帝和宫廷的描述)等。仅从郭士立到中国后写作出版的密集程度,加上他参与中文报刊的出版、发行、编辑和撰稿的经历,给他安上"中国通",乃至汉学家的头衔并不为过。

作为一位非典型的传教士,郭士立既有传奇性的一面,同时也因为他介入鸦片战争战后中英两国的谈判,以及参与不平等条约《南京条约》的起草翻译,而充满争议性。他的多重身份,还有以下佐证:比如他在1840年英军攻入中国境内向北推进时,充任英军翻译及情报官员。当英国占

---

① 他的三任妻子都是英国人。第一任妻子玛丽·纽厄尔(Mary Newell)1831年殁于曼谷,1834年他和第二任妻子温斯蒂(Warnstail)在马六甲结婚,1850年和加布里埃尔(Gabriel)在欧洲结婚,婚后第二年两人一同回到香港(参阅维基中文和百度相关条目)。
② 本书英文全名为 *A Sketch of Chinese History, Ancient and Modern: Comprising A Retrospect of the Foreign Intercourse and Trade with China*, London: Smith, Elder and Co., 1834。中文译名:《中国古代和近代历史速写:包括国际交往以及和中国的贸易》。
③ 本书英文全名为 *China Opened: Or, A Display of the Topography, History, Customs, Manners, Arts, Manufactures, Commerce, Literature, Religion, Jurisprudence, etc., of the Chinese Empire*, London: Smith, Elder and co., 1838。中文译名:《打开中国的大门:或是中华帝国的地貌、历史、风俗习惯、行为方式、艺术、制造业、商业、宗教、法律体系等的展示》。本书的另一位作者安德鲁·里德(Rev. Andrew Reed)也是传教士。
④ 本书英文全名为 *The Life of Taou-Kwang, Late Emperor of China: With Memoirs of the Court of Peking; including a Sketch of the Principal Events in the History of the Chinese Empire during the Last Fifty Years*, London: Smith, Elder and Co., 1852。中文译名:《中国先皇帝道光之生平:关于北京宫廷的实录,以及过去50年内中华帝国主要历史事件的简报》。
⑤ 本书英文全名为 *Visit to Chinese Coast, and Other Books for the Young*, New York: American Tract Society, 1853。

领定海后,他被派任占领地的民政官,管治该地。1841年当英军攻占宁波后,又任宁波民政官。1842年调任镇江民政官。在《南京条约》签订时,郭士立为英方传译之一。所以,在中国的学术界和公共舆论场,尤其是后者,自清代以来,郭士立很多时候是个负面历史人物,或者是坑害中国的"坏的传教士",甚至是披着宗教外衣的"伪传教士""西方殖民者和帝国主义的帮凶"①,甚至在西方学者眼里郭士立也是毁誉参半,比如英国著名汉学家和翻译家亚瑟·伟利就把他形容为牧师加海盗,天才加骗子,慈善家加无赖的多面人②。但本文的重心是借助郭士立自己的这本著作,从文学的角度切入,把它看作是行旅文学的一个特别的文本,通过解读和剖析,来探讨作者是怎样在书中塑造自己非典型的传教士人物形象的。

《1831—1832沿中国海岸两次航行日志》这本郭士立的英文著作,在作者完稿时隔一年后即告出版,速度之快,连今天的很多出版社似乎都会自叹不如,它在当时热门抢手的状况在出版这本日志的英国出版社的书前推荐启事(advertisement)中就可见一斑:"郭士立是普鲁士斯特汀(Stettin)③人,7年前被派往东亚传教。他使得自己非常熟悉中国人的行为方式、各种方言和文学文化;他的医术也成为他接近、取悦当地民众的通行证。如果阅读时,读者对郭士立个人的探险,他作为一个真正信徒通过努力而获取成功这样一种发自心底的愿望,不能产生强烈的兴趣,那么,我们就过分高估了此书的价值。"④需要说明的是,这本著作出版后,郭士立又增加了第三次去中国海岸的航行,定名为《1831,1832,1833沿中国海岸三次航

---

① 在刘诗平的著作《洋行之王:怡和与它的商业帝国》(北京:中信出版社,2010年)关联到郭士立的一节中,作者干脆用了这样一个标题:"传教士郭士立:最佳鸦片翻译",并对郭士立有以下描述:"第一次鸦片战争前后,几乎在中国沿海每一个重大事件中都有郭士立的身影:1834年年底,他被任命为英国驻华商务监督的中文翻译兼秘书;林则徐南下禁烟时,他随义律一道与林则徐交涉;鸦片战争中,他以翻译身份参加了战争全过程;战后《南京条约》谈判中,他充当英方翻译;之后他又担任了8年香港总督、英国驻华公使(驻华商务监督)的中文秘书"。

② 见阿瑟·伟利(Authur Waley)的著作《中国人眼中的鸦片战争》(*The Opium War through Chinese Eyes*. Stanford, Calif: Stanford University Press, 1968)。另参见姚达兑:《现代的先声:晚清汉语基督教文学》,广州:中山大学出版社,2018年,第177页。

③ Stettin 为德语,它相应的波兰语地名是 Szczecin,目前是波兰和德国接壤的一个港口城市。1720年后先是普鲁士帝国从瑞典人手里取得,后又成为德意志帝国的一部分,一直到二战结束后的《波茨坦协定》(Potsdam Agreement)将其划归波兰。

④ 见本书的前言。

行日志》①,但第三次航行,客观上协助了英国鸦片商查顿的鸦片贩卖。其实在答应查顿的请求之前,郭士立就有过激烈的内心冲突,因为我们之后会提及,在《1831—1832 沿中国海岸两次航行日志》中,他多处强烈地抨击中国人(包括华人)吸食鸦片的行为,并在天津等地以医生的身份医治过受鸦片毒害的病人,他自己这样为虎作伥的行为显然和他内心的价值观和基督教信仰是对立的,所以,他后来在自己主办的报纸上不止一次地忏悔过。当然,从他积极地参与鸦片战争的行径,又很难说他是真正地忏悔。基于这样的历史波折,加上对两个文本文学性的考量,我们选择了《1831—1832 沿中国海岸两次航行日志》而不是《1831,1832,1833 沿中国海岸三次航行日志》。

如前所述,郭士立在基督教新教的早期传教士中无疑是个传奇人物,他不光语言上天赋过人,同时,善于社交应酬,纵横捭阖,三教九流,无不接纳善用,这从他以上这部两年两次带有探险性质的游记中就可见一斑,1842 年《南京条约》的参与者身份更使郭士立声名鹊起,被不同的俗世机构争相聘用,以至于生活远比一般清贫简朴的传教士优渥——"大腹便便,招摇过市",有人见到晚年的郭士立后曾如此形容。郭士立之后长期在香港生活,有过三次婚姻,死后葬在香港。② 所以,晚年的郭士立越来越远离标准的清教徒式的清癯苦行的传教士形象,也和早年在《1831—1832 沿中国海岸两次航行日志》中热情理想、勤勉踏实的自画像相去甚远。还是让我们进入文本来探个究竟。

---

① *Journal of Two Voyages along the Coast of China, in 1831, 1832, & 1833, with Notices of Siam, Corea, & the Loo-choo Islands*, London: Thomas Ward and Co. 1832 年 10 月,刚刚结束第二次中国沿海的航行后,郭士立乘鸦片商查顿商船"气精号"(Sylph)再次北上,进行了第三次跨年度的沿中国海远航,向北到达东北牛庄(今营口),然后据此成书。"因为郭士立第三次航行实际上是为了帮助查顿贩售鸦片。查顿向中国人销售鸦片,需要一个翻译,而郭是最佳的人选,但查顿也知道说服一个基督教的传教士帮助他销售鸦片是很难的,所以他给郭写了一封热情洋溢的邀请信,应许他很高的回报,为他正要编辑的刊物提供六个月的经费。郭士立经过激烈的内心斗争之后,终于答应了查顿的邀请。他自己在三次航海记中说:'经过与许多人商量及头脑中的斗争之后,我登上了气精号商船。'但郭作为传教士,是清楚知道自己的做法是错误的。他后来在其主编的《东西洋考每月统记传》中就写过谴责鸦片毒害的文章,如在 1835 年写道:'鸦片流弊日甚,民穷才匮。无度生之法,会匪伸同作弊矣。无恶不作,无弊不行,莫非严哉。既日增日益贻害,莫若作速结戒鸦片焉,尽绝恶弊矣。'此文在 1837 年二月号上再次刊登(据龚缨晏所著《浙江早期基督教史》,杭州:杭州出版社,2010 年——作者加注)。郭士立写的谴责鸦片贸易的文章,是对自己之前帮助查顿售卖鸦片行为的一种否定。"(维基中文)

② 参见英文版维基百科。

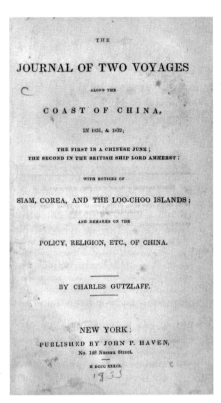

图 11 《1831—1832 沿中国海岸两次航行日志》首页(约克大学图书馆网络资料)

结构上,《1831—1832 沿中国海岸两次航行日志》共分 5 个部分,第 1 部分"引子——和中国的交往",第 2 部分"一个暹罗居民的日志,以及第一次远航"(分 3 章),第 3 部分"第二次远航实录"(分 7 章),第 4 部分"中国的宗教",第 5 部分"基督教在中国"。以下按每个部分加以概述和分析。

先来看第一部分"引子——和中国的交往"。这个部分凸显的是作者本人作为一个虔诚的基督教新教信徒和勤勉侍奉"基督教全球化"事业的传教士形象,这在开始的论述,尤其是最后他对基督教从 16 世纪欧洲天主教耶稣会士开始的对中国小心翼翼的试探和逐渐渗透的历史过程的回溯和评价,以及他对未来基督教新教在依然封闭的"天朝"①中国传播基督宗教福音的展望中可以一目了然。这其中很多的观点在他之前和同时代的传教士

---

① "Celestial Empire",郭士立在书中多次使用这个在当时通行的中国的别称。

和神学家那里都有类似的表述,并无多少新鲜的东西,但他最后的一段话还是值得我们玩味和思忖:

> 宣扬传播基督宗教作为唯一有效的(和中国)建立友好关系的手段的前提下,我并不排斥(欧洲)的商业公司打开和中国沿海省份的贸易之门,但我宁可把这看成是向一个唯由海路可以进入的国家介绍福音的一种可能方式。①

至少可以确定当时的郭士立还是笃信和平理性介绍传播基督宗教是唯一可以和中国建立长期稳定友好国际关系的手段。但颇为吊诡的是,当郭士立在回顾自16世纪开始西方国家从外交层面和宗教层面试图接触"天朝"政府却屡屡碰壁时,对这个他称之为采取"非社会化制度",长期蔑视外来的"蛮夷之国",并尽可能将"蛮夷"拒之门外的封建帝国的傲慢和偏见却又似乎显得无可奈何。

"引子"中,郭士立还"显摆"了他对中国的历史、文化、社会结构、管理制度、民族心理的观察、了解、分析和批判,想为未来的中西交往提供宏观建议乃至具体方案②,树立自己有别于一般传教士的中国通和汉学家的形象。这其中值得一提的是他一方面感叹于中国辽阔的国土、众多的人口、悠久的文明、神秘的文字,包括其文化对周边国家强大的辐射力,另一方面对清政府和各级官吏不吝批判,这些批判虽有偏颇,却也击中要害,他写道:

> ……为了欺瞒民众他们对欧洲优越性的担忧和害怕,官员们习惯于给欧洲人戴上声名狼藉的大帽子,在和他们交往的过程中,不是以原则和坦诚开道,取而代之的是狡黠、虚与委蛇或诉诸暴力……中国在"纸上的战争"中是无敌的。③

---

① 参阅 Journal of Two Voyages along the Coast of China, in 1831, & 1832; The First in a Chinese Junk; The Second in the British Ship Lord Amherst; With Notices of Siam, Corea, and the Loo-Choo Islands, and Remarks on the Policy, Religion, etc., New York: John P. Haven, 1833, p. 18。以下用缩写的书名《1831—1832 沿中国海岸两次航行日志》(Journal of Two Voyages along the Coast of China in 1831&1832)。本文中所有有关该书的中文译文皆为马佳翻译。

② 比如他对早期葡萄牙人、荷兰人和后来英国人单纯地派大使前往京城朝拜皇帝和朝廷的做法不以为然,认为他们的失败是基于缺乏对中国历史文化和民族心理等深入的了解。

③ Journal of Two Voyages along the Coast of China in 1831&1832, pp. 6-7。为方便查阅,论文中涉及本书内容所标记的页码是按照我所阅读的约克大学(York University)图书馆电子版本,全文从封面开始,包括出版社推介(Advertisement),目录(Table of Contents)以及正文。

下面我们转向本书的第二部分:"一个暹罗居民的日志,以及第一次远航"(分三章)。先看第一章最后一段的结尾,郭士立这样动情而又失望地描述道:

……机会从天而降,暹罗大使这一年①不得不前往北京,答应让我扮作他的医生(不付报酬)带我去中国的首都,他非常想要和我达成这样一个契约,因为他的几个前任都是因为路途上得不到必需的医助而死去。我对这样一个可以让我直接进入中国的机会简直欢呼雀跃,如果这是天意的话,我愿意尽我所能去完成这样的使命。但一位绅士从中作梗,因为他希望我继续留在暹罗,致使大使无法履行他的承诺,这让我失望得无以复加。②

第一章和其他各章的标题都采用了相同的模式,即每章并没有一个大标题,而用不同的甚至多达十几个的小标题串联起来,仅以此章为例,作者是这样安排的:

第一章——传教士在暹罗的事工—激励与障碍—皇室—本土基督徒—华人居民—巴格人(Peguans)—缅甸奴隶—马来人—摩尔人(Moors)—老挝人—柬埔寨人—可钦中国(Cochin-China)—天主教传教—贸易—中国木船—偶像崇拜仪式—去中国传教的使命③

这一章在内容上还采用了悲剧的结构——自悲伤起,由悲痛结。开篇作者便罹患大病,甚至连客死他乡的墓地都准备好了,按他自己的说法,是天意神授,让其死里逃生,所以,接下来的时间里一直到本章的结束,郭士立更加努力地践行传教士的工作,他充分利用懂医术的特长,积极接触暹罗的皇室、贵族、军队首领,包括有名望的佛教学者和佛教徒,充分了解暹罗的历史文化,学习当地的语言,特别是深入研究暹罗和中国源远流长的文化和商业交往,以及和周边邻国像越南、柬埔寨等"你中有我、我中有你"的错综复杂的关系,目的当然是在此基础上,输出基督教,继而由基督教取代在他眼

---

① 郭士立在书中记录的第一次远航是1831年,那么这次后来未成行的远航计划当发生在之前,或许是前一年。
② *Journal of Two Voyages along the Coast of China in 1831&1832*, pp. 67-68.
③ 同上书,第11页。

里属于无神论的佛教①。但他无论是学习和考察暹罗的文化历史、风土人情，还是间或批判当地人的"水性杨花"——他们看似对所有的宗教都包容，但除了奉为国教的佛教，他们对任何其他宗教都流于好奇和兴趣，浅尝辄止，最终的目的还是为了从侧面增加对中国的了解，因为他知道暹罗也好，越南也好，甚至柬埔寨和老挝都曾浸淫于中国文化之中。同时，如前所述，他也一直在等待合适的时机进入中国，在前辈传教士（主要是来自天主教）浅尝辄止的基础上，真正实现让中国这个泱泱大国被纳入基督教世界版图的梦想和雄心。这一章中的郭士立，呈现出传教士诸多的特征，既有正面的——神圣信仰、理想主义、冒险精神、勤勉好学、孜孜求实、不耻下问、入乡随俗等，也有负面的——功利主义、傲慢偏见、虚与委蛇、救世主架子、殖民心态等。他继续在西方先进技术文明、基督教理念乃至殖民主义的框架下，对中国的"国民性"、中国的民间宗教、一部分中国人的特征进行分析和批判，比如在谈到中国当时的近海航海，他认为除了指南针可以算作是相对精密的现代技术设备，中国人大都依赖经验，乃至妈祖的保佑，虽然西方的航海技术明显比中国的先进——西方拥有罗盘、海图、职业海员、有序管理等，但中国人就是羞于学习，他写道："任何变换改进的建议，他们（指中国人）都会有现成的回应：如果我们采纳这样的方法，我们很可能会落入蛮夷的圈套。"②另一处，他对中国沿海延续至今的民间宗教妈祖的历史起源、崇拜仪式和精神心理功能有详细的解读，显见是下了一番功夫去考察，但他言辞之间禁不住流露出传教士对东方淳朴粗糙的民间神话传说和原始宗教居高临下的态度，自然就把妈祖归入民间崇拜和迷信的范畴。而在描写往返于暹罗和中国沿海港口的底层船员时，更是不把他们放在眼里，甚至充满不屑，说他们大部分是吸食鸦片者、赌徒、小偷和偷情私通的③，他们缺乏专门训练，使用的语言猥琐下流，像是来自"罪恶之城"所多玛和娥摩拉④的，他们更没有责任感——赚的一点钱往往都浪费在海上的赌博中，根本不顾及岸

---

① 郭士立认为佛教的因果报应、转世轮回观念并非超越人世、追求永恒的宗教理念。
② *Journal of Two Voyages along the Coast of China in 1831&1832*，p. 60.
③ Fornicators（偷情的、私通的、淫乱的）。同上书，第 63 页。
④ 同上书，第 64 页。Sodom and Gomorrah，即"罪恶之城"或"罪恶之域"。这是出自圣经的一个典故，参见马佳编写的《圣经典故》，上海：学林出版社，2000 年，第 391 页。

上苦苦相盼的家人。所以基督教,特别是基督教新教传教士更有迫切的必要担当起拯救这些堕落者和异教徒的责任。他言及马礼逊(Morrison)、米怜(Milne)等编撰的中英文字典、翻译的圣经,以及英国传教士建立的英华书院等主要的准备工作,认为新教会采取更灵活的策略①去推进事工。

第二章详细记载了1831年6月3日到9月22日,郭士立搭乘一艘中国帆船从泰国的曼谷启程,历经艰险到达中国沿海的海南、福建的厦门、台湾、然后一路向北,停泊在浙江、江苏、上海、山东的沿海城市、一直到天津附近的第一次奔赴中国的远航。这一章在内容和写作手法上表现出三个明显的特点:其一是提供了包括郭士立个人在内的更丰富的信息,其二是更强的故事性,其三是基督教和妈祖偶像崇拜的交锋。郭士立在本章远航的开始就插叙了自己"中国化"的信息,他说他为了"归化"天朝,采用了福建同安(Tung-an)的族姓——郭,取汉名"士立",偶尔也身穿汉服,并生活在福建华人中间,以示自己的诚意。他还决意从现在开始要完全适应中国的习俗,甚至不惜暂时搁置摈弃西方的书籍②。作者还插叙了他开始远航前接连失去妻子③和尚在襁褓的女儿的悲伤,包括在航行途中受到强大的蚊群攻击,加上身体羸弱,命悬一线的经历。

毫无疑问,故事性是郭士立这本"行旅文学"作品的主要卖点,除了通常的冒险、探险或惊险的情节,他的这部作品还加上了对英国和英语国家(主要是美国和加拿大)颇具吸引力的东亚、南亚,特别是中国的那些闻所未闻的异国情调,同时他在历险过程中将基督教文明和当地文明和文化作比较,甚至是在信仰的层面针锋相对地一较高低,从而显示出基督宗教文明的高尚优越的方面,当然也就迎合了基督教国家普通读者的胃口。这里仅举两例。

启程后的第三天,我们刚抵达泰国境内蛇行般蜿蜒曲折的梅楠姆(Meinam)河附近,便遭到海量的蚊群的攻击,如果要防卫国家的海岸线,这样强大的攻击要胜过建在河口的可怜的碉堡。我当时几乎就无

---

① *Journal of Two Voyages along the Coast of China in 1831&1832*, p.66.
② 同上书,第71页。
③ 1829年,郭士立和英籍女子玛丽·纽厄尔(Mary Newell)结婚,婚后居住在曼谷。

法挪步,不能吞咽食物,有段时间就只靠河水维持生命;6月8号的晚上,觉得自己已经到了生命的尽头:我难以呼吸,直挺挺地躺在窄小的舱位内,没有一个人来帮助我,包括我的那位姓于的福建裔人,他采用了和他同乡一样的做法,那便是看到一个人不能吃米饭了,便抛弃了他,任其自生自灭。在如此的绝境里,我存留的强烈求生意识,让我能够尽量积攒一点能量,走出船舱。我最终挪到驾驶舱旁,吐了一地,这让我终于免于窒息。

……

五天后,我们经过了越南沿海,海边的岛屿和海角的形状看上去都显得浪漫,尤其是帕达兰(Padaran),哇雷拉(Varela),飒浩(San-ho)。沿海许多河流和小溪穿行其间,海里有数不尽的鱼类,看来是居民的主要食物。数百只大大小小的船只往来穿梭。越南的老百姓都很穷,最近的革命让他们的日子更是苦不堪言。①

关于基督教和妈祖的海神信仰的冲突,在本章中屡屡被提及,特别是当郭士立搭乘的海船遭遇巨大的浪涛和毁灭性的台风时,冲突更为激烈,因为这个时候海员们都会不由自主地膜拜祈祷妈祖婆,但在郭士立的描述里,没有一次妈祖是显灵的,所以,他便乘机兜售基督教,教导大家要有坚定神圣的信仰,而不是偶像崇拜,并和随船的专事维护妈祖神像和神位的人,或对耶稣基督不屑一顾的人大加反击,不畏可能触犯众怒,刻意营造自己作为意志坚定、无所畏惧的"高大上"的传教士。②

相对于前两章,这一部分的最后一章相对简约,作者主要记述了溯流北上到达天津,并滞留在天津的故事③。按郭士立原来的计划,他很想直接从天津前往北京,觐见"龙颜"(dragon's face),但他没有足够的时间准备行程,包括练习北京的方言,找到可以为其在北京提供住宿和向导的友人,所以只好放弃,留待来年。他的医术一传十,十传百,居然在天津也一下子吸引了上至达官贵人,下至贫民百姓的众多的病人,因此,在行医的过程中,切身了

---

① *Journal of Two Voyages along the Coast of China in 1831&1832*,p. 72,p. 79.
② 同上书,第109—110页。
③ 郭士立搭乘的商船逗留天津港数日后,还前往辽东半岛(辽东湾)的几个港口,然后才折向南方,向广东进发。

解到了天津作为当时中国北方最重要的商贸港口的经济模式、社会结构、日常生活和风土人情,当然他也不失时机地传播基督教的基本理念,而且发现天津人对欧洲人,对宗教没有神秘偏见①。值得一提的是五个细节,其一,他"高超"的医术,他的外国人的神秘身份,让当地人有了各种揣测,"甚至有人私下窃窃私语,说我来是要绘制一幅中国地图,充当有预谋的攻击天朝的向导"。② 其二,他描述了当地和尚的尴尬和窘迫,虽然建有庙宇,人们也会有些施舍,但和尚们穿着各色普通的衣服,也到他的商船上不顾颜面地化缘、要钱。其三,离开天津时,他的三教九流的朋友们纷纷赶来送行,除了馈赠礼物,有的还愿意陪伴他去京城,让郭士立由衷地感动,展现了中国人"有朋自远方来,不亦乐乎"的古道热肠。其四,他再次表现出对中国人普遍吸食鸦片的深恶痛绝,还提及了自己医治患有鸦片毒瘾病人的经历——这似乎和他后来在第一次鸦片战争中充当翻译的作为形成强烈的反差。其五,本章的最后他抵达澳门,并受到了马礼逊夫妇的热情接待。

由此,郭士立第一次中国的海上之行落下了帷幕。

本书的第三部分和第二部分的叙述结构基本一致,完整详述了郭士立第二次由南至北沿海的中国航行。明显的不同在于,这一部分第一章便直入主题,描写由澳门出发的第二次远航,并分解为七节。同时,这次海上远征的船只从民用中国商船转为了英国东印度公司的商船"阿默斯特勋爵"(The Lord Amherst)号,而且郭士立这次是作为翻译和医生加入了东印度公司,这次远征具有明确商业目的,那就是沿海考察了解哪些区域、城市、港口可以作为长期稳定的商贸基地。③ 有学者将1832年的这次由林赛(Hugh H. Linsay)④率领的沿中国海岸的行动和之前1759年英国商人以及外交家洪任辉(James Flint)的天津之行并列为中国近代外交史上带有里程碑意

---

① *Journal of Two Voyages along the Coast of China in 1831&1832*,p.126.
② 同上书,第121页。
③ 其中还包括了朝鲜、日本和琉球群岛的沿海海域。
④ 林赛(Hugh Hamilton Linsay,1802—1881)是一位当时对开发中国市场尤感兴趣的商人,他的父亲(Hugh Primrose Lindsay)时任东印度公司的总管(director)。关于这次行动,他写了《乘"阿默斯特勋爵"号沿中国北方港口航行报告》(*Report of proceedings on a voyage to the northern ports of China*, *in the ship Lord Amherst*(1833))

的历史事件,并且认为前者尤为重要①。所以,这次郭士立不是像第一次作为传教士和医生的孤身行动,而是作为一个具有划时代意义的考察团队中的一员。

  从第一章的内容来看,郭士立对这次参与远航的"阿默斯特勋爵"号抗御海上风暴和其他险情的功能、船长的技术和管理能力更有信心,所以,笔墨更多地用在详细地描述所到之处(沿海城镇、港口、渔村等)的各类信息,特别是居民的维生方式、卫生状况、风土人情,这当然跟他此行的翻译兼医生的公开身份有关,但他同时也不失时机地向民众散发宣传基督教的小册子和圣经。和以前章节不同的是,他集中抨击了清政府禁止移民、禁止民众和外国人,尤其是欧洲人交流,以及贸易上的闭关锁国政策。郭士立认为这种政策完全基于老大帝国的天朝心态,认为天下臣民皆为自己的资产,但实际上因为广东和福建一些沿海地区土地贫瘠、资源有限而人口密度大,导致官、民、军之间奇妙的贿赂和腐败关系,所以,"大清律"的严刑峻法实际上多数时候都是因不能与时俱进及不合乎民情而名存实亡②。郭士立对居住在广东沿海的客家人印象深刻,赞扬他们之中有的人勤于耕作,更多的人则散落在附近的外海,比如东南亚的婆罗洲(Borneo)一带冒险创业,他们的主业是矿工,在新加坡一带则多为手艺人③。此外,郭士立还在生动地描述他们一行在一个渔村被活泼的男孩子们围绕跟随的景象时,言及了女孩子被缠足的恶习:

  ……就像我们在别处观察到的,这里年轻人不少,其中一群群男孩子们(女孩子因为被缠足都困在家中)跳着叫着,围绕着我们,显得很开

---

① 徐中约(C. Y. Hsü)在《1832年阿默斯特勋爵号沿中国海岸的秘密使命》("The Secret Mission of The Lord Amherst on The China Coast, 1832" by Immanuel C. Y. Hsü. Harvard Journal of Asiatic Studies Vol. 17, No. 1/2, Jun., 1954, pp. 231 - 252, published by Harvard-Yenching Institute. DOI: 10.2307/2718132 https://www.jstor.org/stable/2718132)一文认为洪任辉的行为只是缓解(alleviate)了中国和西方的贸易争端(之后不久清政府实行了广州的一口通商),但林赛之行却兼有商业、外交和军事的目的和功能,其中,关键的地方更在于,林赛让英国政府相信,之前通过外交途径说服清政府打开通商贸易大门的方式应当让位于一场军事干涉,而一旦战争打响,英国可以轻而易举地获胜。徐中约还强调了阿默斯特勋爵号的这次划时代的远航,远远没有获得史学界和学术界的足够关注。

② *Journal of Two Voyages along the Coast of China in 1831&1832*, pp. 146 - 147.

③ 同上书,第141页。

心的样子。①

在第二章开始谈到厦门人的生存境遇时,郭士立又写到了他所了解到的这里长期存在的一个恶习:溺婴。当然他分析了产生这个恶习的主要原因是厦门人因土地贫瘠,缺乏赖以生存的自然条件,自古以来多为商人,所以每个家庭更需要男性,但他还是不依不饶,义正言辞地抨击了这一源远流长且骇人听闻的习俗:

>……在当地居民中间,大量溺毙新生的女婴成了普遍的习俗。这种不人道、变态的罪行是如此地盛行,以至他们在冷血地故意犯罪,甚至是狂笑着去这么做;问任何一个男人有没有女儿显然是种冒犯。与此同时,政府和他们的圣人先哲的道德训喻都看不到叫停这种邪恶风俗的表述。父亲对其孩子的生命有绝对的权威,他可以按照自己的喜好任意处置他们。男孩子享受着父母更多的关爱。他们的出生被看作是一个家庭最幸运、最了不起的事情之一。他们被放到高高的位置去珍视和宠爱;如果父亲死了,儿子就继承了超过母亲的权威。这里买卖女性毫不奇怪。如此让人作呕的事实显然是对人性的亵渎。然而,这些恶习可以激励女性基督徒去争取同性的权益——她们的这些中国姐妹在同性中占据着一个巨大的比例。要给予她们人类的拯救者伟大的福音,因为这个福音会重新树立女性在社会中应有的地位。令人欣慰的是,现在英国建立了一个帮助马六甲中国女性争取权益的慈善协会。如果这样的机构能在我们的祈祷下在中国本土发挥影响,那我们就会有信心地看到,这样一个被朽坏、被压榨的国家人民的呻吟能得到极大的舒缓。②

这无疑是郭士立在本书中面对中国社会长期奴役、霸凌女性的丑恶现象,作为一个有正义感有道德感有现代意识的传教士发出的义愤填膺、铿锵有力的声讨!无论郭士立以后的形象和角色是怎样的,至少在此时此刻,他表现出了一个超越国界的基督徒善意美好的一面,也自然站在了现代普世

---

① *Journal of Two Voyages along the Coast of China in 1831&1832*, p.150.
② 同上书,第155页。

价值谱系中的制高点。这样的对国民陋习的批判,要到近九十年后的五四时代,才由中国自己激进的年轻知识分子的嘴里发出,不能不让我们感叹。

第二章其余的主体部分是描述郭士立一行抛锚厦门,即便在当地官府和驻军的频频阻挠乃至"骚扰"下,依然多次从不同的位置登陆厦门岛,考察当地的地形地貌和风土人情,接触不同的民众。因为"阿默斯特勋爵"号配置安装了长枪,所以他们并不太担心清军会冒险做出擦枪走火的事情。① 这章的最后"阿默斯特勋爵"号在赴台湾途中抛锚停泊在一个有清军守备的小岛码头,作者以一个饶有趣味的小故事作结:

> 4月10号,那位昨天遇到的年长官员,前来拜访我们。当他昨天(在海滩)向我们发号施令时,围着我们一行的人根本就不在乎他,所以他觉得要立马再来重复一遍他的指令,以免他的权威失效。所以,他带着他的所有下属登船,问出那些老生常谈的问题:我们是哪个国家的?从哪里启航?等等。但当他们看到船上新奇的物件时,心情都为之一变,甚至显得稚气可爱的样子。我们给了那位官员一些狮子纽扣的礼物,他超喜欢,也不再命令而改为问询。他告诉我们,在他的家乡,有一些基督徒,受到一位欧洲传教士——很可能是西班牙人的照顾。他重复了圣母玛利亚的名字,想显示他曾信过天主教,或者至少,了解天主教教义。当他离开时,他建议我们去台湾,说那里可以做交易。②

郭士立在第三章中记录的一个清廷回族文书官③的故事,让人不禁会联想到现在人文社会科学研究中流行的"田野调查"④,这个故事提供了晚清中国穆斯林(回民)的信仰和生存图景的一瞥:

> 4月29日。当清军的船队一撤离,我们就迎来了大量的贸易商和病人。杨,一位书记官跑来和我们争执之前造成的损失。他碰巧是位来自四川的穆斯林,看上去懂那么一点儿可兰经,因为他非常小心地不去碰猪肉。他熟悉一些阿拉伯的词汇,但中国人的发音器官使他们很

---

① *Journal of Two Voyages along the Coast of China in 1831&1832*, p.157.
② 同上书,第175页。
③ 同上书,第195页。
④ 田野调查(英语:field research),又称田野研究(英语:field study)或田野工作(英语:fieldwork),在中文里另有野外调查、实地考察等称。

难把阿拉伯语说好。当在船员中发现一些和他持有相同信条的人,他相当开心。他否认偶像崇拜,但他的道德水准其实跟他的异教徒的国人也就彼此彼此。他一方面确定穆斯林不说谎,一方面在每一个结论时都会重复咒语"(否则)上天的雷会把我劈死"。他说的东西有非常明显的谬误,却毫不在乎地赌咒发誓。我认真地了解到中国的穆斯林,他们当中的很多人都是中国西部来自土耳其的部落后裔。他们数目不多,也从未对政府机构产生过影响。他们表面上不崇拜偶像,但当他们成为官员,这几乎是不可避免的。在国家的节庆日,官员们必须去庙里叩头朝拜。这种时刻,他们会给自己良心上的不安开脱,说他们只是外表上应付政府这种令人不快的庆典,但内心并未跟随。

这样一位在郭士立的眼里常常显得虚伪无知的回族书记官,通过作者反讽的笔调,传神地表现出来。当然,我们很难核实其真实性。

如果说第四章有什么特别之处,那就是作者花费很多笔墨详细描写了郭士立一行在宁波逗留时被当地最高守备将领——带有两支顶戴花翎的老将军接见的颇为隆重的场面,还专门提及了林赛①针对接见过程中一位地方官对外国人的"恶言相向",当场打断了这位官员的发言,并表达了抗议。作者还提及了18世纪英国东印度公司曾在宁波设厂,而更早的16世纪葡萄牙人就已经在宁波设立了交易市场。② 当然,和之前一样,郭士立每到一处都会见缝插针地做传教的分内工作,在宁波亦不例外。接下去,"阿默斯特勋爵"号从宁波附近的一个岛屿开往上海,而当时的上海还隶属江苏管辖。

从第四章到第五章,郭士立随"阿默斯特勋爵"号抵达上海,开始了在上海的考察,郭士立再次强调了一开始在上海的不受待见——遇到了从道台到下层官吏的粗暴对待,但凭着林赛和郭士立对中国守军和地方官吏性情和特征的了解,他们敢于在不断递交自由贸易申请的同时,漠视禁令,依然如故地进入上海市区(包括浦东),巡游崇明岛,甚至还有机会参观了一个清军的兵营。作者这样写道:

---

① *Journal of Two Voyages along the Coast of China in 1831&1832*,p. 220.
② 同上书,第213页。

> 我们参观了那些兵营,都是些驻扎着衣衫褴褛、营养不良兵丁的破败处所。他们主要来自那些找不到活路的下贱的人群——外表上极为憔悴不堪,道德羞耻感在他们中间也是敬叩末席。显然我们的到来让这些士兵不知所措,但他们还是努力找到一件稍好些的外衣,显得有点样子。在我们的访问中,他们尽可能表现出对我们的友善,比如他们没有茶叶,便给我们端来热水。而他们的长官不停地叫着:"瞧瞧我们的人就这么惨!"①

如果加上作者观察到的,高层军官的无能和不作为、下层军官谎报和苛扣军饷、军事要塞的长年失修等等,这样军队的战斗力就可想而知了。这里,其实我们从文本的角度,更关注的是郭士立作为一个传教士对底层和一般中国民众的善意、同情,包括对这里所描写的清军士兵,这在书中屡见不鲜。

在本书第一部分的"引子——和中国的交往"中,我们曾不无讽刺地论及郭士立"显摆"他的对中国历史文化的研究和汉学学养,其中一点就是他一再强调中华文明(文字系统、宗教哲学、意识形态和社会制度等)对周边广大区域所产生的持久的辐射力和内在的影响,形成了后来学术界所界定的东亚儒家文化圈,或所谓的"大中华文化圈",如此看来郭士立的论述显然具备相当的前瞻性。在第二部分的第六章的朝鲜之行中,他根据实地的"田野考察",又一次实证了他的这一观点。郭士立看到1830年代的朝鲜,作为中国的属国,几乎完全照搬了中国的管理模式,人们的行为方式和当时的中国也并无大异,作为一个相当非宗教的国家(人民也不信佛教),也没有像中国沿海所盛行的民间宗教(妈祖),儒家的信条就成了朝鲜核心价值观的来源。②

这一部分的最后一章即第七章,衔接前一章,给读者印象深刻的依然是当时中国强大的影响,不光在朝鲜,也在琉球。这里,许多官员都在北京接受过教育,当地的学校也教授官话口语③。琉球居民虽然没有强烈的宗教

---

① *Journal of Two Voyages along the Coast of China in 1831&1832*, pp. 251–252.
② 同上书,第283—286页。
③ 同上书,第304页。

信仰,但他们是这次郭士立一行整个航行中最友善、最好客的①,这个评价在本书主体部分的最后一章出现,也颇耐人寻味。

第四部分"中国的宗教"和第五部分"基督教在中国"与两次沿中国海岸的航行并无直接关联,可看作是郭士立作为较为熟悉中国宗教和中国基督教历史的传教士,他在"掉书袋",其中有些观点和看法业已穿插在之前航行日志的描述中,比如他第四部分中提到中国的穆斯林,类似的观点在之前他和两位马姓的清朝官吏的接触中已经出现过;有意义的是在第四部分中还提及了所谓的"开封犹太人"——在一个世纪后这成为了中外学术界的热门话题。郭士立以西方的基督教为标尺来衡量中国的宗教,自然认为儒家学说、文化、信奉和仪式,因为缺乏对"不可视世界/非现实世界"的任何描述和认知,在严格的意义上,只是原始宗教的翻版,而并非真正意义上的宗教,循着这样的思路,他甚至把外来的佛教也归入此列②,而宁可把道教视作中国宗教的代表。值得一提的是,郭士立认为是中国的宗教体系和道德伦理框架,导致了中国女性的奴隶地位,也阻碍了中国文明的发展和进化,这不啻为一个在当时相当新鲜震撼的观点。第五部分,应该是每一个戴有汉学家帽子的传教士的长项,我们也许不能说郭士立是个被普遍认可的汉学家或神学家,但他对自唐朝以来西方和中国的交往的历史(比如马可波罗的例子)、基督教在中国传教历史的梳理,对中国历来统治者、上层阶级对基督教的不同态度的描述,对天主教内部(教皇、耶稣会、教会派别、信仰礼仪)和外部(和天主教国家比如葡萄牙国王的分歧,如何处理和中国皇室、和儒家习俗的关系等)矛盾的点评,最后对基督教新教传教事业的信心,以及对英国国王打开中国大门的期待,都显示出他对中西近代国际交流史的熟稔。抛开他在基督宗教教义、神学理念上的一意孤行,不由分说,郭士立在面对现实问题时所表现出的逻辑辨析能力、开放清晰的思路、理性批判精神,这样的一些现代学者的特征吻合了我们之前定义的郭士立作为一个非典型传教士的形象。

在郭士立《1831—1832 沿中国海岸两次航行日志》出版后的近九十年

---

① *Journal of Two Voyages along the Coast of China in 1831&1832*, p. 310.
② "Consistent Buddhists are atheists", *Journal of Two Voyages along the Coast of China in 1831&1832*, p. 321.

之后,也就是 1919 年,一位特立独行,甚至是桀骜不驯的英国作家威廉姆·索马塞特·毛姆(William Somerset Maugham,1874—1965)出发到了对普通英国读者来说依然神奇、不乏浪漫想象的中国,和郭士立不一样,他不依赖"组织",也没有前者改造人类灵魂的宏大理想,而是做一名随意潇洒的"背包客",游山玩水,走街串巷,访民问众,察言观色,两年后他此行的行旅作品,以颇为吸睛、别开生面的名字《在中国屏风上》①问世。

四、毛姆笔下的教士和修女:浮现在"中国屏风上"

毛姆的祖国英国,看上去是个并不统一的"矛盾共同体",它既传统、保守,同时却又不乏激进和革命性,它在近现代人类文明的发展变化中起着举足轻重的作用,甚至在一些关键的节点上扮演着无可取代的领军角色,比如 1215 年英国的国王约翰被迫和贵族们签署"城下之盟",即著名的《大宪章》(The Great Charter)②,1225 年成为法律,之后被普遍认为是最早的现代意义上的法律文书。以此为基点,在 1688 年反对詹姆斯二世的"光荣革命"后,英国议会于 1689 年通过了《权利法案》,确立了议会至上,法院独立,臣民的权利和自由不被侵犯等几大基本原则,建立了君主立宪制的政体,开启了欧洲其他国家乃至世界上君主立宪制国家的先声。15 世纪的航海大发现,英国后来者居上,通过殖民掠夺和奴隶贸易,积累了巨额的资源和财产,加上从 16 世纪开始的圈地运动,在 18 世纪中期终于产生了引导世界文明发展新路径的"英国工业革命",这场"工业革命"极大地提升了英国的科技和经济实力,国民的物质条件和生活水平也大幅度地提高,但大量的社会问题也随之一一浮现——贫富不均、城乡冲突、童工、污染、都市膨胀和拥挤等等,于是,先是由亚当·斯密等为代表的社会经济学家提出了所谓的古典自由主义理论,认为这样的问题可以通过工业社会进一步的发展自行调整和逐步解决,然后到了 19 世纪末,社会自由主义学派认为政府必须立法干预恶化的社会矛盾和弊端,故蜕变成为新自

---

① 本书的英文原名为:*On A Chinese Screen*,London:William Heinemann Limited. 1922。
② 因为当时的《大宪章》是用拉丁语签署的,所以,很多时候人们仍习惯于用它的拉丁语名字:Magna Carta。

由主义学派。

1874年在法国出生的毛姆就成长于英国这样一个急剧变动、异常活跃和骚动的时代,一如狄更斯的名言所说的"这是一个最好的时代,这也是一个最坏的时代"①。而这个时代因为新自由主义思潮和其他各种意欲改变调整社会发展方向的新思想的层出不穷,而显得相对开放和包容。也正因为有这样的大背景,婚姻、性生活乃至宗教倾向都十分出格和叛逆的毛姆,虽遭受各种嘲讽、攻击,却并未被社会视为"洪水猛兽",依然因自己写作上的成就而享有很高的声誉。比如他先和希瑞·维尔康(Syrie Wellcome,当时一位药业大亨的妻子,也是著名室内装潢设计师)有染,然后结婚,但婚姻以失败而告终,这以后他先后与他的两任同性伴侣同居。毛姆曾经在给侄子的信中这样略带自嘲地说:"我试图让自己相信,我四分之三可以正常恋爱,只有四分之一是不伦之恋,但其实恰恰相反。"②他公开声称自己是不可知论者(agnostic),对上帝的存在持怀疑态度③。但即便如此,1895年,经历了奥斯卡·王尔德审判案,时年21岁的毛姆,在其后很长的时间内都精心保守着同性恋的秘密,直到1960年代英国社会对同性恋逐渐宽容,毛姆才开始在英国的《星期日快报》连载他的自传,并披露了自己并不幸福的婚姻和同性恋的性向,却依然遭到一些人的围攻和讥讽,导致他之后返回法国的别墅后,就再也没有回到自己的祖国。另外,毛姆曾在一战时期当过救护车的驾驶员,后来又被招募参加了英国的情报机构。他念的是海德堡大学,曾在医学生的实习时担任过助产士,在据此经历写的第一部小说成名后,便从此弃医从文。所以,终其一生,他的生活跌宕起伏,充满了传奇性。

毛姆生前已经跻身最知名的英语作家行列,在1930年代是稿费最高的作家,死后,更是被誉为英国文坛"莎士比亚后的第一人""继狄更斯后读者最多的英国作家"。他的名作《月亮与六便士》(1919)、《面纱》(1925)、《刀锋》(1943)至今脍炙人口。毛姆虽然在世时便尽享煊赫的声名,但他在读者

---

① "It was the best of times, it was the worst of times..." in *A Tale of Two Cities* by Charles Dickens.
② "I tried to persuade myself that I was three quarters normal and that only a quarter of me was queer-whereas really it was the other way around". 出自 Selina Hastings, *The Secret Lives of Somerset Maugham*, London: John Murray, 2009, p.39。
③ 参见相关的英文维基百科。

中却褒贬不一,上层读者嫌他过于放纵,底层读者又觉得他过于冷静,只有中产阶级的读者认可他,认为他直接犀利、幽默冷峻,有一支生花妙笔。《1984》的作者乔治·奥威尔直言,"(毛姆)是对我影响最大的当代作家,我对他直截了当不绕弯子讲述故事的本事佩服得不得了。"①毛姆才华横溢,在多个文学领域都有建树,虽然他的长篇小说最被推崇,但他的戏剧作品也不输前者,他的短篇小说、散文乃至书信信手拈来却多隽永灵秀,语言飘逸俊朗,意蕴缠绵。

  毛姆的性格和性情一如他的祖国,也是传统和激进、保守和开放相交织,以至于被不无恶搞地认为是集"拘谨、酸腐、势利、厌世、嫉妒、奢华、淫荡"于一身②。他非常在乎自己的出身和地位,勉力保持英国上流社会绅士做派,很在乎自己的尊严和面子;他不顾谤议,历经波折将后来的妻子从药界大亨的手里"抢过来",却又因为婚后的妻子将家里的客厅当成了伦敦的社交中心,不仅在社交场合长袖善舞、游刃有余、风流显赫,还是颇有名气的室内装潢设计师,加上妻子强烈的控制欲,让毛姆婚后一直郁郁寡欢,最终两人分道扬镳,为此,他在晚年的自传中还是难以遏制地愤愤不平。他自小便清楚自己"不正常"的性向,也一直或明或暗地追随自己内心的意愿,婚姻破裂后和两任男友同居,但却少有在媒体和公开场合义正词严地为自己和同时代人争取权益,只是含蓄地私下说过:他的非正常性生活在其死后若干年会成为先锋的标志。他在叔叔——自己监护人的认同下,在伦敦勉力学医,同时又在兴趣的驱动下,写下了大量的文学笔记和故事梗概,在即将成为医生的当儿,因为自己的处女作《兰贝斯的丽莎》一举成名而放弃了医生的职业,他后来不无轻松地回忆说:"我当时这么做就像鸭子知道游泳那

---

① George Orwell said that Maugham was "the modern writer who has influenced me the most, whom I admire immensely for his power of telling a story straightforwardly and without frills". From the article "Orwell's Litrary" written by Gordon Bowk in the Orwell Foundation (https://www.orwellfoundation.com/the-orwell-foundation/orwell/anticles/gordon-bowker-orwells-library/).

② H. J. 莱斯布里奇(H. J. Lethbrige)在1985年牛津大学出版社出版的《在中国屏风上》重印本的"介绍"中,强调了是因为毛姆的口吃,导致了他"害羞、内向、轻慢,但极富观察力"的个性(Introduction, vi)。赛琳娜·哈斯廷斯(Selina Hastings)在其关于毛姆的传记《索马塞特·毛姆的隐秘生活》(Selina Hastings, *The Secret Lives of Somerset Maugham*, London: John Murray, 2009)的第49页在描述年轻时常与毛姆一起去观剧的好友沃尔特·艾德尼(Walter Adney)时,也专门提及了是艾德尼帮助毛姆克服口吃的困难,使其可以和陌生人交流。

么自然。"①毛姆酷爱旅行,他之所以要去念海德堡大学,就为了去德国游学,1916年他首次到南太平洋旅行,到了印度,后来又数次游历远东,包括1920年的中国之行,他也曾去过美国,但他最钟情的地方还是欧洲,所以后来长居法国,也是在法国去世。英国人的毛姆,生于法国,卒于法国,漂泊的灵魂最终也没回归祖国。毛姆自己总结道:"虽然我认为有条件却不去享受旅行的闲适是件傻事,但我也乐意去体验艰辛。我喜欢美味佳肴,也不介意难吃的甚至单调的饭菜。"②

1919—1920年间,毛姆第一次到中国旅行,陪同他一起前往的是好友杰拉德·哈克斯顿(Gerald Haxton)③,这次旅行给他的一系列后来发表的短篇小说、长篇小说,以及两个剧本(《苏伊士之东》《信》)提供了素材和主题。看来是游兴未尽,1921年毛姆再次出发前来中国,这本游记就是由第二次在中国旅行时写下的一系列故事连缀而成,其中的一些篇什在结集出版前曾在一些刊物上发表④。有论者评论道,"毛姆为英国同胞展现的是一幅古色古香、散发着浓郁东方情调的'中国屏风'",就其篇幅和内容,这个评论总体而言是对的,但本书亦有不少篇什写到在中国的西方基督徒和传教士,比如《上帝的仆人》《修女》《上帝的真理》《陌生人》《基督复临派教徒》《女传教士》《小城风景》。因此,在同类的游记中,显得别开生面。我们好奇的是,这样一个不信基督教的英国人会怎样描写他在20世纪20年代民国时期的中国所遇到的形形色色的来自他的祖国或其他西方国家的基督徒、传教士的。

《上帝的仆人》写的是毛姆在行旅途中巧遇了两位在中国的传教士,年长的来自法国,年轻的来自英国。法国历来是天主教的大本营,即便临近的德国16世纪马丁·路德的宗教改革和奠定了基督教新教理论基础的路德

---

① "I took to it as a duck takes to water."出自 Maugham, *The Partial View*, Heineman, 1954, p.8.
② [英]毛姆:《在中国屏风上》序言,唐建清译,上海:上海译文出版社,2013年。
③ 杰拉德·哈克斯顿成为了毛姆的第一个同性伴侣,直到前者1944年去世。
④ 据H.J.莱斯布里奇在1985年牛津重印版的"介绍"中的相关内容编写。显然,译者陈寿庚所言"1920年,毛姆到中国,可能去过北平、上海、汉口、四川和一些较边远的地方,游记《在中国屏风上》(1922)就是通过这次中国之行写成的"(《在中国屏风上》,长沙:湖南人民出版社,1987年)的说法有误。本文引文多用唐建清2013年的译本(上海译文出版社)。唐版纠正了陈版一些谬误和错漏。

图 12　1985 年牛津大学出版社出版的《在中国屏风上》重印本封面

神学①,也对天主教在法国国教的地位几乎没什么影响②,据此,我们可以认定年长的传教士属于天主教,而那位英国的还不到五十岁的传教士则是英国国教——圣公会的信徒。如果说在《1831—1832 沿中国海岸两次航行日志》中,郭士立把自己塑造成"通体透亮"的传教士——信仰坚定、意志顽强、勤勉好学、学识渊博、充满善良、理想和献身精神等等,毛姆笔下所邂逅的这两位传教士则个性鲜明、生动"可爱",作者既写出了他们因职业而显出的特殊精神气质,比如年长的法国传教士那双"异常之大"充满激情的眼睛所折射出的"把创伤做自愿的牺牲献给全能的上帝"的力道,而年轻些,胖胖的,有一张"圆圆的好脾气的脸"的英国传教士,则充满好意和同情心;同时也写出了他们普通的人性的一面,比如前者对雪茄的享受,后者早年曾热衷于打猎和跳舞。这个故事最后,毛姆通过两位传教士道别时都要"回家"的意象,不仅含蓄地点出了他们长期在异国他乡漂泊而在精神上所产生的伤感和惆

---

① 参见[德]保罗·阿尔托依兹:《马丁·路德的神学》,南京:译林出版社,1998 年。
② 法国天主教因其 2 世纪和罗马主教的关系,而被称为"教会的长女",在 1905 年政教分离前,一直是法国的国教。

怅,同时让我们联想到他们在中国传教工作的艰难:法国的传教士经历了三次"教案",死里逃生,随时准备做殉道者,英国的传教士在毫无准备的情况下被从印度征调到中国,"劝导那些异教徒信奉耶稣基督",故忧心忡忡且工作进展缓慢。

"多正确!可是细想起来够多冷酷!"这是《修女》一篇的结尾,言简意赅,意蕴丰富,且余音袅袅,一如这篇只有六七百字篇幅的小故事,毛姆结尾处的这个感慨,是回应建筑在江边小山巅丛林中的修道院的法国修女主持(嬷嬷)的。修女以基督徒惯有的宽容和隐忍替那些不会给修女们让轿的中国士兵圆场,所以,这句话的前半句既是赞美嬷嬷的善解人意,同时也认同在当时的环境下那些中国士兵的友善,但后半句一方面是站在一位英国绅士的立场,绝不认可中国父权文化对女性的漠视,另一方面又体现了现代的人本主义而非基督宗教的观念,对这种歧视女性的传统文化的愤慨。当今知名度最高的修女形象非特蕾莎修女[1]莫属,这位出生于阿尔巴尼亚的印度裔天主教修女因其毕生救助贫弱的善举而举世瞩目,并因此获得诺贝尔和平奖,成为现代修女文学形象的典范[2]。毛姆《修女》中的修女形象,知名度当然远逊于特蕾莎修女,作者甚至都没有给出她的名字,但毛姆寥寥数笔却生动地勾勒出她的形象、身世:"恬静的、面容和蔼的小姐",来自法国的比利牛斯山区——那里溪流潺潺,葡萄园点缀其间,她主持的修道院不仅收养和帮助中国的孤女,而且附属的医院也收治患病的士兵。因此,这位不知名的法国修女在中国的所作所为,她在和作者简短交流中表露出的宽容、怜爱和牺牲精神,却完全可以和特蕾莎修女比肩,甚至更伟大,因为她甘愿付出,不求名利,在救助他人中收获精神的愉悦和灵魂的升华。在这篇短文中,作者给我们贡献了这样一个优美的修女形象,我们也读到了一个充满理解、同情,被美好打动了的"一本正经"的毛姆。

这完全是个结构精巧,幽默反讽,具有象征意味的短篇小说:在内地一个山城开了间经销店的英美烟草公司雇员伯奇,一位远道而来骑着一匹矮种马,拖着行李的传教士(让我们想起骑着白马在河边搜寻甲骨文的加拿大

---

[1] 德肋撒修女(拉丁语:Mater Teresia,1910—1997),或特蕾莎修女。
[2] 当然,特蕾莎修女也并非完美无缺,在生前和身后都有一些质疑和反对之声。

传教士明义士的故事),两个远离西方家园的白人在这个古老东方国家的山间小道上相遇,活脱脱一幅异国情调的风景。但接下来的场景让我们大跌眼镜,忍俊不禁,三个月没见到过另一个白人的伯奇热切地和这位赶路的教士搭讪,渴望着教士能留宿在他城里的住所,把酒问盏,互叙衷肠——哪怕只是海阔天空,或扯些鸡毛蒜皮的事情,因为伯奇太需要说说家乡话了,可那位身负上帝使命的传教士却不这么想,一是他显然讨厌这些坑人的(和他拯救人的魂灵的事业背道而驰)却又赚得满钵满罐的同胞,二是他下一站还有那么多异教徒等着他去传授耶稣基督的福音,让他们进入新生命。有趣的是,这位传教士没能或一刹那忘记了遵循耶稣基督的训导——为了寻找一只"迷途的羔羊"①而宁可暂时舍下另外的九十九只,完全不顾眼前的这位陷入迷茫的"迷途羔羊",而是执意把他抛下,扬长而去。我们当然会为那位被伯奇拉下马,狼狈地摔在地上的传教士的形象而会心一笑,但我们可能更有一丝怜悯给予孤单地留下、不由自主啜泣的伯奇,我们会忍不住猜想:连传教士都不能理解他安慰他,那么,还有谁可以拯救他呢?毛姆在这篇取名《上帝的真理》的故事最后,用了一个富有象征意义的句子作结:"这些荒芜的山岭也不比人心更硬邦。"②

下一个写到传教士的短篇叫《陌生人》③,毛姆被认为善用心理分析、意识流写作,在这个故事中有着传神的印证。《陌生人》在开始一段细腻描写"传教士"在城里取了信函和报章后沿山路前往附近山上"他避暑的漂亮的有游廊的小平房"的铺陈后,便切入正题,以"传教士"在城里巧遇桑德斯医生,从他嘴里听说了陌生人的故事后的心理流变为主线,巧妙地剥露出这位温和的"永远也不会伤害一只苍蝇"的"传教士"并不高尚的内心世界,他可以不伤害一只苍蝇,但出于对城里西班牙女修道院14位修女的嫉妒,以及对自己享受安逸的辩护,他可以颠倒黑白地在心里攻击她们,他当然清楚从每年的5月到9月他和其他美国教会、伦敦教会的传教士和教会医院的医生有长达5个月的避暑休假并非一个合格的基督徒的行径,他也会有精神上的挣扎和良心的不安,但他却为自己拼命找到高尚的借口,所有这些,显

---

① 《新约·马太福音》第18章10—14节。
② 马佳译自 On A Chinese Screen, London: Oxford University Press, 1985, p. 93.
③ [英]毛姆:《在中国屏风上》,陈寿庚译,长沙:湖南人民出版社,1987年,第127页。

出十足的虚伪。而他最后自以为得意的要反击那位很可能在本国有犯罪前科、粗俗丑陋的桑德斯医生的话，更是把自己置于和后者同等甚至更不堪的位置。我们不知道是否毛姆想借此表达自己无信仰的立场，但我们知道的是这样的"传教士"的确存在，他们不是郭士立的反面，但很可能是郭士立的另一面——如果我们联系到晚年在香港担任港督秘书的他大腹便便、招摇过市的模样。

在本文的开篇，曾有这样的表述："15世纪开始的人类海洋时代（航海大发现）同步的基督教'全球化'的传教，几乎可以将其诙谐地定义为是一场'精神热病'驱动下的超大规模集体无意识行为。"这样"浪漫化"但并不科学的说法，拿来对照《基督复临派教徒》①这个短小精悍的故事，倒是颇为契合。显然，从他"胸襟上装饰着一面小小的美国国旗"来看，这位传教士来自美国的一个新兴教派，他坦率直接的行为方式也证明了他的确是美国人，因此，毛姆也就毫不客气地把他的底给抖出来了：与其说他对传教有热情，倒不如说他对传教的结果更看重——让他的教堂有更多的信众，使他的教会学校能在经济上独立，总之，他是把传教的事业当作商业来运作，换言之，他并不在乎信众和教会的学生是否真的得到了灵魂的拯救，而总在乎他的工作有没有生意上的成就感。

《女传教士》是另一篇直接以女性基督徒为主角的作品，如果说之前的《修女》中的嬷嬷——那位修道院的主持享受了毛姆给予的难得的殊荣——一个近乎完美的正面形象，相形之下，这位五十开外的女传教士就没那么幸运了，她在毛姆生花妙笔下，透过圆形眼镜展示出的坚定、慈祥，由流利的谈吐表现出的清晰思维、善言雄辩，实际上却常常是"搬运"了前人的智慧，并没有形成自己独立的思想，听多了，便会显得空洞，甚至让人摸不着头脑。当然，毛姆手下留情，他对女传教士的讽喻是温和的，远不像对其他男性传教士那样犀利和尖锐，就让我们把这姑且归入毛姆英国式的绅士风度吧。

《祭神》是本书的压卷之作，作者用类似长镜头的技法，一直聚焦一位祭神的中国老妇，静静地展示她在港岸边点蜡烛、烧纸钱、祭前三磕头、祭后三磕头的整个"标准化作业"过程，作者最后荡漾的一笔，令英式的幽默益然纸

---

① 唐建清本译名，陈寿庚本译为《福音宣讲师》。

上:"神祇们被及时地供奉,如同一位法国老年农妇心满意足地做完了一天的家务事,这位中国老妇就这么完成了她祭神的事儿。"①这篇作品不是写的修女或嬷嬷,之所以也挑出来简评,是因为它涉及了中国的民间宗教祭拜仪式,联想到郭士立看待中国本土宗教,尤其是妈祖崇拜的态度,我们发现毛姆跟他有异曲同工之妙:虽然一个是上帝怀疑论者,一个是虔诚的传教士,但他们在透视中国人祭神的实用主义上找到了共同点。

《小城风景》——乍看题目,你会误以为这会给读者介绍一处中国小城带有东方神韵的独特美景,但我们很快感受到这处"非常独特的景观"却是让人几乎窒息的"弃婴洞",而它恰恰就在一座形状丑陋的古塔旁边。作者余下的篇幅详细描写了由修道院在市中心办的孤儿院里那些可怜的弃婴,以及修道院院长和弃婴们游戏时异常温柔的场景。离开孤儿院时,院长请作者去看看前不久刚刚送来的四个弃婴,作者写道:

> 床单掀开来,他们并排朝上躺着,四个扭动的小不点儿,脸红喷喷的,一副生气的样子,或许是因为刚洗过,也非常饥饿。他们的眼睛似乎特别大。他们这么小,这么无助:当你看他们的时候,你勉强笑着,但同时你觉得喉咙里一阵哽咽。②

没错,毛姆终其一生对上帝的存在都持怀疑态度,但眼见修女们千里迢迢来到中国所行的善举,他的感动在那一刻至少会表现为对基督宗教和虔诚信徒的尊重。这里,我们用得上 H. J. 莱斯布里奇在牛津重印版《在中国屏风上》书前介绍中的相关论述加以印证:

> 他(指毛姆,译者注)看低大多数的传教士。他把他们表述成愚昧、没教养、无情趣、自以为是,对周遭的人显出一副高高在上的样子。……但他的确对天主教神父和修女无私奉献给中国的服务报以尊崇。……在毛姆的眼里,天主教徒要更文明更好相处,也应该更有教养和品位。作为维多利亚时代职业阶层的后代,毛姆显然是个自命清高

---

① 马佳译自 *On A Chinese Screen*, London: Oxford University Press, 1985, p. 237。
② 见唐译本《在中国屏风上》。

的人。①

五、郭士立和毛姆的衔接：在晚清民国的时空中完成

有人说，研究历史，每个历史学者（家）就是在不断地打散、拼接一幅人类发展变迁的拼图。在19世纪到20世纪人类从未有过的汹涌澎湃、上天入地的大变局中，我们将两位处在不同的世纪但同样行走在中国的土地和海洋的行旅者兼写作者拼接在一块，他们通过各自的行旅作品在晚清和民国的时空中衔接、交会，让我们看到在那样一个十字架和龙碰撞、博弈过程中不同的西方传教士/修女的身形、面影。以上的文本分析和解读，让我们可以将其笔下的传教士形象做一个总体的比较。

虽然两位作家、两部作品，在诸多方面都大相径庭，但我们依然可以发现一些相似处。

其一，同样作为行旅作品，郭士立的《1831—1832沿中国海岸两次航行日志》和毛姆的《在中国屏风上》都是根据各自在中国的旅行经历写成。前者的行旅方法是航海加沿海的陆上探访，后者则是深入中国内地的各个城市和乡村。两部作品都是针对英语，特别是英国读者，都以故事性见长。《1831—1832沿中国海岸两次航行日志》的美国版本1833年由位于纽约的一家出版社(John P. Haven)出版，《在中国屏风上》首先由毛姆的美国出版商乔治·H.道然(George H. Doran)的同名出版社出版，一个月以后才在英国面世。②

其二，两部作品都表现出浓郁的东方异国情调。《1831—1832沿中国海岸两次航行日志》中，郭士立对两次航行中经过的中国沿海城镇和乡村的自然风光和景色、古朴的建筑街区、淳朴的民风、衣着饮食等使用了浪漫的笔调加以描绘，不少地方写得如诗如画，可歌可咏；《在中国屏风上》"毛姆为英国同胞展现的是一幅古色古香、散发着浓郁东方情调的'中国屏风'"，如

---

① H. J. 莱斯布里奇(H. J. Lethbridge)：1985年牛津大学出版社出版的《在中国屏风上》重印本的"介绍"(*On A Chinese Screen*, London: Oxford University Press, 1985, Introduction, xi)。
② 见 H. J. 莱斯布里奇(H. J. Lethbridge)给1985年牛津大学出版社出版的《在中国屏风上》重印本撰写的"介绍"(Introduction, ix)。

此例子俯拾皆是。我们在两位作者的作品中分选两段,一饱眼福。先看郭士立对宁波附近的金塘岛的描写:

> 6月15日……同一天,我们到达了临近宁波的浪漫之岛——金塘(Kin-tang)……
>
> 我们一行在这个美丽的岛屿漫游,我们穿过小山和山谷,在一些庙宇和屋舍前稍稍驻足;肥沃的山谷朝着同一个方向延伸,溪流穿行其间,让农民们尽享丰盛的收获。山坡覆盖着青青草木,给人们提供着燃料和木材。大量在欧洲南部常见的果树在这里蓬勃生长,欣欣向荣。①

再比如《黄昏》这篇短文开始的一段:

> 傍晚将至,厌倦了步行,你坐进轿子,翻过山顶的时候,经过了一座石门。你不知道在这远离城镇的荒凉地方为何会有一座石门,但一处断墙残垣让你觉得这或许是某个远古王朝用作防御的要塞的遗址。当你穿过石门,你可以看见山脚下菱形的水田闪闪发光,就像是某部中国版《爱丽丝漫游奇境记》中的棋盘,在那之后是绿树成荫的圆形小丘。沿着连接城镇狭窄行道拾级而下,在夜色四合中,你穿过一片矮小的树林,晚风送来了林地清凉的气息。突然之间,脚夫们缓慢行进的脚步声,他们换个肩膀抬轿子时发出的尖锐喊声,他们用以打发单调行程的无休止的闲聊和不时响起的歌声,这一些都离你远去了,因为这林地的气息与你经过布莱恩森林时闻到的肯特郡肥沃的泥土芳香是如此的相似,这一瞬间你的心中已充满了乡愁②。

其三,是两部作品中的文学性。作为已经在英国文坛上享有相当知名度的著名作家,毛姆这部行旅作品的文学性自不待言,而且尽显"毛姆风格"——信手拈来却多隽永灵秀,语言飘逸俊朗,常妙语连珠,意蕴缠绵,作为小说高手,即便毛姆在本书的前言中谦称"这本集子很难被称为一本书,它只是可以写成一本书的素材",这里的一本书,我们当然可以理解为一本小说,但即便只是一本小说的素材,许多的篇章,包括我们解析的那些描写

---

① *Journal of Two Voyages along the Coast of China in 1831 & 1832*, p. 232.
② 唐译本《在中国屏风上》。

传教士和修女的篇什,其实完全可以当精粹灵动的短篇小说来读。至于当时还是传教士身份的郭士立,我们从之前对《1831—1832 沿中国海岸两次航行日志》的每一部分逐章解读中,也不难体会到他善写故事的天分。如果剔除掉他连篇累牍地分派圣经读物、宣讲福音的段落,完全是一部具备相当水准的文学作品。郭士立描景状物、塑造人物、结构情节,往往言简意赅,寥寥数语便有传神的效果。

其四,虽然生活在两个不同的世纪,但郭士立和毛姆都表现出了类似的人文主义情怀,比如他们都为各自时代中国女性地位的低下而鸣不平,尤其对溺毙女婴、弃婴(其中绝大多数是女婴)的丑陋残忍的现象深恶痛绝,以各自的方式大加鞭笞。我们在郭士立游记第三部分第二章的解读中专门摘录了相关的段落,而毛姆的《小城风景》对此也有冷峻而令人压抑的描写。

其五,就两位作者本身而言,抛开他们信仰、身份、职业和地位的差异,他们都有一种理想主义支持下的冒险—探险—历险的特征。冒险,主要是指他们脱离安逸日常生活的窠臼束缚,而去感受未知世界的精神气质;探险,则指他们各自远离故土,到一个完全陌生的远东古国实地体验当地的生活,和那里的人们交流互动;历险,更多是表现在郭士立身上,因为他传教士的身份,尤其是第二次带有商业乃至准军事目的的行径遭遇了很多防不胜防的险情。对毛姆而言,虽然他的中国之行大致平安,但他在前言中透露,有一次在马来群岛的一个岛上,他一日三餐全靠香蕉果腹,以至于对香蕉再也提不起兴致。郭士立的理想主义当然更多是神性的一面,他被当时"基督全球化"的宏伟目标激励着,但毛姆通过探究各种文化和传统语境下的人性和人情,更贴切地塑造出丰富的人物形象,成就一个伟大作家的梦想。

其六,也是本文着力最多的部分,那就是郭士立和毛姆在各自的作品中都塑造了鲜明而生动的传教士/修女形象。如前所述,郭士立笔下的传教士形象其实就是他自己的自画像,虽然他通过自己历经磨难,多次在航行过程中的传教宣教行为的描写,他在和各类异教徒辩论时所显示的勇敢无畏、雄辩刚毅的形象的塑造,竭力要把自己打造成在上帝引领下一个近乎完美的基督徒,这些可能很对当时读者的胃口,也符合他的职业要求,但对今天的读者,即便是有基督信仰的读者,读到大量这样的"神化"描写,也不免感到味同嚼蜡,但与此同时,郭士立的家庭悲剧,以及他自己在东南亚各地的颠簸流离,努力了解民俗国情,尽力融入不同的社会和族群的行为,对底层民众的同情关照,对自己无偿用医术解除人们痛苦的描述等,这些个性化的生动叙述,也展示了其独特性,给自己的形象增添了某种程度的立体感和可信度。而毛姆笔下的传教士和修女形象,因为是旁观者的角度,加上作者本人始终对上帝存在持怀疑态度,可以说他是个基督教国度中的不信者,就显示出另类的真实和可信。说其另类,是他的怀疑论者的身份,让他有种超然的冷静去看待、分析、研判那些形形色色的传教士和修女,在我们选择的7篇相关的作品中,这些信徒的形象绝不雷同,各有所长。

至于郭士立和他的《1831—1832沿中国海岸两次航行日志》,毛姆和他的《在中国屏风上》的相异点,简而言之,有以下几个方面。首先,作者主要生活在不同的两个世纪,1803年出生的郭士立,48岁时便匆匆离世,在他去世后的23年,毛姆才来到这个世界,当时离19世纪的结束也就只有不到30年的时间,毛姆的成名作发表在1897年,但他的绝大部分作品,尤其是代表作都发表在20世纪,而他的生命远超郭士立,91岁才去世。他们和中国的结缘,郭士立在晚清,毛姆在民国的早年。他们的身份一个是传教士,一个是作家,都是当时热门的选项,当然,前者通常要有神学院的文凭,而后者仰仗的主要是天分。从文学写作的角度,他们的风格和笔调着实相左,郭士立擅长在简练的写实中显出生动和传神之处,而毛姆的幽默、调侃和针砭则如绵里藏针,温而不火。他们写作的宗旨,郭士立为了空前的基督教传教事业,毛姆则顺应天性的召唤,郭士立前期是个虔诚热烈的传教士,后期"剑走偏锋",频频变换职业,最终,传教士变成了他的一个护身符而已。

最后,作为传教士的郭士立和毛姆笔下的传教士/修女是如何看待中国和中国人的,这是我们要稍加展开对比的。在之前对《1831—1832沿中国海岸两次航行日志》的解读分析中,我们不难看出郭士立对中国和中国人复杂的态度和情感。他在本书的"引子"部分,第四部分"中国的宗教",第五部分"基督教在中国",以及其他章节插叙中,显露他对中国历史、文化、文字、文学、宗教信仰(虽然他不认可儒教的说法,但承认某种程度上儒家代表了中国本土的崇拜、礼仪和道德信仰体系),以及某些民族特性(比如他认为中华民族对外奉行的是和平主义的策略),包括中国对周边地区强大的辐射力和深远的文化影响,也就是今天泛称的"软实力",都有所肯定和欣赏,对底层和一般民众,尤其是被霸凌的女性倾注了怜悯和同情。与此同时,借助他在沿中国海航行过程中和各个层次清朝官员(Mandarins)的交流、互动、申辩、争执、对呛的丰富经历,依赖前辈传教士和学者对中国的描述介绍,加上他自己对中国传统历史文化的认知,他对晚清中国社会管理、臣民关系、父权等级制度、道德伦理、国民性、外交策略等多有批判,有些方面的确是切中肯綮,甚至某种程度可视为之后康梁革新、五四思想解放的先见之明。当然,他对中国物质、精神全方位的审视、批判都是服务于他作为传教士的最高职责,故带有明显的倾向性以及偏颇谬误,但这给我们分析把握他的"中国观"提供了恰好的切入口。郭士立的矛盾和纠结在于,一方面他知道晚清时的中国是个自然资源丰富(当然不平衡),幅员辽阔(即便仅以他所见的沿海地区),人口众多(当时的不完全的统计在3亿多到4亿多之间),人民大多平顺温和,政府尚能有效治理的非工业化国家,另一方面,他又敏锐地看出当时清政府官僚主义横行、官僚们层层腐败、欺压百姓、无所事事,清王朝表面上对外强势,一律视西方国家为蛮夷,采取"闭关锁国"的政策,想以此抗拒西方先进的科技和文明,但骨子里却软弱、忍让,加上政府和民间彼此不关痛痒,貌合神离,清军在军事上更是整体落后——军心涣散、军备陈旧、军力疲软,所以,这使得郭士立一度游走在理性传教和强势传教之间,以至于在鸦片战争前后,他心里的天平终于倒向了后者。作为基督徒,郭士立本性上也许并不赞同诉诸武力,但传教士的天职,加上争强好胜、急功近利的个性——他非常希望在中国从16世纪开始但却一直裹足不前的基督教传教事业在他这一辈可以迅猛推进,基督全球化变得远望而可及。相对于郭士立,毛姆笔下传教士/修女所传达的"中国观",就显得模糊、浅显和多元。中国人大概是朴素、单纯、木讷的(《修女》《陌生人》),但他们也有不少陋习甚至邪恶的行径,比如《修女》中呈现的男尊女卑,《小城风景》里让我们看到的"弃婴"现象,中国人甚至也容易诉诸暴力,像《上帝仆人》中那位在三次教案中死里逃生的法国老年传教士所诉说的,因此,修道院收容被遗弃的女孩子(《修女》),修女们在孤儿院尽心护理"弃婴"(《小城风景》),传教士的医院收治中国病人(《陌生人》),乃至传教士拯救中国人的灵魂(《基督复临派教徒》)便成了以传教士/修女为代表的一部分西方人的神圣职责。当然,毛姆本人的"中国观"另当别论,在此不赘言。

通过对晚清和民国两位在中国的西方行旅作家行旅作品的解构,通过解析郭士立作品中传教士的自画像和毛姆笔下的传教士/修女形象,我们贴切地感知了在那个特殊历史时段,一群特殊的西方人在中国的特殊经历——那些行色匆匆、怀揣《圣经》和指南针的各种各样的传教士们色彩斑斓的活动,透过他们的个性、理想、经历、创作,看到他们悸动的灵魂"循着光漫游"——从自己的祖国德国,或英国,抵达遥远的东方,神秘的中国。那些眼见的,心里感知的或明或暗的光,那些上帝的光、理想的光,引导着他们进入一个完全陌生的世界和人生。他们有他们的欢歌——像郭士立在看到中国美丽浪漫的海景时忍不住吟咏起圣歌的一刹那,他们有他们的哀歌——如那位老年的法国传教士带着一颗无处安放的心不得不回去他已然陌生的故国。最终,他们未竟的理想连同他们这个如此荣耀的传教士身份,都永远定格在了那个离我们愈来愈远的时代,但他们循光追梦的姿态却依然鲜明动人。

近代来华传教士汉译小说述略

宋莉华

(上海师范大学中文系)

　　学术界通常把清末民初作为汉译文学的开端,认为这是中国文化史上继汉末、晚明之后出现的第三次翻译高潮,译介的对象以域外文学为主。但是随着新文献的不断发现,汉译小说的时间不断被提前。美国哈佛大学教授韩南(Patrick Hanan)曾提出,1873—1875 年在《瀛寰琐记》上连载的英国作家利顿(Edward Bulwer Lytton, 1803—1873)《夜与晨》(*Night and Morning*)的译本《昕夕闲谈》是第一部汉译小说,也是汉译文学之始。不过,他很快修正了自己的说法,因为发现了更早的汉译小说,即 1852 年礼贤会传教士叶纳清(Ferdinand Genähr, 1823—1864)翻译的德国小说《金屋型仪》,自此,传教士汉译小说开始进入研究者的视野。[①] 这里,"汉译小说"借用的是中国人民大学李今教授提出的一个概念"汉译文学",以把它与今天所谓的"翻译小说""西方小说"区别开来。"汉译小说",是对翻译小说范围的一个限定,即不包括中国文学的外译部分以及以少数民族语言翻译的小说。"汉译小说"是翻译文学的一部分,二者有相当部分的重合,同时其范围比翻译小说要小。19 世纪中叶以来,传教士开汉译小说风气之先,译介了数量巨大的作品,并最终与中国本土人士的翻译文学合流,对中国文学产生深远影响。本文拟对传教士汉译小说择其要分类述之,文中所说的"近代"是一个宽泛的概念,不完全与历史学上"中国近代"

[①] 此外,也有学者如李奭学等,主张将汉译文学的历史上溯到晚明。

的时间分期重合,大致是指从19世纪中期到20世纪初期的这一历史时段。

一、基督教成长小说

1852年礼贤会传教士叶纳清翻译的《金屋型仪》,是第一部由传教士翻译的小说,也是最早译介到中国的西方小说。该书译自德国作家赫曼·保(Hermann Ball)所著小说《十字架的魅力》(*Thirza, order die Anziehungskraft des Kreuzes*,1840),也有可能是以罗德(Elizabath Maria Lloyd)1842年的英译本作为底本的。① 书中讲述一个犹太女孩咂喳改宗信奉基督教后,带领家人信主归真的故事,意在把咂喳树为女孩的典范。小说在翻译时采用译述的方式,运用章回小说体例和中国古典小说的传统叙事手法。

《金屋型仪》的译介,把"基督教成长小说"这一小说类型引入了中国。这类小说着重表现基督教如何引领人物成长,小说中主人公的生父往往缺席,出场时是孤儿,生活艰难,没有目标和方向。促使他成长的是一位精神之父,这名精神上的领路人是主人公成长的关键。这里的成长,主要不是生理上的而是精神上的,其成长的要害不是模仿英雄人物,而是皈依基督教。成长的过程一旦完成,成长主体便获得了高尚的灵魂和强大的力量,具有面向宗教的献祭性。成长小说是为了给年轻的读者提供生命的方向、精神的原动力以及信仰原型。作为一种小说类型,"成长小说"有其基本的叙事语法。主人公生活中的生父往往缺席,出场时是孤儿,生活艰难,没有目标和方向。引领他成长的是一位精神之父,这位精神上的领路人是主人公成长的关键。传教士们显然更愿意看到由牧师或虔诚的基督徒充当精神之父亲来代替孩子们尘世间的父亲。孤苦无依的孤儿由于遇到了牧师而开始信仰上帝,生活也随之改变;或者是偶然到教堂聆听圣乐和布道,便如醍醐灌顶。一旦主人公皈依宗教,认识到自己是上帝的子民,应当如何恰当地为人行事

---

① 参见[美]韩南:《中国近代小说的兴起》,徐侠译,上海:上海教育出版社,2004年,第90页。

时,他的主体感就产生了,并获得了身份认同。这种模式几乎贯穿于所有的基督教成长小说。

《金屋型仪》之后,有多部这类译著问世。1856年美国监理会吉士师母(Caroline P. Keith,1821—1862)用上海土白翻译了《亨利实录》(*The History of Little Henry and His Bearer*)。1864年白汉理(Henry Blodget,1825—1903)又将之译为官话。这部小说是19世纪英国儿童文学作家舍伍德(Mary Martha Sherwood)的名著,原著1814年初版之后,在近七十年的时间里曾再版百次,描述了在印度出生的英国孤儿亨利成长为基督徒的过程。《孩童故事》(*Seppili the Swiss Boy*)中的瑞士男孩塞比利,经历与其相似,写一个虔诚的小基督徒在母亲死后,父亲因为家贫养不起他,让他自己谋生,最终病故,却以信仰感染了周围的人。该书1861年被译成宁波方言,1868年又被译成上海方言,1873年美国北长老会的倪戈氏(Helen S. Coan Nevius,?—1910)把它译成官话。1878年美国传教士佩森(Miss Adelia M. Payson)用福州方言翻译的《贫女勒诗嘉》,出自英国维多利亚中期最为重要的福音小说家斯特拉顿(Hesba Stretton,1832—1911)[①]的名著《杰西卡的第一次祈祷》(*Jessica's First Prayer*,1867),写贫家女孩勒诗嘉的信教经历。1882年,美国公理会博美瑞(Mary Harriet Porter)翻译的《闺娜传》(*The Cottage on the Shore:or,Little Gwen's Story*),叙述了孤女闺娜在贫穷的养母家里如何艰难度日,不断呼唤上帝,最终使自己和养母一家获得救赎。威尔通夫人(Amy Catherine Walton,1849—1939)的《安乐家》也是由博美瑞翻译的。1875年该书原著由伦敦圣教书会初版后,旋即成为维多利亚时代的经典儿童读物,小说讲述孤儿利斯第照顾老流浪艺人卓飞,两人一起寻找安乐家即天堂的故事。1882年博美瑞在该书面世未久即将之译成官话。1907年叶道胜(Immanuel Gottlieb Genähr,1856—1937)翻译的《两儿寻天堂》(*Two Children Seeking Heaven*),"述二孩母死受欺,赴天堂觅母,旋有信道者怜而养之"。[②] 1908年美国北长老会狄文氏(Ada Haven Mateer)翻译的《扣子记》(*Teddy's Button*)则被誉为孩童版的《天路历程》。

---

① 斯特拉顿出生于威灵顿,本名萨拉·史密斯(Sarah Smith),1858年开始以"Hesba Stretton"为笔名发表作品,她一生写作的小说不少于三十部。
② 《女铎报》1917年9月1日卷6第6号"妇孺适用书目"。

二、西方文学经典

传教士汉译小说中,最为引人注目、译本最多的无疑是《天路历程》。从 19 世纪中叶到 1911 年的大约 60 年间,该书共有十余种汉译本问世,大致分为三大类:文言译本、官话译本、方言译本,方言译本又包括方言俗字、罗马字拼音及盲人凸字等不同形式。文言译本主要有英国伦敦会慕维廉(William Muirhead,1819—1884)译《行客经历传》(1851)、英国长老会宾为霖(William Chalmers Burns,1815—1868)译《天路历程》(1853)、英国浸礼会胡德迈(Thomas Hall Hudson,1800—1876)译《胜旅景程正编》及《胜旅景程续编》(1870)。官话译本主要有宾为霖的《天路历程官话》(1865)及《续天路历程官话》(1866)、英国伦敦会孙荣理(John Wallace Wilson,1856—?)译《天路历程官话》(1908)及《续天路历程官话》(1910)。[①]《天路历程》汉语方言译本甚多。1853 年宾为霖的译本刚一出来,即由美国公理会传教士打马字转译成厦门土话,同年在厦门出版;美国南方长老会的传教士来恩赐牧师(D. M. Lyon)也几乎在同时用苏州土话翻译了此书,1853 年由协和书局出版;英国圣公会柯播义(Robert Henry Cobbold,1820—1893)的宁波土话译本题为《旅人入胜》,1855 年在宁波出版;同治十年(1871)出版了英国循道公会俾士(George Piercy,1829—1913)广州土话译本《天路历程土话》,由羊城惠师礼堂镌刻;光绪二十一年(1895)出版了上海口音书局藏版、上海美华书馆排印的《天路历程上海土白》;斯得胜的上海土话译本 1899 年、1913 年由中国圣教书局出版;钟秀芝的四川土白译本 1912 年由华西圣教书局出版。

来华传教士还翻译、出版了许多《天路历程》的仿作。如《小天路历程》,由英国伦敦会女传教士绿慕德(Miss M. Lawrence)根据英国维多利亚中期的女作家泰罗(Helen Louisa Taylor,1831—1907)的改写本翻译。1931 年上海中西基督福音书局(Christian Book Room)唐晓风编绘的连环画《天路

[①] 黎子鹏:《经典的转生:晚清〈天路历程〉汉译研究》,香港:基督教中国宗教文化研究社,2012 年,第 57—72 页。

历程》,共 234 幅插图,每幅图旁都有解说,很明显主要是给孩子看的,1938 年上海圣经报馆(Bible Pictorial Press)又再版。1933 年古爱德(Florence E. Gooch)编纂了《孩童天路历程》,汉口及上海圣教书会出版。美国传教士麦体雅(Ada Haven Mateer)译有《天路日程》(*Stepping Heavenward*)①,是一部受《天路历程》影响写作的日记体小说,描写一位少女因读圣经和祷告而改正种种缺点,由对家人的爱中悟出爱耶稣,秉耶稣的爱而爱众人。

对近代中国文士影响最大的传教士汉译小说当推《回头看,2000—1887》(*Looking Backward，2000—1887*)。1891 年,该书由英国浸礼会传教士李提摩太(Timothy Richard,1845—1919)译成中文,题为"回头看纪略",在《万国公报》第 35—39 期连载。1894 年广学会出版了《回头看纪略》的单行本,更名为《百年一觉》,发行 2 000 册。梁启超在《读西学书法》中介绍此书说:"广学会近译有《百年一觉》,初印于《万国公报》中,名《回头看纪略》,亦小说家言,悬揣地球百年以后之情形,中颇有与礼运大同之义相合者,可谓奇文矣。闻原书卷帙甚繁,译出者不过五十分之一二云。"②康有为所著的《大同书》,不能不让我们将之与《百年一觉》联系起来,他自己也承认:"美国人所著《百年一觉》是'大同'的影子。"③谭嗣同认为:"地球之治也,以有天下而无国也。……君主废,则贵贱平;公理明,则贫富均。千里万里,一家一人。……若西书中《百年一觉》者,殆仿佛《礼运》大同之象焉。"④孙宝瑄阅读此书后,深深为之着迷:"览李提摩太译《百年一觉》,专说西历二千年事。今尚千八百九十七年也,为之舞蹈,为之神移。"⑤1898 年,裘维锷将李提摩太译述的《百年一觉》演为白话,刊登在《中国官音白话报》上:

> 这部书,原叫《回头看》,乃是美国人毕拉宓做的,后来有个英国人,叫做李提摩太的,把他翻译过来,就改名《百年一觉》。当中所说的议

---

① 博伦悌思(Mrs. E. Prentiss,1818—1878)著,麦体雅(Mrs. A. H. Mateer,也作"狄文氏")、许善济合译,官话,108 页,上海:广学会 1928 年出版。
② 梁启超:《读西学书法》,黎难秋主编:《中国科学翻译史料》,合肥:中国科学技术大学出版社,1996 年,第 642 页。
③ 熊月之:《西学东渐与晚清社会》,上海:上海人民出版社,1994 年,第 413 页。
④ 《谭嗣同全集》卷一"仁学·卷下",北京:生活·读书·新知三联书店,1954 年,第 85 页。
⑤ 孙宝瑄:《忘山庐日记》,光绪二十三年(1897)四月乙巳初九日,上海:上海古籍出版社,1983 年,第 97 页。

论,都是美国百年后一切变法的事情,粗看去,虽觉有些荒唐,细看去,却是都有道理。因为他在养百姓一桩事,颇有新鲜的法子,所以西国的念书人,都要买部看看。那原书的情节极多,李提摩太不过译他一个大略。这演义也只就译本铺排铺排,虽不能如原书详细,那事情实在足以消闲解闷。大家如果破些工夫,把这部书看看,比看那寻常的小说,正是好着多哩。①

《鲁滨逊漂流记》一向被视为鼓励年轻人进取和敢于冒险的经典文学作品。这是一部有关现实中的普通人通过不断认识和思考实现成长的故事。一般认为,1902年钱塘跛少年沈祖芬译《绝岛漂流记》,是该书最早的中译本。实际上,就在同一年,英国传教士英为霖用羊城土话翻译了这部小说,题为《辜苏历程》。而且相较于沈祖芬《绝岛漂流记》对原文的极度节缩,《辜苏历程》还是该书最早的完整译本。

美国美以美会传教士亮乐月(Laura M. White,1867—1937)翻译了英国维多利亚时期著名女性作家乔治·艾略特(George Eliot,1819—1880)的两部小说——《织工马南》(Silas Marner)和《罗慕拉》(Romola)。《织工马南》是艾略特最具特色的小说之一,描写了19世纪英国中部的一个农村织工一生的遭遇。1913年亮乐月将之译成中文,题为《马塞勒斯》,从1913年11月到1914年5月先刊载于《女铎报》第20—26期上,1914年上海广学会又出版了其单行本。《罗慕拉》是艾略特在1862—1863年间发表的一部历史小说,这是她最为宏大的一部作品,也是其作品中相对独立的一部小说。1917年亮乐月首次将乔治·艾略特的历史小说《罗慕拉》译介到中国,题为《乱世女豪》。这一早期译本带有明显的基督教化倾向,译者通过淡化原著的历史描写,凸显基督教神学思想与道德训诫意图,将原著由历史小说改写成了一部基督教小说。译者对故事和人物重新进行了演绎,重点展现了女主人公皈依基督教的心路历程,把她塑造成一名凭借上帝的恩典救民于乱世的女中豪杰。同时,这部译著承载着一个宏大的历史使命,即亮乐月认为书中的情形与中国的社会现状很接近,因而希望以此书教育中国的青年,特别是为年轻女性提供榜样。译本包含了以古喻今、以佛罗伦萨隐喻近代中

---

① 《中国官音白话报》第七期,光绪二十四年(1898)。

国社会的寓意，通过演绎佛罗伦萨作为人世之城与上帝之城的双城记，试图为近代中国社会的变革提供基督教化的路径。在 1917 年这样一个特殊的年份，《乱世女豪》似乎在应和新文化运动的召唤，希望借文学培育新人。

英国 19 世纪桂冠诗人丁尼生（Alfred Tennyson，1809—1892）长篇无韵体叙事诗《公主》1917 年被译成中文，发表在《女铎报》上，译者佩芬。《女铎报》上题为"女校小说"，表明了专为女学生翻译的意图。《公主之提倡女学》是一部女性主义的翻译小说。这主要不是在于译者的女性身份，而是表现为译者从女性的视角出发，在译作中充分表现出了女性意识和女权主张。丁尼生的长诗《公主》在爱情故事中实际上提出了一个严肃的命题，即妇女是否应当享有与男性平等的教育权利。

三、福音故事

福音故事是以《圣经》为题材的，用来宣讲福音、启迪灵魂的宗教故事。近代来华传教士承袭了早期清教徒的做法，将福音故事作为教育儿童的手段，重点进行了译介。不过传教士在译介福音故事时，并非简单照搬福音书中的内容，而是对故事情节及内容进行了大刀阔斧的改写，并引入对话式的第二人称叙事，采用方言口语，从中传递出尊重儿童、爱护儿童的现代教育观念，在中国传统童蒙读物之外构成了有意义的补充。

英国女作家莫蒂母（Favell L. Mortimer）的作品最为引人关注。1836 年她出版《将明篇》（*The Peep of Day*）是一部以基督生平为主线的福音故事集，内容来自《旧约》的《创世纪》和《新约》。该书最早的中译本是 1859 年在宁波出版的宁波土白罗马字符拼音本《路童指要》（*Lu-dong Ts's Hyiao*），译者为美国北长老会牧师倪维思（John L. Nevius）的夫人倪戈氏（Helen S. Coan Nevius）。1861 年英国循道公会义务教士俾士（George Piercy，1829—1913）译成羊城土白，1868 年译成浅显的文言两种版本。同治三年（1864）英国长老会宾为霖（William C. Burns，1815—1868）把它译成官话。1879 年美国长老会的帅小姐（A. C. Safford）又将之译成苏州土白《训儿真言》，由上海美华书馆刊行。一部儿童福音故事，竟出现如此多的译本，可见该书在当时的影响力。

莫蒂母的另一部儿童福音故事《蒙童训》(Line Upon Line，1837)，是根据《旧约》"摩西五经"的内容改编成的儿童福音故事集。该书最早的中译本由丁小姐(C. P. Tenney)用上海土白翻译，分上、中、下三卷，咸丰六年(1856)由浦东周凤翔刊刻出版。这部福音故事集还有两种教会罗马字的方言版本：英国圣公会柯播义(Robert Henry Cobbold，1820—1893)以教会罗马字拼写的宁波土白本《日积月累》(Jih Tsih Yüih Le)，全书共两册，1869 年由宁波镇海美华书馆出版，1875 年英国伦敦会女传教士绿慕德(Miss M. Lawrence)再次用教会罗马字将之译成宁波土白《日积月累》(Jih Tsih Yüih Le)一册，由宁波镇海美华书馆出版。这一书名也包含了寓教于乐之意。

美国长老会牧师、著名作家樊带克(Henry Van Dyke，1852—1933)，根据《马太福音》中的记载，创作了两部福音小说《第四博士传》(The Story of the Other Wise Man)和《失路小孩》(The Lost Child)。前者由美国长老会费启鸿师母(Mrs. George Field Fitch)翻译，后者由美以美会的亮乐月(Laura M. White，1867—1937)译成中文。1902 年，樊带克出版短篇小说集《浊世兰花》(The Blue Flower and the Source)，收录了包括《第四博士传》在内的九篇小说，《浊世兰花》由加拿大长老会传教士薄玉珍(Miss Margaret H. Brown，1887—?)与刘文林合译成官话，因而此书卓有影响。此外，季理斐师母(Mrs. MacGillivray)编写的福音故事值得关注。这套书专门向儿童介绍耶稣的生平事迹，1924 年由广学会出版，1930 年再版。第一册为《耶稣幼年光景》，第二册为《耶稣施行奇事》，第三册为《耶稣讲说比喻》，第四册《耶稣成就大功》。阅读《圣经》原文对于儿童来说并不容易，因而将《圣经》中的内容重新改写成儿童故事，是对儿童进行宗教教育的一种常见做法。

四、少年文学

以表现家庭生活的温暖和情感交流为特征的少男少女小说在 19 世纪末期大受欢迎。维多利亚时代的女孩可能向往充满行动的世界，但她们注定不能进入那个世界。男孩被期望长大要有男子气概，女孩却必须表现得女性化。19世纪随着社会的发展,视野的扩大,女孩除了阅读大众小说外,也被允许阅读曾经是男孩专利的探险小说。但女孩的读物仍有其特殊要求,结合了浪漫思想与道德提升,描写少女生活的小说成为理想的读物,风靡一时。童话往往借助幻想将现实生活编织成一幅奇异的图景,是超自然、超现实的,少女小说则不同,是通过想象描写接近真实生活又高于现实的文学艺术,它是远离幼童想象的写实性小说。用英国学者爱德华·萨蒙(Edward Salmon)对女孩文学的描述,即使女孩能够阅读超过幼儿故事的书,并使她们免于受到只有能够明辨是非的人才能够读的那种小说的影响。它超越童谣,却还不到成人的阶段。① 这些小说最早由传教士译介到中国,并逐渐被中国作家和读者所接受。

1930年开明书店推出了一套《世界少年文学丛刊》。著名作家、学者、翻译家、出版人徐调孚为之撰写序言,编者希望这套文学丛书有益于少年的成长:

> 我们应给他们的生活以愉快;我们应满足他们游戏的精神;我们应与他们以正确观察的能力;我们应扩展他们情绪的力量;启发他们想象的能力;训练他们的记忆,运用他们的理性;我们应增加他们对于社会的关系的强度……。于是,我们要给他们以文学,适宜于他们的文学,他们自己的文学。②

"少年期为浪漫的情绪发达之期"③,少年期又是世界观、人生观以及信仰形成的重要时期。季理斐师母翻译了很多这类小说,如《幼女遇难得救记》《贫孩得胜》《伶俐幼孩故事记》等。《幼女遇难得救记》(*The Wide Wide World*),作者为美国女作家苏姗·沃纳(Susan Warner,1819—1885),记述了女主人公自幼生活舒适,无忧无虑,骤然之间因父亲破产而被抛入社会,孤立无助地挣扎着生存。故事一开始便是女主角爱伦和她必须出国去赴死的母亲漫长的告别场面。爱伦将被送到乡下去和一个严峻且说话坦率的姑妈同住,结识一位品德高尚以至于无法活到故事结尾的朋友爱莉丝,后来又

---

① Edward Salmon, *Juvenile Literature, As It Is*, London: H. J. Drane, 1888, p.29.
② 徐调孚:《〈世界少年文学丛刊〉序言》,吉卜林:《如此如此》,上海:开明书店,1930年,第3页。
③ 同上书,第4页。

成为其兄认养的妹妹。"此书虽属小说家言,然其感动甚伟,悲欢离合之情状,善能摹绘之也。西国小学校儿童各喜读之,几于人手一册。记中以幼女爱伦,茕茕弱质,赖天之力而得救,亦足以助基督徒之信心,实非浅鲜矣。"①《幼女遇难得救记》1850年出版之后的头两年里,便在美国印行了十三版之多,季理斐师母将之译介到中国后,也很受年轻的女读者的欢迎。这样一本可以畅销多年的书,必定不只因为其宗教性的主题,爱伦以及书中的另一个坏女孩南茜在小说中的形象十分丰满,也是小说吸引读者的重要原因。

《小妇人》(Little Women)是19世纪美国女作家奥尔科特(Louise M. Alcott,1832—1888)的成名作,也是少女小说最为经典的作品之一。这部小说最早的中译本出现在1925年,由美国监理会传教士贝厚德(Martha E. Pyle)与沈骏英合作翻译,题为《四姊妹》,由上海广学会出版。《小妇人》的续作也由贝厚德、沈骏英合译,题为《贤妻模范》(Good Wives),1927年由广学会出版。贝、沈二人还翻译过奥尔科特的少年小说《竹马天真》(Jack and Jill: Child Life in a Village)②,书分上、下二卷,官话,上海广学会1924年出版。奥尔科特的另一部著名的少年小说《小绅士》(Little Men),1930年由清洁理(Miss Katharine R. Green,1883—1962)译成中文,题为《两个苦学生的故事》,也由广学会出版。

与奥尔科特同时代的女作家伯内特(Frances Hodgson Burnett,1849—1924)也以写作少男少女小说著称,其所著《小爵爷》(Little Lord Fauntleroy,1885—1886)、《小公主》(Sara Crewe,1905)、《秘密花园》(Secret Garden,1911)至今深受小读者喜爱。这三部小说问世不久,即由美以美会传教士亮乐月译介到中国。《小爵爷》是写给男孩看的书,"本书虽写一个宽宏、仁慈、怜贫、孝顺的活泼小伯爵藩特那悦的故事,但作者明明指示藩特那悦的美德都是受他慈母的精神、品行的影响。因他的人格克服了祖父的暴性,抓住了人们对他的好感,虽有人来冒亲,终究是他承袭了爵位。

---

① 订书广告,《女铎报》1912年11月1日卷1第8号。季氏中译本1902年、1910年由广学会出版,后又在《中西教会报》(1909年2月—1910年6月)连载,1922年广学会三版此书,可见其受欢迎的程度。

② 现在一般译作《杰克和吉尔》。

文笔巧妙而有曲折,使读者百读不厌。诚是一部家庭教育的好故事书。"①该书1902年由亮乐月翻译,陈春生笔述,译为《小英雄》。《小公主》则是一部为女孩子树立榜样的小说。1914年亮乐月把它译成官话,由周澈朗笔述,广学会将之作为少女小说向女孩子们推荐,称它"是一本鼓励女子进取的小说,是青年女子不可不读的书"。②《秘密花园》译于1914年,题为《秘园》,亮乐月通过翻译此书,意欲传达一种新的儿童教育观,即注重愉悦儿童的身心,除了培养宗教信仰,还要养成良好的性格与品质,启发心智,强健体魄。她特别强调对女童的教育,鼓励女童与男童从事一样的心智活动,从而弥补了中国所缺失的女子教育这一部分。

五、寓言、神话及民间故事

寓言是一种古老的文学艺术形式。传教士对寓言的译介,可以追溯到晚明时期,万历、天启年间,耶稣会士用文言译述了部分欧洲寓言和轶事小说,特别是《伊索寓言》,作为证道之用。耶稣会士对伊索寓言的故事原貌往往予以保留,或仅稍加变动,但在寓意上,"会士则摆脱西洋传统的羁绊,从天主教的角度试予再剖,从而在中国别创某种故事新诠的证道诗学。如此所形成的'伊索寓言',在某一意义上乃欧洲中古证道故事的流风遗绪,结果通常演为文学史上的正面贡献"。③

明万历三十六年(1608)意大利耶稣会士利玛窦(Matteo Ricci,1552—1610)《畸人十篇》在北京刊行,该书首次提到陁所伯(即伊索)轶事,译介了四则伊索寓言及其他西方传说。明万历四十二年(1614)西班牙耶稣会士庞迪我(Didaeus de Pantoja,1571—1618)的《七克》在北京刊行,该书第一次将伊索故事以"寓言"名之。明天启五年(1625)法国耶稣会士金尼阁(Nicholas Trigault,1577—1628)译、福建泉州中国传教士张赓笔述的《伊索寓言》单行本《况义》在西安问世,其中选译了二十二则伊索寓言,每篇的

---

① 《广学会图书目录》目录分类第十九"故事",上海:广学会,1938年,第4页。
② 同上书,第8—9页。
③ 李奭学:《中国晚明与欧洲文学:明末耶稣会古典型证道故事考诠》,台北:"中央"研究院及联经出版公司联合出版,2005年,第85页。

结构大致分为两部分:前面为"况",即翻译故事,后面为"义",即揭示由故事引申的寓意。时人谢懋明"跋"谓:"况者,比也;义者,宜也,意也。"清顺治二年(1645)意大利耶稣会士艾儒略(Giulio Aleni,1582—1649)《五十余言》刻于福建,书中译介了《冬蝉求粮》《鹰狐》《农夫议刈》三则伊索寓言及西方历史、格言等。顺治十八年(1661)意大利传教士卫匡国(Martin Martini,1614—1661)的《逑友篇》刊刻出版,全书旨在论交友之道,但书中引用了十余则寓言、轶事及古史,包括《犬入牛槽》《母猴夸子》《狼求水》三则伊索寓言。意大利耶稣会士高一志(Alfonso Vagnoni,1566—1640)所著《则圣十篇》《童幼教育》《齐家西学》《达道纪言》《譬学》等书中,也可散见一些寓言片段,不过较之他书,描写要简略得多。① 最早来华的新教传教士之一米怜(William Milne,1785—1822)创办的第一份中文期刊《察世俗每月统记传》、郭实猎(Karl Gützlaff,1803—1851)创办的《东西洋考每月统记传》、麦都思(Walter Henry Medhurst,1796—1857)创办的《遐迩贯珍》以及《万国公报》等都曾刊登《伊索寓言》的译文。

除了《伊索寓言》,晚清更多的西方寓言由传教士译介到中国,如英国伦敦会传教士、著名汉学家理雅各(James Legge,1815—1897)译《浪子悔改》,博美瑞译《两可喻言》,英国公理会传教士杨格非(Griffith John,1831—1912)译《红侏儒传》,加拿大传教士季理斐(Donald MacGillivray,1862—1931)译《活水永流》《和声鸣盛》,季理斐师母译《喻言丛谈》,美国传教士刘乐义(G. R. Loehr)译《孩训喻说》《女训喻说》等。《和声鸣盛》和《喻言丛谈》分别译自英国儿童文学女作家格铁夫人(Mrs. Margaret S. Gatty)的寓言故事《自然寓言集》(*Parables from Nature*)之第一集和第二集,《红侏儒传》也是在欧洲流传久远的故事。与晚明耶稣会士相比,晚清新教传教士将寓言作为儿童读物的用意十分明确,也更注重趣味性和感动人的文学力量及教育功能。

此外,神话、传说和民间故事也作为儿童文学的一部分由传教士译介进来。1812年《格林童话》的出版,直接带动了欧洲对收集民间故事的重视,

---

① 参见颜瑞芳:《论明末清初传华的欧洲寓言》,林明煌:《长河一脉:不尽奔流华夏情——2007海峡两岸华语文学术研讨会论文集》"明末清初伊索寓言传华大事记",台湾桃园县中坜市:万能科技大学创意艺术中心出版社,2007年,第24页。

也引发了在华传教士译介欧洲民间故事的热情。其译介的作品包括了《三只熊》《小红帽》《一千零一夜》《巨人杀手》《吹笛人》这些古老的欧洲民间故事。1910年上海华美书局出版了系列面向儿童的神话及民间故事集,十分引人注目:美国作家霍桑(Nathaniel Hawthorne,1804—1864)的希腊神话故事集《希腊稗史选译》(*Tanglewood Tales*)①、《亚兰亭奇遇记》(*The Story of Aladdin and His Wonderful Lamp*)、《莘辨得航海记》(*Sinbad the Sailor*)、《仙术述异》(*Fairy Tales Book*)。

六、动物小说

动物小说诞生于19世纪的欧洲。维多利亚时期被认为是英国历史上人类情怀最温暖、对待动物最慈祥的阶段,因而在这一时期诞生了文学史上第一部真正意义的动物小说,即英国女作家安娜·索尔(Anna Sewell,1820—1878)的《黑美人》(*Black Beauty*)。这部小说有一部毫不逊色且极受欢迎的仿作,加拿大作家散得兹(Marshall Saunders,1861—1947)所写的《美丽的乔》(*Beautiful Joe*),该书1893年初版时即引起轰动,到1903年在加拿大和美国累计销售达百万册,迅速被译成多种语言在世界范围内传播。季理斐师母分别将之译成文言和官话,1907年由广学会同时出版。小说的最后,美约向小读者道别说:"如果一只狗这样说并不算错的话,让我加一句'上帝祝福你们大家'。"同一年,季氏又翻译了美国女作家波特(Gene Stratton Porter,1863—1924)②的第一部小说《牲畜罢工记》(*The Strike at Shane's*),同样表达了爱护动物的理念。

英国作家吉卜林(Rudyard Kipling,1865—1936)的动物小说《丛林奇谈》(*Jungle Books*),毫无疑问可以列入最受喜爱的英国童书,但是最早由传教士译介到中国的并不是这部书,而是《原来如此》(*Just So Stories for*

---

① 今译《坦格林儿童故事集》。
② 波特(Gene Stratton Porter,1863—1924)是美国作家和野生动物摄影师,是最早筹建摄影棚和电影公司的女性。到湖区湿地拍摄鸟类和昆虫的经历,激发了她写作的灵感。她的作品很多,超过了二十部,如 *Laddie*,*The Harvester*,*Freckles*,*At the Foot of the Rainbow*,*The Song of the Cardinal*,*A Girl of the Limberlost* 等。《牲畜罢工记》是她的第一部小说,最初于1893年匿名发表。

Little Children),1912 年由美国长老会的费启鸿师母(Mary McLellan Fitch,1848—1918)译成上海土白,题为《新小儿语》,由协和书局发行。吉卜林原书共十二篇,《新小儿语》选译了其中的三篇:《古时小象》《豹与黑人变种之原因》和《蝴蝶顿足》,通过动物们的冒险活动和有趣的经历,将小读者引入一个新奇的想象中的天地,教导他们生活的哲理,鼓励儿童发挥自己的智慧和勇气,勇于面对困难,克服困难。1923 年奥地利作家索尔顿(Felix Salten,1869—1945)的小说《小鹿斑比》(*Bambi*:*A Life in the Woods*)出版,立刻风靡欧洲。1929 年美国监理会传教士贝厚德从英译本进行转译,题为《林中的生活》,由广学会出版。

这些早期的动物小说,表现出了人类所保留的某些动物本能以及对动物的亲近感,对弱小和无助动物的同情及关怀。叙述了动物对人类的贡献,替动物的坎坷遭遇疾呼,呼吁尊重动物的生命价值,改善其生活处境,从道德和伦理层面出发对人与动物的关系进行思考。"在基督教伦理看来,天赋动物生存权,动物是作为生命形态与人取得了平等的地位。于是,动物生存权利论进入基督教伦理思想体系。"①《旧约》中鼓励人们善待动物、反对残虐动物的经文比比皆是,其出发点其实是基于对人的关心,对动物的怜悯引发的是对人类自身的怜悯,"毋庸置疑,一个人若对动物有怜悯之情,它会更加对人类有怜悯心,因此有言道,'义人顾惜他牲畜的命'"。② 传教士译介的动物小说并未超越基督教伦理的范畴,从中传递的是自然神学的思想,即通过仔细研究大自然这部上帝的伟大作品,从而发现并证明上帝的智慧。

结语

传教士汉译小说在题材和类型上与中国传统小说截然不同,它们比 19 世纪 70 年代出现的中国人翻译的福尔摩斯短篇小说、林纾翻译的《茶花女》等更早,数量也更多,对中国小说产生了直接的影响,使新的小说子类得以

---

① 杨通进:《〈环境伦理学〉译者前言》,[美]罗尔斯顿:《环境伦理学》,北京:中国社会科学出版社,2000 年,第 3 页。
② [美]彼得·辛格:《动物解放》,孟祥森、钱永祥译,北京:光明日报出版社,1999 年,第 233 页。

确立。① 尽管传教士汉译小说的初衷是借用文学手段宣扬基督教教义、改变中国人的观念,却无形中承担了译介西方文学的职责,并将成长小说、动物小说等新的小说类型引入中国。在翻译策略上则表现出高度的本色化特征,迎合中国读者的阅读习惯与审美趣味,甚至模仿中国传统章回小说体例翻译,体现了传教士对中国文化体验的独特表达。同时,传教士汉译小说中的西方观念、小说技巧、语言表达方式,又带给中国读者不同的审美体验,对晚清士人以及中国文学的近代变革产生了潜移默化的影响。

---

① 参见[美]韩南:《19世纪中国的传教士小说》,见《中国近代小说的兴起》,徐侠译,上海:上海教育出版社,2004年。

舌尖上的异邦:晚清来华美国人的中餐印象

王宏杰

(美国佐治亚南方大学历史系)

> "食物是我们的共同基础和普世经验"
> ("Food is our common ground, a universal experience")
> ——詹姆斯·伯德(James Beard,1903—1985)

在世界范围内,不同族群的饮食文化总是无可避免地发生着交流与碰撞,成为世界史上一道独特的风景。在中国和美国两百多年的历史互动中,饮食一直是一个异常活跃却又经常为人所忽视的文化因子,成为两国人民相互认知、相互理解(抑或误解)而又在彼此观照中定义自身的重要媒介。自从第一艘美国商船"中国皇后号"(The Empress of China)于1784年抵达广州起,美国人就开始了对中国饮食文化的体验,这种"舌尖上"的体验成为早期来华美国人认知中国、中国人以及中国文化的重要来源。本文以18和19世纪来华的美国商人和传教士的行旅写作为主要研究材料,试图还原这一时期美国人对中国饮食文化的初始印象及随之产生的种种文化误解与想象,并探讨这些关于中国饮食的书写对于晚清时期美国"中国观"的历史塑造和影响。①

---

① 关于美国中国观的演变和梳理,学界亦从不同视角多有探讨,诸如马少甫:《美国早期传教士中国观和中国学研究》,华东师范大学博士学位论文,2007年;王毅:《百年来西方中国观的研究综述》,《贵州师范大学学报(社会科学版)》2010年第3期,第100—105页;王立新:《试论美国人中国观的演变(18世纪—1950)》,《世界历史》1998年第1期,第13—20页;赵慧峰:《略论西方传教士对中国国民性的体认》,《学术月刊》,1998年第12期,第104—109页;张群芳:《近代来华(转下页)

一、园林中的宴饮:早期美国来华商人的中餐印象

由于建国历史较晚,美国对中国的直接接触要远远晚于西欧各国。在 1784 年美国对中国展开直接贸易之前,美国社会对东方包括对中国的认知往往来自欧洲来华传教士的书写,其中英国文人的著述对美国早期中国观的影响颇大。① 在 18 世纪欧洲对中国的描述中,充满东方情调的、独特乃至"怪诞"的中国传统饮食文化经常成为传教士和文人笔下中国图景中的重要组成部分,无疑也促成了美国人对中餐一种矛盾的原始想象。②

由天主教耶稣会的法国传教士杜赫德(Jean-Baptiste Du Halde, 1674—1743)所著的《中华帝国全志》(General History of China)无疑是 18 世纪西方认识中国最重要的历史文本。③ 该书由杜赫德依据来华耶稣会传教士的中国记述撰写,非常详实的全面介绍了中国历史文化和风土人情,也有专门介绍中国传统宴会的礼仪习俗,还特意提到了中国菜肴中"精心烹饪的鹿鞭和燕窝",还如同亲见般地写道:"他们将燕窝和其他肉混煮,从而使

(接上页)传教士笔下的中国形象》,《乐山师范学院学报》2004 年第 6 期,第 88—93 页;李霄鹍:《来华传教士对美国感知中国形象的影响及意义》,《新闻与传播评论》2015 年卷,武汉:武汉大学出版社,2016 年 2 月,第 142—146 页等。关于美国历史上的中餐体验,参见 Andrew Coe, Chop Suey: A Cultural History of Chinese Food in the United States, Oxford: Oxford University Press, 2009; Yong Chen, Chop Suey, USA: The Story of Chinese Food in America, reprinted edition, New York City: Columbia University Press, 2014; Anne Mendelson, Chow Chop Suey: Food and the Chinese American Journey, New York City: Columbia University Press, 2016.

① 关于欧洲文本尤其是英国人著述对美国中国观的影响,见姜源:《英国人著述中的中国及其对美国早期中国观形成的影响》,《浙江社会科学》2005 年第 2 期,第 160—166 页。关于英国 18 世纪文献中的中国图景,参见许明龙:《欧洲十八世纪中国热》,北京:外语教学与研究出版社,2007 年;Qian Zhongshu, "China in the English Literature of the Seventeenth Century" and "China in the English Literature of the Eighteenth Century", Adrian Hsia ed., The Vision of China in the English Literature of the Seventeenth and Eighteenth Centuries, Hong Kong: The Chinese University of Hong Kong Press, 1998, pp. 29 - 68, pp. 117 - 214; Colin Macherras ed., Sinophiles and Sinophobes: Western Views of China, Oxford University Press, 2000, pp. 47 - 65; David Porter, The Chinese Taste in Eighteenth-Century England, Cambridge University Press, 2010.

② 此种对于中国文化的审美心态,类似于博达伟(David Porter)在讨论关于 18 世纪英国文人中国观时提出的"monstrous beauty"(怪异之美)的概念,体现了当时西方对于中国文化在接受过程中的一种矛盾心态。参见 David Porter, The Chinese Taste in Eighteenth-Century England, Cambridge University Press, 2010, pp. 1 - 14.

③ Jean-Baptiste Du Halde, The General History of China, 4 vols., London: J. Watts, pp. 1739 - 1741.

其产生一种令人回味的口感"。①《中华帝国全志》自18世纪上半叶起就在西方社会广为流传,也为当时的美国知识阶层提供了最丰富的关于中国社会文化的知识储备——很多美国精英包括美国国父富兰克林和杰斐逊都曾读过此书。

另一部同样基于耶稣会传教士的中国经历编写的《中国旅行家》(The Chinese Traveller)一书也曾在美国商船来华前流行西方。书中除了描述充满中国风情的游记和探险故事外,也为西方社会描述了在他们看来无比奇异的中国饮食习俗,比如中国人主食为大米、用筷子吃饭、把食材切碎炒菜等等。一位传教士还不无惊骇地写道:"他们不仅像我们一样吃肉、鱼和家禽,连马肉他们也吃,并且觉得没什么不妥。此外,无论狗肉、猫肉、蛇肉、青蛙肉或任何有害生物,他们都觉得是可以食用的东西。"②书中还引用另一位传教士对广州当地菜市场的生动描述:"起初,在广州的菜市场里看见有人卖狗肉、猫肉、老鼠肉和青蛙肉等,我相当吃惊。但不久我就发现,中国人无论对吃哪种肉都毫无顾忌……菜市场内的大部分猫狗都很肥嫩,通常情况下还是活的,都擦洗得干干净净装在篮子里。老鼠则肥硕无比,有一些身形庞大,通常还没有剥皮,都钉在摊位的杆子上了。"③

正是带着这样的中餐图景,美国人终于开始了自己的中国之旅。在独立战争结束后的第二年,美国商船"中国皇后号"自1784年2月从纽约启锚,驶向中国。投资人在船上不但装载了流行的海獭皮,还特意准备了30吨北美人参——美国人对这批货物的价值充满期待,因为杜赫德的《中华帝国总志》中曾提到过中国人喜欢食用人参。在经历了188天的航行后,"中国皇后号"于1784年8月23日到达澳门,几天后抵达广州,从此正式掀开了中美贸易的历史。这次不远万里跨越大洋的贸易不出所料,"中国皇后号"所载的货物很快销售一空,而美国人又购入了瓷器和茶叶等中国货,并于同年12月28日启程回国。可以说美国人的首次对华贸易大获成功。

就在这次对华贸易中,美国人第一次有机会在中国接触到了中国饮食。

---

① Du Halde, *The General History of China*, 2, p. 201.
② Louis Le Comte, Jean-Baptiste Du Halde, *The Chinese Traveller*, London: E. and C. Dilly, 1775, p. 118.
③ 同上书,第37—38页。

我们从"中国皇后号"的商务代理人山茂召（Samuel Shaw，1754—1794）的记录中可以一窥端倪。山茂召曾是美国独立战争时期的杰出将领，在美国建国后的第二年，他弃军从商成为首批来华通商的商人，不仅全程参与了"中国皇后号"的中国之行，还在随后的数年间接受了美国总统华盛顿的任命，出任美国派驻广州的商务代表，成为美国历史上第一个驻华外交官。作为美国人来华的先驱，山茂召对中国的观察和印象对美国建国初期的中国观影响深远。他在任期结束回国后曾向美国政府呈交了一份中国游历报告，以日记的形式记载了他对中国的初始印象。① 在日记中山茂召坦承由于处处行动受限，当时的外国人对中国的认知仅仅局限于广州一地，也许他们对中国社会和风俗缺乏整体和准确的理解：

> 这个国家的政府处处小心提防，限制其子民与外来者之间的所有交流。我们身处其中一座城市的郊区，行动受到极大限制。至于要了解其国家之体制，或其人民之风俗，机会则更是少之又少，微乎其微。因此，仅凭在广东的所见所闻并不足以让我们对该国形成充分认识，并由此对上述任何一点做出精确的评价。②

山茂召说的情况属实，由于当时清政府对外国商人防范严密，外国人被禁止进入广州城，处处行止受限，可以想见他们对于中国饮食文化的接触也很有限。从他的日记中可知当时外国人还是以西餐为主，相互间宴请交往也都是西餐。山茂召曾记录了美国商人参加英国东印度公司晚宴的情形，在他的描述中，这次晚宴极为豪华，在可供30人就餐的长条餐桌上，摆放着闪闪发光的银质烛台餐具和瓷器，提供的都是欧洲流行的法式菜品。

但身处中国，要与中国十三行商人打交道，不接触中餐是不可能的。《山茂召日记》（*The Journals of Major Samuel Shaw*）中记录了美国人与中餐的第一次邂逅。山茂召曾和"中国皇后号"船长约翰·格林（John

---

① Samuel Shaw and Josiah Quincy, *The Journals of Major Samuel Shaw, the First American Consul at Canton, with a Life of the Author*, Boston: Wm. Crosby and H. P. Nichols, 1847. 该书中文译本见乔赛亚·昆西编：《山茂召少校日记及其生平：美国第一任驻广州领事》，褚艳红译，南宁：广西师范大学出版社，2015年；乔赛亚·昆西编：《帝国的相遇：美国驻广州首任领事山茂召实录》，常征译，北京：人民出版社，2015年。有关山茂召的研究，见褚艳红：《山茂召的中国观察及其印象》，华东师范大学硕士学位论文，2008年。

② Samuel Shaw and Josiah Quincy, *The Journals of Major Samuel Shaw*, pp. 167‑168.

图13 山茂召签名画像，*The Journals of Major Samuel Shaw* (Boston: Wm. Crosby and H. P. Nichols, 1847)

Green)一起在几个法国商人的陪同下，受邀到广州十三行一位陈姓商人的宅邸赴宴，这应该是他见识到中国宴席的最好机会。但山茂召似乎仅对这次宴会的场所印象深刻，在日记中曾盛赞主人家的中式园林"精妙绝伦"，但却对宴席上的中国菜肴惜墨如金、未加置喙。在他的日记中我们可以发现其中的缘由："在园林内就餐时，法国人会自备餐具酒水和大部分的菜肴。"①如此看来他是吃了同行的法国人自备的餐饮，对席中的中餐也许并没有尝试，所以印象不深。我们有理由相信，这样自备饭菜的方式应该在当时中外商人间的交往中很常见，可见西方人此时对中餐还普遍无法接受，并不敢过于冒险。

随后半个世纪里来华的美国商人在中国的经历与山茂召大致相同，即仍然保持着与在美国本土基本一样的饮食习惯，他们大都雇佣中国仆人，多与外国人来往，吃西餐。但身在异国他乡，完全没有中国饮食文化的影响是不可能的。比如在西方人与中国商人通过翻译的沟通中，形成一种由不同西方语言融合当地发音的"混杂语言"即所谓的"别琴"（*pidgin*，一般认为由business一词演变而来），其中就有很常见的主人对中国佣人说的"*go catchy chow-chow*"（去准备点吃的）诸如此类的话。② 另外，在美国商船来华贸易中，杜赫德《中华帝国全志》里提到的人参一直是很重要的商品。后来美国人也一度从太平洋岛屿中采集海参和燕窝等中国人喜欢的贵重食材，销往中国以求暴利。当然在广州的美国人在街头也会见到各种中国食

---

① Samuel Shaw and Josiah Quincy, *The Journals of Major Samuel Shaw*, p.179.
② 关于"别琴"，见 Pieter Muysken and Norval Smith, "The study of pidgin and creole languages", *Pidgins and Creoles: An Introduction*, Jacques Arends, Pieter Muijsken, and Norval Smith, eds, John Benjamins Publishing, 1995, pp.3–14.

物,曾有美国商人如此描述所见的广州情景:"一排长长的小吃摊,有卖水果的,卖蛋糕的,卖蜜饯的,卖汤的等等"。①

在美国人来华的最初半个世纪里,对中餐记录最为详细的是一位叫布莱恩特·蒂尔登(Bryant Parrott Tilden,1781—1851)的美国商人。蒂尔登在19世纪初期多次担任货船商务代理人来中国,在广州曾与当时的行商首领潘振承(西方人习惯称其为潘启官,即闽南语发音Puankhequa,1714—1788)熟识。在1819年蒂尔登回国前,潘振承邀请他和其他一些美国商人前往潘府赴宴。蒂尔登对这场中国盛宴的观察比他的前辈山茂召要具体得多:"一列列仆人端着锅碗走了进来,这些容器都漆镀着明亮的色彩,上菜阵列非常奢侈,包括有名的燕窝汤,各种各样的切碎的菜和许多米饭,还分放了式样相同但体型更小的碗,可是天啊,竟然没有盘子和刀叉!"刚开始美国人勇敢地尝试着用筷子吃饭,但"就连拿着织针的猴子也没有我们当中的某些人滑稽",直到最后主人让人拿来了他们熟悉的刀叉和勺子,美国人才如释重负。蒂尔登如此记录着自己看到的中餐菜品:

> 三小时内,便有20道菜肴用精美的瓷器盛着端上了餐桌,其中有汤、菜糊和五花八门的炖肉丁土豆,几乎包含了所有肉类,还有中国人至爱的雏鸡鸡冠,还有鱼和各种蔬菜、米饭和中国人非常爱吃的榨菜。大部分菜都添加了生姜和辣椒用以提味。餐桌上没有大块的肉,也不见整只的家禽或鸟类。仆人们不停地上菜撤菜,我们则畅快地聊天,一边喝着马德拉等欧式酒和昂贵的中国茶。②

蒂尔登的行文中洋溢着一种初遇东方文化的兴奋与惊奇,他以自己的视角记录着所见所感,为美国人描述着一个奇幻异邦的风情。在中美交流初期,尤其是18世纪末和19世纪初,这种对于中国饮食文化的好奇可以置于中西政治和文化碰撞的历史语境中去理解。不同于鸦片战争后的中西力量对比,19世纪初期以前,以英国为主的西方列强还未能在政治和军事上压制中国,中华帝国的传统权威尚在,对来华外国人的控制也颇为严厉而有效。

---

① "Walks about the City of Canton", *Chinese Repository*, May 1835, p. 43.
② Lawrence Waters Jenkins, *Bryant Parrott Tilden of Salem: At a Chinese Dinner Party, Canton: 1819*, Princeton: Princeton University Press, 1944, pp. 18 - 21.

无论是已经崛起的英国还是美国这样的新兴资本主义国家,尚未形成普遍的"东方主义"式的文化心态,还未以居高临下的姿态俯视东方。在此种情境下,来华美国人初次体验到以往阅读和想象中的中国饮食,那份好奇与惊诧也就不难理解了。

二、《望厦条约》背后的汤:1844 年美国顾盛使团的中餐体验

早期美国人对中餐的文化震惊也在 1844 年美国来华谈判使团的望厦之行中体现的淋漓尽致。第一次鸦片战争之后,美国政府希望也和清政府签订条约,以建立正式外交关系、并获得与英国同等的通商条件、扩大中美贸易及引入中国劳工。1844 年 2 月美国政府派谈判代表凯莱布·顾盛(Caleb Cushing,1800—1879)出访中国,并带来了美国总统约翰·泰勒(John Tyler,1790—1862)和国务卿丹尼尔·韦伯斯特(Daniel Webster,1782—1852)写给中国皇帝的信,表达了与中国建交和贸易的意愿。顾盛临行前曾在波士顿发表演讲:"我要去中国了,先生们,如果可以的话,我想说,我是代表西方文明去的。"①尽管顾盛对于自身代表的"先进"文明信心满满,他的中国之行尤其是在餐饮上的体验却很快向他展示了一个与此不同的世界。

当顾盛赴北京的要求被拒后,清廷派大臣耆英(1787—1858)来广东与之谈判,双方于 1844 年 6 月在澳门展开了多轮谈判,最终签订了中美《望厦条约》。《望厦条约》是清朝政府在中英《南京条约》和《虎门条约》之后与西方国家签订的第三个不平等条约,也是中美之间自 1784 年开始交往以来签订的第一个条约。关于该条约的签订过程和影响学界已多有研究,本文不作探讨,这里仅从顾盛使团成员记录的双方宴请细节,窥视当时美国人对于中餐的认知与评价。②

---

① Claude M. Fuess, *The Life of Caleb Cushing*, 2 vols., Hamden, Conn.: Archon Books, 1965, p. 414.
② 关于《中美望厦条约》的签约过程及影响,参见乔明顺:《中美关系第一页:1844 年〈望厦条约〉签订的前前后后》,北京:社会科学文献出版社,1991 年;仇华飞:《从对抗到妥协:中美〈望厦条约〉签约过程研究》,《史学月刊》,2009 年第 3 期,第 66—74 页;陆安:《顾盛使团"访华"签订〈中美望厦条约〉始末》,《文史天地》2014 年第 7 期,第 34—38 页等。

耆英抵达澳门后即赴美国使团驻地拜访顾盛,并接受了美国人的款待,虽然史料中并未留下关于这顿饭的具体菜品,但可以想见应该是美国人准备的西餐。当时中国人对西餐有着和西方人之于中餐同样的文化震惊,当然也包含着一种鄙视和厌恶。从在场美国人的描述中,中国官员并没有尝试西方食物的欲望,倒是对美国人的酒颇有好感。美国使团秘书,也就是国务卿韦伯斯特之子弗莱彻·韦伯斯特(Fletcher Webster, 1813—1862)如此写道:"中国人看上去不大想吃东西,但却对我们这群野蛮人的烈酒、香槟和樱桃甜酒情有独钟。"①也是在这次中美历史上首次餐桌外交中,中国人独特的餐桌礼节——相互夹菜的客套,也同样让美国人震惊不已。

在随后的谈判中,耆英屈服于压力,最终接受了美方所拟定的条约草案。美国使团在1844年7月3日回访耆英驻地(即今澳门城外望厦村的普济禅寺),并在此签订了《望厦条约》。随后耆英大摆宴席招待美国人,这次宴席显然经过充分准备,有着满汉两种风格的经典佳肴,丰盛异常。小韦伯斯特在惊叹中记录了这场宴席的细节。首先上桌是各种水果,然后端上的是中国主人特地为美国人准备的西式"布丁",随后各式菜品如流水般端上,"从餐桌这端到那端",摆满了超过一百个盛着食物的银碟,其中有海参、猪舌和燕窝等中国传统名菜。韦伯斯特写道:"这些燕窝一点也不令人反胃,其口感介于意大利面与木薯粉之间,如意大利面一般筋道,又如木薯粉一样透亮,而且味道十分清淡。"席间美国人又一次见识了中国传统宴席上流行的礼节——中国人不断用自己的筷子夹菜给客人,以示对客人的尊敬,而美国人只能"瞪大眼睛,张开嘴巴,然后假意傻笑,再无奈将菜吞进肚里"。几个小时后,菜式又从汉式变成满式,最后是一大盘"味道甚好"的汤,耆英两手端盘,喝了几口后,传给美国公使顾盛,随后,"汤又一个个地传遍了整桌人"。等回到驻地后,美国人都说自己刚刚"吃的全是一堆恶心恐怖的东西"。②

望厦村的中餐体验让美国使者们印象深刻,也成为他们日后宣讲中国之行的主要谈资。1845年顾盛和小韦伯斯特回到美国,两个人在公开演讲

---

① "Mr. Fletcher Webster's Lectures", *Niles' National Register*, Nov. 15, 1845, pp. 170-171.
② 同上。

中都提到了他们在中国经历的宴席冒险。顾盛如此描述中国人的饮食习惯:"他们使用两根筷子吃饭,要巧妙地夹好饭菜并送入嘴里,这需要一定的技巧。所有的饭菜都被切成小块,装进小碗中,再端上桌。而且在别人有筷子的情况下,他们还是要用自己的筷子为别人夹菜,反倒还成了一种礼貌。"①在对中餐作了类似描述后,小韦伯斯特还特意解释说:"他并非有意嘲笑中国人的风俗习惯,而是说,任何人倘若是第一次看到这些东西,都会觉得荒谬怪异。"②应该说顾盛和小韦伯斯特作为首次来华的政府官员,他们在关于东方的知识背景和对中国文化的认知和态度上与早期来华的美国商人并无不同,一方面他们坚信自己的文明优势,无法平等对待和接受中国饮食文化,但另一方面,他们又愿意坦然接受东方差异的存在,在经历中餐文化的种种"怪异"之余,用自己更夸张的描述为当时的美国民众渲染自己的东方冒险,在无形中增强着西方原本流行的关于中国的奇幻异邦图像。

当时美国多家报刊都曾刊登了一个以顾盛为主角的故事:据说顾盛曾受邀与一位中国官员吃饭,宴席中的一道菜让顾盛大为受用,他猜是鸭肉,便向主人询问,因为语言不通,顾盛只好一边用手指着该菜,一边发声:"嘎、嘎、嘎?"主人立会其意,摇摇头,跟顾盛一样发声作答:"汪、汪、汪。"③关于外国人与中餐的笑话版本众多,这个顾盛的故事也许只是附会而已,但对于刚刚开始对中国大感兴趣的美国民众而言,这样的故事无疑满足了他们的猎奇心态,同时戏谑中无疑也体现着一种明显的文化优越感。

三、卫三畏的象牙筷子:19 世纪中期美国来华传教士的中餐评述

19 世纪起尤其在《望厦条约》签订前后,开始有越来越多的美国新教传教士来华。这些传教士与之前来华的美国商人不同,他们纷纷留居中国并积极学习当地语言和习俗,希望获得更多中国民众的接受。他们的在华活

---

① "Miscellaneous", *Niles' National Register*, Nov. 1, 1845, p. 1.
② "China", *Wisconsin Herald*, Dec. 11, 1845, p. 1.
③ "Too Good", *Sandusky (OH) Clarion*, May 24, 1845, p. 2.

动及言论在早期中美外交关系中发挥了极大的作用,同时在客观上加深了美国人对中国社会与文化的理解。不少传教士还将自己在华经历写成文章或游记见诸于报端,成为19世纪美国大众了解中国文化的主要信息来源。在饮食方面,这些美国人眼中的"中国通"们也在很大程度上影响了美国人对中餐的认知。①

作为第一位来华的美国传教士,裨治文(Elijah Coleman Bridgman, 1801—1861)自1830年来到广州后,很快就学会了汉语并积极融入当地社会,他应该在不同场合尝试过中餐。他记载了自己曾拜访广州郊区一座寺庙,受到僧人热情招待,不但喝了茶还品尝了蜜饯。② 裨治文和另一位来广州的美国传教士伯驾(Peter Parker,1804—1888)曾担任顾盛使团的中文翻译,参与了《望厦条约》的谈判和签订,他们自然也跟小韦伯斯特一起见识了耆英的满汉大餐和中国人为客人夹菜的餐桌礼仪。③ 在认识中国的问题上,裨治文一向主张客观、如实地观察和描述中国,他既反对16世纪以来西方美化中国的倾向,同时也批评刻意夸大中国社会黑暗面的简单化方法。裨治文对待中国文化的态度无疑影响了后来的一些传教士。

19世纪中期对于中餐做过最多评述的美国传教士无疑当属卫三畏(Samuel Wells Williams,1812—1884)。④ 作为最早来华的美国传教士之一,卫三畏于1833年抵达广州,一直到1876年返美,在华生活长达43年,

---

① 关于19世纪西方尤其是美国传教士影响下的中国观,参见Mary Gertude Mason, *Western Concepts of China and the Chinese,1840-1876*, Russell & Russell,1939,该书中译本见[美]马森:《西方的中华帝国观》,杨德山译,北京:时事出版社,1999年;王立新:《试论美国人中国观的演变(18世纪—1950年)》,《世界历史》1998年第1期,第13—20页;吴巍巍:《19世纪美国传教士中国观建构之文化心态论析》,《宗教学研究》2016年第2期,第243—248页;李凤:《19世纪美国传教士建构"中国形象"的文化心态研究》,福建师范大学硕士学位论文,2017年等。

② Eliza J. Gillett Bridgman, *The Pioneer of American Missions in China*, New York City: A. D. F. Randolph, 1864, p.43;关于裨治文的中国生活与影响,见马少甫:《裨治文中国观研究》,《华东师范大学学报(哲学社会科学版)》2008年第3期,第42—47,48页;莫格:《裨治文与早期中美外交关系》,《兰台世界》2011年第23期,第24—25页。

③ 关于传教士伯驾,见杨楼:《美国基督新教传教士彼得·伯驾研究》,河北师范大学硕士学位论文,2011年;郑二瑜:《论美国基督教新教传教士彼得·伯驾在华的传教事业》,四川师范大学硕士学位论文,2013年;梁建:《伯驾与早期中美关系》,《经济与社会发展》2008年第10期,第143—145页。

④ 关于卫三畏的中国生活及其思想,参见Frederick Wells Williams, *The Life and Letters of Samuel Wells Williams* (New York: Putnam, 1889),中译本见[美]卫斐列(Frederick Wells Williams)著,顾钧、江莉译:《卫三畏生平及书信:一位美国来华传教士的心路历程》,南宁:广西师范大学出版社,2004年;李艳:《卫三畏思想研究》,山东师范大学硕士学位论文,2011年。

集传教士、外交官、学者于一身,他一生致力于研究和介绍中国传统文化,是美国历史上第一位汉学教授,对当时美国精英的中国认知起到了不可估量的作用。在最初到达广州的几个月后,卫三畏即受邀到中国人家里做客,生平第一次尝到了中餐。卫三畏记录了当时所见的种种菜品,还对席间使用的象牙筷子念念不忘:

> 晚宴在晚上 7 点开始,最先呈上来的是一道燕窝汤,吃的时候我们都用筷子,但刚开始显得有些滑稽。因为单凭两根象牙棒来吃东西的话,是需要一定练习的。接下来的几道菜,我既不知道菜名,也说不上是用什么做的,但它们尝起来味道很相似,都装在茶杯大小的容器中再端给客人,而客人们仍然使用筷子。吃汤菜时,他们需要将嘴凑到碗边,再把食物扒进嘴里。吃饭时他们也是如此,动作之快,一如我用勺子吃饭。我们吃了燕窝、莲藕、猪舌、鱼肚、鱼翅、海参和鱼头等一共 14 道菜。后来又吃了西餐,但做得很难吃。①

在他的第一次中餐体验中,卫三畏并没有表达明显的好恶,但言语之间流露出与先前来华的美国同胞们类似的新奇感觉。用他自己的话说,"与其说这到底有多令人欢喜,倒不如说它极大地满足了我的好奇心"。②

随着对中国文化的了解加深,卫三畏对中餐也愈加熟悉,在他后来参与主持的旨在向海外介绍中国的《中国丛报》(The Chinese Repository)上,饮食文化也成为一个重要内容。1835 年,卫三畏在《中国丛报》上发表《中国人的饮食》(Diet of the Chinese)一文,非常全面地介绍了中国饮食,除了提到中国人食用的谷物、蔬菜、水果、油料、鱼、家禽、鸟兽、昆虫和酒水等,还讨论了中式厨房和烹饪方式并介绍了中国的酒楼食肆和小吃摊。卫三畏以一种非常平和的语气叙述着他所理解的中国饮食:

> 中国人的烹饪及用餐方式十分奇特……菜里放了很多油,但又并非总是用最甜最纯的油,还喜欢在菜里放很多葱,再加上他们疏于打理自身,这一切就形成了一种让欧洲人简直无法忍受的臭味,如艾里斯所言,"好比旧毯子上放烂蒜的味道"。端上桌的菜几乎没有加什么调料,

---

① Frederick Wells Williams, *The Life and Letters of Samuel Wells Williams*, p. 69.
② 同上。

也没什么特别的味道可以使其相互区别。对外国人而言,所有的菜都同样的寡淡和油腻。①

从初遇中餐的好奇到熟悉后比较公允平和地介绍中餐,卫三畏一直以一个学者般的客观态度对待中国饮食文化,这一点难能可贵。1848年卫三畏编辑出版了关于中国的百科全书式著作《中国总论》(The Middle Kingdom),全面介绍晚清中国社会文化的方方面面。该书对美国汉学产生了巨大影响,不但被用作教材,甚至也"成为数代美国人认识中国的英文模板"。以往为数不多的总论中国的西方汉学著作往往道听途说,大多依据来华传教士的二手资料写成,如16世纪西班牙人门多萨(Juan Gonzalez de Mendoza)的《中华大帝国史》,而卫三畏的《中国总论》则完全基于自身的亲身体验,一开始就有"非常强烈的个人色彩"。卫三畏写作此书主要是基于美国认识中国的需要,他希望"通过平实的叙述将中国放置在一个适当的位置",给美国民众一个理智而满意的回答,即中国人在思想和行为上的奇特性,以及他们文明持续数千年的原因。同时他在第一版和修订版的序言中都说到,此书是为了"剔除外国作者已经普遍地施诸于中国及其文明之上的奇特的和无法解释的印象",因此在书中"努力展现他们国民性更好的特点"。②

卫三畏曾于1844年底从中国返回美国短期休假,并在美国各地巡回演讲,大概就在这个时候,卫三畏注意到美国民众普遍存在着对中国饮食的种种荒谬想象。在他的《中国总论》里,他试图纠正这些对于中餐的东方主义式的认知:

> 在描述一个民族对食物的品味上,几乎没有什么文章能比描述中国人吃猫鼠狗蛇肉的文章更不切实际了。美国地理教科书中常常附有

---

① Samuel Wells Williams, "Diet of the Chinese", *Chinese Repository*, February 1835, p. 465.
② Samuel Wells Williams, *The Middle Kingdom*, 2 vols., New York and London: Wiley and Putnam, 1848;关于《中国总论》,中译本见[美]卫三畏:《中国总论》,陈俱译,陈绛校,上海:上海古籍出版社,2005年;相关研究参见顾钧:《卫三畏与中国总论》,《汉学研究通讯》2002年第83期,第12—16页;李同法:《卫三畏的中国观——以〈中国总论〉为中心》,河北师范大学硕士学位论文,2009年;卞东波:《美国汉学的开山之作——读卫三畏〈中国总论〉中译本》,《博览群书》2006年第4期,第32—37页。《中华大帝国史》中译本见[西班牙]冈萨雷斯·德·门多萨:《中华大帝国史》,孙家堃译,北京:中央编译出版社,2009年。

这样的图片:一名市井小民扛着篮子,篮子中则装着那些因他们品味怪异而倒霉的受害小动物;或是人的肩上横着一只吊着一排排老鼠的扁担。这些图片无疑向人们传达着这样的信息,即这类食物就是中国人的家常便饭……然而,无论卖猫狗肉的事情究竟有多常见,笔者在华生活的十二年里从来未见过有人在市场上卖老鼠肉……笔者也曾就此事询问过一名当地居民,问及其乡邻是否喝老鼠汤时,他回应道,自己从未见过这种东西,也从未吃过,并且说:那些真吃这种东西的人还应当配上奶酪,如此一来就正对咱们彼此的胃口了。

对于事实上存在着的吃老鼠肉的人类行为,卫三畏也并未一味否认,但他明确反对以此来给中国人贴标签,担心这种对另类饮食的过度渲染会使中国人的日常生活遭到误解:"毫无疑问,的确有人吃老鼠肉,同样,总有人不得不被迫吃其他一些令人讨厌的食物,但如果把这些奇怪的东西列在单子上,就会造成对他们日常饮食的错误认知。"① 中餐"种类繁多,有益健康,且烹调得当",尽管"这种用植物油烹饪并加入葱类植物提味的食物仍然不能掳获西方人的胃口"。② 此时的卫三畏开始积极强调中餐的正面形象,可以理解为他对西方偏见的一种纠正的努力。

卫三畏对中国饮食文化的正面评价在其他一些美国传教士的中国记述中也得到共鸣。查尔斯·泰勒(Charles Taylor)是一名19世纪50年代由卫理公会派到上海的传教士,他后来写成《在中国的五年》(*Five Years in China*)一书,书中极言他对中餐的喜爱:

> 菜肴种类纷繁,且大部分都极尽美味,精细之至。这至少是我根据自身经历得出来的看法;为了扩充见闻,我尝试了绝大多数在华外国人都未必敢尝试的东西——想象一下猫肉和狗肉吧——在一场时兴的中式宴席中,我品尝了大部分菜肴,其中甚至包括那些外形与味道乍看上去令人反胃的菜品,发现它们都非常美味可口。③

---

① Samuel Wells Williams, *The Middle Kingdom*, 2: pp. 47 - 48. 关于饮食文化内容,多见于《中国总论》,第13章,《中国人的建筑、服装与饮食》。
② Samuel Wells Williams, *The Middle Kingdom*, 2: p. 50.
③ Charles Taylor, *Five Years in China*, New York: Derby and Jackson, 1860, pp. 133 - 134.

诚然,作为一个基督新教传教士,卫三畏的文化价值观仍然是西方中心的,他所秉持的"基督文明至上论"也与中国的传统文化有着本质上的冲突。但以卫三畏为代表的早期来华的美国传教士们能积极尝试中餐,对中国饮食文化的评价也相对的正面和理性,尽管其终极目的仍是出于"向中国布道的伟大使命",但他们的书写在客观上仍有助于纠正西方对中餐的文化误解,这些努力还是值得称赞的。

四、"肉和大米的竞争":19世纪中后期美国社会的中餐歧视

从19世纪中期开始,中美两国的经济贸易联系和文化交往更加密切。随着1848年加州淘金热的出现,开始有中国劳工进入美国,而1860年代美国太平洋铁路的修建更是引入了大量的中国劳工。这些早期华工把中餐文化带入美国,中餐馆在美国也开始发展。从此美国人对中餐有了更为直接的体验,而无需再借助旅华传教士的书写进行想象。但令人遗憾的是,中餐在美国本土的出现并未让美国社会对中餐的印象更为正面,恰恰相反,原有的异邦想象和卫三畏试图引导的平和立场在19世纪下半叶被针对华人普遍的文化和种族歧视所取代,而在这一过程中,中餐以其文化独特性毫无意外地成为美国社会排华的一个重要标靶。

其实在中美早期接触史上,很早就存在着对以中餐为代表的中国社会习俗的歧视性描述。1832年美国外交家埃德蒙·罗伯茨(Edmund Roberts,1784—1836)赴东亚考察,曾在传教士裨治文的导引下游览广州,在他的书中对中国人的饮食充满尖刻的描述:

> 他们的生活习惯最为堕落残忍:赌博四处流行,并且已然上升到一种毁灭而且罪恶的地步;他们服用致命药物和烈酒给自己带来快感;他们还是粗暴的杂食家,地上跑的、走的、爬的、天上飞的、水里游的,实际上几乎所有可以吃的东西,不管是海里的,还是土里的,哪怕是别人看来最恶心的东西,他们都会贪婪地往嘴里送。①

---

① Edmund Roberts, *Embassy to the Eastern Courts of Cochin-China, Siam, and Muscat*, New York: Harper, 1837, p. 151.

类似的尖刻评价虽然在 19 世纪上半叶并不多见,但当卫三畏在 1844 年回国演讲时,已经注意到美国民众对中国饮食的荒谬想象逐渐变得普遍起来。这种带有潜在文明歧视的中餐想象在华工进入美国后则逐渐演变为一种明显族裔歧视的文化攻击。

最初在旧金山开始出现的中国餐馆以其物美价廉吸引了各族裔的底层民众,还入乡随俗地引入美式西餐并配有刀叉,"中国餐馆……饭菜好吃且不论吃多少都只要一美元"。① 但很快加州矿区的经济竞争就导致华工受到排斥,华人的语言、着装和饮食习惯这些风格迥异的族裔文化区别就被视作文化低劣的标志。在加州排华运动中,华人的饮食习惯首当其冲成为被攻击的目标。"在当地矿工眼里,华人地位很低。他们什么都吃,这些毫不挑剔的天朝人向来都把老鼠、蜥蜴、乌龟和所有散发着恶臭且难以消化的贝类,以及那些可怜的小鹿当作自己的食物,而且在现在这样一个满是面粉、牛肉和咸肉等适合白人吃的食物的地方,他们依旧如此。"② 当地白人认为华工之所以可以与白人劳工展开竞争,原因之一就在于他们以大米为主食的廉价饮食习惯,而白人则需要成本更高的牛羊肉和面包,种族之间的经济竞争和劳工矛盾,就这样成为一场"肉和大米的竞争"。

美国国内尤其是加州的仇华情绪日益高涨,而一些文人的游记对中国人的负面描述也推波助澜。③ 贝亚德·泰勒(Bayard Taylor,1825—1878)是 19 世纪美国文学史上著名的浪漫主义作家,在美国扩张主义盛行和社会精英信奉美国"昭昭天命"(Manifest Destiny)之时,泰勒的亚洲游记在 1853 年的纽约报纸上连载,以其富有浪漫色彩的探险和美国文化优越的论调,在美国被广泛传阅。这些游记后来结集出版,名为《1853 年印度、中国和日本游记》(*A Visit to India, China, and Japan, in the Year 1853*),对中国人和中国饮食极尽丑化。他如此描述自己在新加坡首次接触的华人,"他们麻木的脸上没有任何表情……不似血肉之躯,反而更像黄泥捏造的陶

---

① Bayard Taylor, *Eldorado*, New York: Putnam, 1850, pp. 116 - 117.
② "The Chinese", *Weekly Alta California*, June 18, 1853, p. 4.
③ 关于美国 19 世纪后期的游记文学及其影响,参见 Kristin L. Hoganson, "Girdling the Globe: The Fictive Travel Movement and the Rise of the Tourist Mentality," in *Consumers' Imperium: The Global Production of American Domesticity, 1865 - 1920*, Chapel Hill, NC: University of North Carolina Press, 2007, pp. 153 - 208。

人,让我觉得非常不舒服"①。泰勒后来在香港登陆中国,又曾访问上海。他这样表达对中国文化的厌恶:

> 华人唯一展现出的品味就在于他们对畸形之物的喜爱……这种精神层次上的审美癖好同样也渗透到他们的道德层面。一番深思熟虑后,我终于敢断言:……其他国家里极少发生的恶行在中国却屡见不鲜,而其国人对此也早已见怪不怪了……但凡他们染指过的地方就会沾上污秽,尽管这些话听起来可能有些尖酸刻薄,但为了我们的种族,我们绝对不能让他们留在我们的国家。②

泰勒早年曾受雇于纽约报纸赴加州报道淘金热,他对中国人的歧视与偏见也许亦源自此时。泰勒对中国和中国人的负面描述在19世纪中后期在美国流传甚广,极大影响了当时美国社会对于华人移民的态度和印象。

在随之而来的仇华浪潮中,抨击中餐成为美国社会丑化华人的主要手段,中国人吃老鼠肉猫肉等印象则成为流行的思维定式,中国餐厅不卫生也成为"共识"。有人如此描述中餐馆:"在准备酱汁时,他们(中国厨师)甚至比索耶尔的村夫还要肮脏……这些厨子单凭嘴吹就能准确把握好当前菜肴所需要的调料剂量……许多中式菜肴的制作完全依靠调味品,而且通常带有一股恶心的油脂味和难闻的猪油味。"③不少报纸开始诬陷中国餐馆卖猫肉、老鼠肉,还编造旧金山某家中餐馆的菜单上写着"猫肉片,25美分;烤老鼠,6美分;狗肉汤,12美分;烤狗肉,18美分;狗肉派,6美分"。④

就连马克·吐温(Mark Twin,1835—1910)这样的伟大作家在那个时代也流露出对华人和中国食物的偏见。他于19世纪60年代在内华达造访当地一家中国商店,后来写道:"对于我们的来访,主人显得非常友好热情……他把酒倒在小脸盆一样的瓷杯子里拿给我们喝,还准备了燕窝来招待我们。此外还有一些小巧的香肠,这种东西本来我们可以一口气吞下一

---

① Bayard Taylor, *A Visit to India, China, and Japan, in the Year 1853* (New York: Putnam, 1855), p. 285.
② 同上书,第353—354页。
③ Otis Gibson, *The Chinese in America* (Cincinnati: Hitchcock and Walden, 1877), pp. 71-72.
④ "Chinese Dinner and Bill of Fare," *San Francisco Whig*, August 16, 1853, quoted in *Charleston Mercury*, September 30, 1853, p. 2.

大串的,但因为担心每一节都可能有死老鼠肉,就克制了尝试的欲望。"①

南北战争之后,美国西部酝酿已久的反华种族主义情绪终于爆发,加州政府通过了大量歧视性法律,白人暴徒开始袭击华人。经济衰落和大量工人失业则进一步恶化了华人的生存形势,最终导致了1882年的《排华法案》(The Chinese Exclusion Act)的出台,成为美国历史上第一个以种族为由限制外来移民的法案。

在19世纪中后期的社会背景下,美国大众文化也纷纷出现针对华人的歧视性和侮辱性的主题。一首名为"John Chinaman, My Jo"的歌曲自1850年代就从加州开始流行开来,在不同的版本中,华人的负面形象都被模式化和定型化,而与华人紧密联系的中餐文化,也成为野蛮与落后的标识,在美国民众的集体想象中被赋予排华的特殊意义。②无论哪一个版本的歌词,美国人认知和想象中的华人饮食文化中的筷子、米饭等元素也与辫子一样,成为形象猥琐丑陋的华人身份的文化标识。

同一时期在不少美国城市的街头还流行着另外一首针对华人的歧视性歌谣:"清清中国城,爱吃死老鼠,吃着老鼠肉,就像吃脆饼"("Chink Chink Chinatown, Eat dead rat; Eats them up, Like gingersnaps")。"*Chink*"是当时美国人对华人的蔑称,有可能是基于清朝发音而借指拖着辫子的华人。中餐就这样与美国社会对华人的种族歧视关联在一起,与华人在美国的苦难奋斗历程如影随形。

结论

自1784年"中国皇后号"开端中美贸易以来至19世纪末,来华美国人包括商人、外交人士、传教士和作家等无一不对中国饮食文化有所关注和评

---

① Mark Twain, *Roughing It*, New York: Harper, 1913, p.110.
② 早期一个版本的歌词,发表于 The California Songster (San Francisco: Appleton, 1855),见 http://www.columbia.edu/itc/history/baker/w3630/edit/chinpoem.html;19世纪后期的一个版本发表于 *The McIvor Times and Rodney Advertiser*, Aug 21, 1873, p.3。关于19世纪大众文化尤其流行音乐对华人负面形象的塑造,见 Krystyn R. Moon, *Yellowface: Creating the Chinese in American Popular Music and Performance, 1850s - 1920s*, Rutgers University Press, 2004;吴光军,陈梅:《论19世纪下半叶美国文学中否定的华人形象——以诗歌John Chinaman, My Jo为例》,《忻州师范学院学报》2010年第26期,第56—58页。

图 14　19 世纪末美国报纸上讽刺中国人吃老鼠的漫画. *St. Louis Republic*, January 14, 1894

价,这些晚清时期的美国中餐印象,既反映这一历史时期全球历史变迁和具体的中美关系变化,也影响和塑造着美国国内民众的中国观。从 18 世纪末一直到 19 世纪,正是满清王朝由盛而衰的历史时期,中华帝国在政治、军事、经济及文化诸多方面逐步衰败,而西方资本主义社会则经历了工业革命的高速发展逐步走向现代文明,美国自建国后的一个世纪里迅速扩张,形成了"昭昭天命"理念下的美国卓异论(*American exceptionalism*),在与东方国家的互动中尽显优越心态。

在长达一个世纪的历史时段里,来华美国人的中餐印象主要经历了三个阶段的变化。首先,在第一个阶段,早期以来华商人为主体的美国人的心目中,中餐充满着奇异乃至怪诞,作为"神秘"东方文化的重要部分,满足了美国人对遥远异邦的文化想象。早期美国商人的中餐描述中较少有居高临下的文化歧视,却充满了初遇异邦文化的新鲜与惊奇。

在第二阶段,中美相遇初期的异邦想象在 1844 年来华外交的顾盛使团中虽然得到一定的延续,但此时的美国经过半个多世纪的发展,面对刚刚在鸦片战争中失败的清政府,自信于西方先进"文明"的美国外交代表们开始流露出更多的文化优越感,在中餐体验带来的文化震惊中,难掩戏谑与轻蔑。在同一时期,作为"中国通"的美国来华传教士开始更全面具体地向美国社会介绍中国饮食文化,以卫三畏为代表,他们笔下的中餐记述基本能够平和客观,甚至力图纠正当时美国社会对中国饮食文化的误解与偏见,体现出传教士们在构建"中国形象"过程中心态的复杂性。

第三阶段是在 19 世纪中叶以后,随着中国劳工开始进入美国并带去中餐文化,美国民众也开始了真正的中餐体验,但这个时期美国大陆的中餐发展并没有改变美国社会原有的中餐误解,恰恰相反,由于劳工矛盾和经济危机放大的种族矛盾,中餐作为中国移民的核心文化,成为美国种族主义者攻击的对象,关于中餐的种种歧视性标签,如华人吃老鼠肉和中餐不卫生等,被广为散布。以贝亚德·泰勒的亚洲游记为代表的文人行旅书写,也在 19 世纪下半叶的美国国内的"黄祸论"和排华浪潮中推波助澜。

在这一阶段里,美国中餐负面印象的形成与加强既与美国国内政治经济状况和族裔矛盾相关,从更广的视角来看也与 19 世纪后期西方殖民主义文化的兴起相契合。19 世纪西方精英社会中广泛流行着社会进化论,社会进化论者信奉"人类存在体现为一种自然延展和线性地发展进化阶段,在其中白人人种无疑发展阶段更高"[1],而与西方文明相区别的东方则被视为"白人负担的理想受众"("ideal recipients of the white man's burden"),"需要进步或经济与道德的提升"[2]。这就不难理解,中餐何以逐渐成为美国社会针对华人的歧视性族裔文化标识,在世界范围内则成为美国乃至整个西方殖民主义视界下救赎对象的一个原罪。19 世纪末随着晚清政权日趋腐败与没落,中国的国际地位也迅速下降,在经历了义和团运动和八国联军侵华等一系列事件后,美国社会在排华过程中建构的负面的中国观也达到极点。虽然中餐也逐渐在美国城市的中下层民众间开始流行,但美国社会对中餐和华人的偏见仍然普遍存在。中餐就这样在中美相遇的最初一个多世纪里成为美国认知、理解与误读中国的重要媒介,对美国中国观的塑造至今仍起着不可忽视的影响。

---

[1] Matthew F. Jacobson, *Barbarian Virtues: The United States Encounters Foreign Peoples at Home and Abroad, 1876-1917*, New York: Hill and Wang, 2000, p.141.

[2] Renato Rosaldo, *Culture & Truth: The Remaking of Social Analysis*, Boston: Beacon Press, 1993, pp.30-31.

西方传教士梅益盛的汉译莎士比亚

姚达兑

(中山大学中文系)

一、传教士与莎剧的翻译

"Will the clumsy five or seven syllables which go to make a Chinese line convey any idea of the majestic flow of Potia's invocation of Mercy? We trow no."①(五或七个音节组成中文诗句,太过于笨拙,能否传达出鲍西娅庄重雄辩的慈悲祈求?我们认为不可能。)这是来自1888年9月《北华捷报》刊登的一篇文章《莎士比亚汉译》(Shakespeare in Chinese)中,匿名作者所提及的问题——关于《威尼斯商人》中鲍西娅在法庭的演说能否被合理地译成汉语文言诗句。在这篇文章里,作者提及了他从一个驻北京的美国出版社得到一份电报,关于皇家汉译莎剧的计划。电报中这则消息如下,"An Imperial Mandate directs the President of Academy to translate Shakespeare into Chinese for the benefit of the young Princes."②(一份皇帝的圣谕要求学院院长为有益于教育王子而汉译莎剧。)作者指出这则消息中没有清楚告知这个"Academy"是哪一个,究竟是翰林院还是哪一个学堂,也没有指出这是哪一位"President"。于是,这篇文章的作者,在做了一系列的无效推测后,认为或许丁韪良(W. A. P. Martin, 1827—1916)是完成这

---

① Anonymous, "Shakespeare in Chinese", *The North China Herald*, 1888, Sept. 15, p. 295.
② Ibid.

项工作的最适合人选。1898年8月,传教士丁韪良被光绪皇帝任命为京师大学堂的首任总教习(President)。然而,笔者遍查各种材料,并没有发现丁氏翻译莎剧的任何线索。同时,我们也追踪不到这则消息的其他线索,因而也无从知晓这项皇家莎剧汉译计划的结果如何。

诚然,使用五言和七言的诗句很难译出莎剧,但是用文言文译出莎剧(或者更准确地说"莎剧故事")却是有几例。最早的莎剧翻译是从兰姆姐弟(Mary Lamb, 1764—1847; Charles Lamb, 1775—1834)改写的《莎士比亚故事集》(*Tales from Shakespeare*)①(下简称为"《故事集》")转译而来,即由莎剧转为面向少年读者的叙述文体,再由此而翻译成汉语短篇故事。莎士比亚戏剧最初出现在现代中国读者面前是翻译成汉语的短篇故事。兰姆姐弟的《故事集》,共有20篇,改写自二十部莎剧。《故事集》最早的两个译本是以文言文译成,分别是1903年匿名译者的《海外奇谭》(仅译出10篇)和1904年林纾等合译的《吟边燕语》(全译)。② 我们未能知晓1903年汉译本的匿名译者是谁,但是此人中英文俱是了得,非寻常之辈,其译文许多地方在语言表达的准确和高雅上远胜于林纾译文。林纾正是看到《海外奇谭》的流行,很快他的团队便制造出了另一个译本。由于这两个译本的广为流通,在很长一段时间内兰姆姐弟改写本要比莎剧原剧更为中国读者所熟知,甚至改写本被误认是莎翁原作。

莎士比亚戏剧传入近代中国,经由了种种变形而被转变成不同文类的文学作品,比如以短篇故事的形式存在。在这一方面,我们还发现传教士在翻译和介绍莎士比亚中起到了非常重要的作用,可惜少为学者所注意。据笔者调查,在中国人译本之外,至少还有三个莎剧汉译作品是由在华的外国传教士译成。第一个译本是1914—1915年间亮乐月(Laura Marsden White, 1867—1937)在《女铎报》(*The Woman's Messenger*)上连载了莎剧《威尼斯商人》的删节译本《剜肉记》,由原文以戏剧的形式译出。③ 亮乐月在翻译时,可能参照了兰姆姐弟的改写本《莎士比亚故事集》,理由之一是她

---

① Charles and Mary Lamb, *Tales from Shakespeare*, London: J. M. Dent & Son Ltd., 1973. 以下凡引此译本,仅于引文后随文标出页码。
② [英]莎士比亚:《海外奇谭》(又名《澥外奇谭》),佚名译,上海:达文社,1903年(上海广智书局印刷)。莎士比亚:《吟边燕语》,林纾、魏易译,上海:商务印书馆,1904年。
③ [英]莎士比亚:《剜肉记》,亮乐月译,《女铎》1914年9月至1915年11月连载。

删节的部分与兰姆姐弟改写本删节的部分,较为相近。第二个译本是1918年传教士梅益盛(Isaac Mason,1870—1939)和中国回族学者哈志道用浅白文言文合译,题名《海国趣语》①,所据底本为兰姆姐弟改写本,但是仅译出12篇。这一译本,与上面提及的1903、1904年两个译本同属一个翻译系统。译者有可能在着手翻译时,便已经读过最早的1903年版本《海外奇谭》,理由之一是两个译本的书名(《海外奇谭》和《海国趣语》)非常接近。另外,梅益盛其时在上海广学会工作,可能有机会接触到在上海出版的《海外奇谭》。第三个译本是1929年女传教士狄珍珠(Madge D. Mateer,1860—1939)②和王斗奎据梅益盛译本转译,内容完全相同,语言有别,即:狄珍珠将梅益盛的文言译本全部转译为现代白话。③ 此外,狄珍珠译本共有15篇,即在梅译本之上补译了三篇喜剧故事——分别是《泼妇变为驯良》(The Taming of the Shrew)、《一家的奇遇》(The Comedy of Errors)、《第十二夜》(The Twelfth Night)。这三个译本,都是由广学会(The Christian Literature Society for China)④出版。然而我们需要追问的是,由传教士翻译的莎剧故事,又在基督教的广学会出版,译者要如何处理文本中的宗教信息。换言之,莎剧中的基督教元素是如何被传播至目标语境的?杨慧林注意到了亮乐月译本《剜肉记》,并指出亮乐月在汉译时故意删除了基督教信

---

① [英]查尔斯·兰姆、[英]玛丽·兰姆:《海国趣语》,梅益盛、哈志道译,上海:广学会,1918年,梅益盛序,第1页。以下凡引此译本,仅于引文后随文标出页码。梅益盛(1870—1939),英文名为 Isaac Mason,英国公谊会(the Religious Society of Friends)传教士,中国伊斯兰教研究学者。他1892年来华赴四川重庆兴学、布道。1915年赴上海,在广学会从事文字工作。他1917年与知为墨(S. M. Zwemer)相识,后开启中国回民布道事业,1927年发起"友穆会",1932年返英。梅益盛的大部分译著都是回族研究和传教士传记,文学翻译只占其中一小部分。他还曾为少年读者编译过两部冒险小说,分别是出版于1920年的《流落荒岛记》(Swiss Family Robinson)和1923年的《库若索探险记》(The Adventures of Robinson Crusoe)。哈志道本是回族,但后来改宗,信奉了基督教。他与梅益盛合作近十年,译作颇丰。在梅益盛供职于广学会期间,哈志道是其主要的中文助手。他曾助梅益盛在《大同月报》上发表了一些来自西报的译文,宣传民主政治。二人还合著合译了《教会古史节要》(1920)、《流落荒岛记》《基督教为真之证》(1924)、《热心领人归主论》(1924)、《阿拉伯游记》(1924)等作品。

② 狄珍珠(1859—1939),人称狄师娘、狄四师娘、狄丁氏、丁珍珠等,美国北长老会山东差会传教士。狄珍珠本是作为医士来华,1890年她与狄乐播(Robert M. Mateer,1853—1921)结婚后,助狄乐播兴办文华中学、文美中学等,从事传教和教育活动事业。狄珍珠的翻译作品大致可分为医学教材和儿童文学作品两类,大都以官话或白话文翻译。

③ [英]查尔斯·兰姆、[英]玛丽·兰姆:《莎士比亚的故事》,狄珍珠译述、王斗奎笔记,上海:广学会,1929年。此书重印多次。1935年版便已标明是第三个版本。

④ 广学会,作为在华出版基督教文献最多的一个机构,它的许多出版物都是由中外知识分子一起合作完成的。

息,用一种非基督教翻译的方式来传达基督教意义。① 梅益盛是一位博学的学者,其著作颇丰,莎剧和莎剧中所隐含的宗教思想,他应该是较为熟悉的。那么,梅益盛在翻译莎剧故事集时,如何处理这个文本中的宗教信息呢?下文主要便讨论梅译本,由于狄珍珠译本在内容上几乎与梅译本相同,此文又限于篇幅,故而不再涉及。

二、中译题名及其伦理主题

兰姆改写本预设的对象是未受经典教育的少年读者,尤其是少女,希望通过改写本唤起读者进一步阅读莎剧原作的兴趣。兰姆姐弟在改写之时,将原剧的韵文和诗体改成散文,采取叙事体简述整部剧本的情节,将原剧的人物台词也大多改成描写或叙述,用一种较为简易的文风来改写,务求让年轻读者更容易理解。

梅译本共有十二个故事,从其目录看,每一个故事都取一个四字标题,并附原作的英文标题。十二个故事的标题依次如下:(1)《片语折狱》(The Merchant of Venice);(2)《天伦奇变》(Hamlet);(3)《至诚为孝》(King Lear);(4)《野外团圆》(As You Like It);(5)《情寓于仇》(Romeo & Juliet);(6)《厌世尤人》(Timon of Athens);(7)《呼风引类》(The Tempest);(8)《妖言鼓祸》(Macbeth);(9)《信谗杀妻》(Othello);(10)《绝处逢生》(Pericles of Tyre);(11)《相见如初》(The Winter's Tale);(12)《白圭可磨》(Cymbeline)。这十二部,喜剧悲剧各占一半。属于喜剧的六部是:《片语折狱》《野外团圆》《呼风引类》《绝处逢生》《相见如初》《白圭可磨》。其余六篇则是悲剧。

梅益盛不仅用文言译出了故事,还使用了四字对称标题,显得典雅而深有含义。这样的四字标题,一方面概括了每篇故事的大意,另一方面也暗藏了翻译改写本的延伸寓意。《威尼斯商人》一篇取名"片语折狱",该词源自孔子《论语·颜渊》章句:"子曰:'片言可以折狱者,其由

---

① Huilin Yang, "Christian Implication and Non-Christian Translation: A Case Study of The Merchant of Venice in the Chinese Context", *Studies in Chinese Religions*, 2015, Vol. 1, No. 1, pp. 82 – 90.

也与?'"①(孔子说:"单凭一方的说辞,便可明断狱讼,也就只有子路一人了吧?")魏朝何晏"论语正义"(《论语注疏》)对此句有疏云:"此章言子路有明断笃信之德也。"②即,孔子赞赏其弟子子路能凭单方面证词,便可断决狱讼,有"明断笃信之德"。然而,这一句其实是偏重强调子路的"笃信",即忠信可靠。正如清代经师所云:"此称子路有服人之德,非称子路有断狱之才也。"③即,此句原义并非强调子路能凭片言断狱的才能,而着重强调子路有"笃信"之德,能够令人信服。"明断笃信之德"这一句注疏,译者中的中国学者哈志道或许是熟知的,假如是这样,这里所指的则不仅仅是子路的"明断"(即有公正断案的智慧),而且还有更重要的是"笃信"。《论语·泰伯》有章句:"子曰:'笃信好学,守死善道。'"④意即,君子应该坚守信仰,勤奋好学,至死持守善道。梅、哈两人何以为《威尼斯商人》加入了儒家化标题呢?"明断",固然对应了《威尼斯商人》中鲍西娅的能言善辩,智慧勇敢地判决夏洛克的案件,但"笃信"在《论语》中是指"忠信"的品格、令人信服的品格,而不是基督教意义上的"坚持信仰",但在这个故事中该词的寓义则变为坚守基督教信仰。《威尼斯商人》是莎剧中较为明显的基督教文本,通过惩罚贪婪的犹太人夏洛克,并责令其改宗信基督教,来显示出信仰基督教的主题,背后隐含的则是新旧约律法的神学冲突。⑤ 因而"片语折狱"这一标题,表面上是借用了儒家的句式,但其实指向的是基督教思想内容。而且,这一篇在兰姆姐弟的改写本中并非置于首篇,而梅益盛和哈志道在中译本中特意将此篇放在最前,变成了开篇第一个故事。也即意味着可能对译者而言这是最重要的一篇。因为这一篇不仅仅有引人入胜的判案故事,而且还突出了

---

① 程树德撰,程俊英、蒋见元点校:《论语集释》,北京:中华书局,1990年,第857—859页。此章不仅言子路之果断聪慧,且言其笃信/忠信。"子路忠信明决,故言出而人信服……"
② [魏]何晏等注,[宋]邢昺疏:《论语注疏》,上海:上海古籍出版社,1990年,第108页。此本为阮元十三经版本。同一版本的今人整理本,请参[三国]何晏注,[宋]邢昺疏,《论语注疏》,北京:中国致公出版社,2016年,第191页。
③ 此为清人汪绂《四书诠义》一书的解释,代表了清初学者的见解,聊备一证。汪氏为清初崇朱学者之一,而清初清廷对儒经的解释,是以朱熹为宗。见程树德撰,程俊英、蒋见元点校:《论语集释》,第860页。
④ 程树德撰,程俊英、蒋见元点校:《论语集释》,第539页。高诱注曰:"善,好也。然则守死善道,言守之至死而好道不厌也。"
⑤ Lewalski, Barbara K. "Allegory in The Merchant of Venice", *Shakespeare's Christian Dimension: An Anthology of Commentary*, edited by Roy Battenhouse, Bloomington: Indiana University Press, 1994, p.79.

一大主题,即基督教的慈爱与信仰。

其他的标题有些也颇有伦理意义。又如,《哈姆雷特》的标题被译为"天伦奇变",具有独特的儒家伦理指向。在儒家看来,天伦是指自然的伦常关系,比如父子、母子、兄弟等等。哈姆雷特的故事中,克劳丢弑兄娶嫂登上大极,皇后在丈夫逝世后不久即又下嫁小叔子,这些都是严重的违背儒家伦常关系的行为。译者在这里以拟想的中国读者的立场,批判故事中不符合常理,更不符合儒家理念的伦常秩序。

又如,《辛白林》(Cymbeline)一篇取名为"白圭可磨",也有深刻寓意。这个标题典出《诗经·大雅·抑》:"白圭之玷,尚可磨也;斯言之玷,不可为也。"①所谓"白圭"者,不是一般的玉器,而是古代帝王或诸侯在举行典礼时拿的一种礼器。白圭上面的斑点,尚可以打磨掉,但是国君的言语倘若出现了错误,那就没法补救了。《辛白林》一剧中,英国国王辛白林因听信后妻的谗言而酿下大错。他错怪前妻所生的女儿伊摩琴,伊摩琴的丈夫也偏信他人而怀疑妻子的贞节。最后辛白林在早年失散的两个儿子以及女儿、女婿的帮助下战胜了罗马入侵者。剧终时父子团圆,女儿、女婿也解除了误会,破镜重圆。辛白林和伊摩琴的丈夫皆是听信谗言,而两人的过错最终也得到了宽宥。故事中标题"白圭可磨",正是反用原义,以求突出悔改、宽恕和美好结局等情节。

又如,《李尔王》被译为《至诚为孝》,译者刻意强调李尔王第三个女儿的诚心和孝道,但其实原剧更关注人性、道德和哲理的思辨。李尔王被二位女儿拒绝之后,不愿再逗留王宫,于是跑到了暴风骤雨中的荒野里。这一段,兰姆的故事里写道:"李尔受到双重的折磨,又因为懊恼当初竟然愚蠢到将整个王国一把抛开,神智错乱起来,口中喃喃念着自己也不懂的话,一面誓言要向那两个残暴女妖报仇,要让举世都觉得惊骇,才能达到杀鸡儆猴的效果!他狂乱地口吐妄言威胁,说要做出种种他那孱弱手臂根本做不到的事。"②梅译本高度浓缩,为了保持阅读的流畅通顺,但也有其明显对"孝道"

---

① [宋]朱熹集注:《诗集传》,上海:上海古籍出版社,1980年,第205页。
② [英]莎士比亚原著,[英]兰姆姐弟改写:《莎士比亚故事集》,谢静雯译,北京:中信出版集团,2016年,第183页。本文所引当代译本,以谢静雯译本为准。下文凡引用当代译本,即指此本,并于引文之后附上页码,不另注出。

的强调。比如这一段,便被译为,(李尔王)"愈思两女辜负亲恩,愈有忿恨之意,以致脑筋病发,口出狂妄之言。又谓将两女不孝之行,显扬于天下,因此负恩之女,实为天地所不容"(第16页)。兰姆故事中李尔口出妄语,发誓要报仇,而在梅译本中,则变成了"将两女不孝之行,显扬于天下"。这里预设了一个儒家社会的背景,在这个注重孝道的儒家社会里,像李尔这两个女儿这样的不孝行为,若是周知于天下,两人必不能被社会所见容。预设了这样的儒家社会作为背景的案例,在这个译本还有许多地方可能看到,所以我们可以说,译者特别考虑到目标语境的社会、文化和读者的接受程度,将莎士比亚故事集作了较多的调整。

梅益盛为了吸引更多的读者,特意将莎剧标题改为四字汉语标题,并寓寄儒家的伦理主题。因而可以说梅益盛的翻译,采取了本土化的策略,充分考虑到读者的阅读感受,甚至是不惜牺牲原著的精神。然则,其实梅益盛只是借助令人熟知的儒家词汇罢了,其译文中还是暗藏了基督教的思想。那么,我们要追问的是,梅译本是如何处理莎剧中显而易见的基督宗教信息呢?

三、鲍西娅的慈悲讲辞与基督教思想

梅益盛和哈志道合译《海国趣语》的目的在于规劝世人向善,教人知礼义,而愿意做一切对人类有益之事。正如梅益盛在译者自序中说道:"因其(莎剧)文笔隽雅,意义深厚,中间亦具良好之教育,善恶之报,厘然不爽,更指导世人讲公义、娴礼义、尚忠厚,以及一切人类有益之举。"(序,第1页)梅益盛身为基督教传教士,但是他在译本中并不直接讲出他要宣扬的基督教,而是以一种隐晦的方式来传播基督的理念。从这十二个故事看,所涉的莎剧原著主题各有差异,但是梅译本除了概述整个故事之外,便是突显出了两个主题,分别是:(1)罪与赎,或过错与宽恕。在他看来,过错往往是由于人性的恶劣造成的,而宽恕或救赎,则依靠着一种超越的力量。在梅益盛那里,即是基督宗教的力量。(2)善恶与公义,即是恶人恶行被惩罚,而善良和公义得以伸张。但是,《海国趣语》又与明清两代的儒家劝善小说颇有些不同,最主要原因在于信仰的出发点和落脚点大有不同。

梅益盛曾盛赞莎剧"文笔隽雅，意义深厚"。他的翻译策略，包括改换人称、意译、直译等，都是为了更好的向读者传达莎剧曲折离奇的故事。莎剧往往情节复杂，人物众多，意旨深远。在《威尼斯商人》的原剧中，鲍西娅与巴萨尼奥的爱情故事，律法与仁慈之争等情节，一向颇多争议。兰姆姐弟在其改写本的前主序中表示，他们改写的目的是为了提升儿童读者的道德素质，使他们去除自私自利的本性，因而改写本是一种道德教育的良好教材，将为读者打下基础，以便更深入地体会莎剧原剧中的美德观念。兰姆姐弟为便于年轻读者的理解，他们在传达情节之时带有鲜明的是非善恶评判，在叙述人物的行为之时辅以原剧所无的心理描写，都是为了区分道德的高尚与低劣。

《威尼斯商人》的改写本是由玛丽·兰姆完成的，莎剧中的鲍西娅三匣选亲、夏洛克的女儿与基督徒私奔等情节皆被删去，仅留借贷和割肉这一条线索。玛丽·兰姆使用了一些具有是非判断的词汇以判别人物的品格。她善于使用截然相反的形容词，以增强对比性，强化人物品格的塑造。比如，她将夏洛克塑造为残忍、贪婪、阴险的反面人物，而安东尼奥则是慷慨、慈爱的正面人物。一开篇，她便直接说夏洛克是个坏人，是一个"hard-hearted man"（冷酷无情的人）、"covetous"（贪婪的）、"disliked by all good man"（受所有好人厌恶），而安东尼奥则是"the kindest man that lived"（世界上最善良的人）和"generous"（慷慨的）。如此一来，两人的形象，自一出场便对比鲜明。在庭审一幕中，玛丽为强化夏洛克的险恶用心，增添了许多夏洛克的心理描写，并接连形容他为"cruel Jew"（残忍的犹太人）、"merciless Jew"（无怜悯之心的犹太人）、"unfeeling"（没有感情的）、"no mercy would the cruel Shylock shows"（没同情心的残忍犹太人）、"cruel temper of currish Jew"（恶狗般犹太人的残忍性格）。这些都是原著所没有的形容词。

玛丽·兰姆以夏洛克为反面教材，教导读者应学习基督徒的仁慈、善良，勿起贪婪之心。在莎剧原剧中，安东尼奥、夏洛克两人的利益冲突、口舌之争的背后，有犹太教和基督教、基督徒与犹太人等宗教冲突和种族差异的背景。玛丽·兰姆将宗教的冲突简单化、字面化。宗教之别成了两人的性格冲突的标签。犹太人是贪婪、冷酷的，基督徒则是仁慈善良的。整个故事的结尾，夏洛克被要求改宗，加入基督教，这便意味着改邪归正。兰姆姐弟的道德判断立场如此鲜明,也使改写本失掉了原剧讨论新旧约律法的无数可能。

在改写本中,夏、安两人的善恶评价,连结着基督教与犹太教之争的文化背景,梅益盛并不愿意传达这些两教之争的背景。他去除了宗教、种族的冲突,不惜牺牲原文的深厚内涵,而只求译文简单流畅、易被接受。他认为他的任务在于传达故事的大意,以及最主要的道德训诫,而要真正理解莎剧,则需要少年读者自己去阅读原文了。

梅益盛淡化剧中的宗教对立成分,重要的情节也做了相应的改写。比如,许多地方都删去了几乎全部的"基督徒"字眼,仅保留"犹太人"作为夏洛克的身份认证。夏洛克出场之时,改写本写为"Shylock, the Jew, lived at Venice: He was a usurer, who had amassed an immense fortune by lending money at great interest to Christian merchants."(p. 92)(中译:威尼斯有个犹太人夏洛克,以放高利贷为生。他借由放高利贷给基督徒商人,积攒了大笔财富。)(当代译本第 131 页)改写本突出了夏洛克专门给基督徒放贷生钱,而这在梅译本时则被删去,变成了针对所有的人放贷,而非单单针对基督徒。梅译有,"(夏洛克)系以钱借出而求重利者,家成巨富。"(第 1 页)在庭审一幕中,鲍西娅称按照借约,犹太人可以割肉,但绝不可取"one drop of Christian blood"(p. 102)(一滴基督徒的血)。梅益盛将这句话译成了"若取肉时而流一滴血"(第 5 页),也剥离了原作中特意强调的安东尼奥的"基督徒"身份,而将夏洛克盘剥、残害的对象扩大到更大的范围。

在借债一幕,改写本突显出了两人的两场口舌之争。第一场是夏洛克讥讽安东尼奥往日羞辱他,今日却有求于他。第二场是夏洛克讥笑基督徒多疑,要安东尼奥同意割肉之约。梅益盛在翻译时,直接删略了第二场口舌之争。而在第一场口舌之争中,梅益盛改写了安东尼奥曾在夏洛克的衣服上吐唾沫、对他拳打脚踢的片段,转而以"讥诮而詈汝"(第 2 页)代替。到了庭审一幕,梅益盛则删去了几乎所有针对犹太人放贷者夏洛克的负面形容词,原剧的种族冲突因而也被去掉。所以,梅译本中夏洛克的身份不再是专门盘剥基督徒的犹太人和天性不良的恶人。夏、安两人的矛盾,则成了较为单纯的盘剥利息者和乐善好施者的冲突,即单纯的为善者和为恶者之间的不和谐。

梅益盛在翻译时的改写,也改变了故事的主旨。夏洛克对安东尼奥的仇恨,不再是更激烈、难以化解的宗教矛盾和天性冲突,而成了相对较为缓和的利益之争,这为借债割肉一事带来一丝转机——如果夏洛克听从鲍西娅的劝诫,秉持着一颗仁慈之心,宽恕与安东尼奥的前仇旧恨,放弃当下的复仇,就可以彻底化解二人的矛盾。梅译本中夏洛克与安东尼奥的性格对立已淡出核心,宗教冲突也消弥无迹,译本的主旨也变为了宣扬无差别的宽恕与慈爱。当然这与儒家的有等差的爱截然不同。

在改写本中,鲍西娅对夏洛克的劝诫取自莎剧原文,较近于原剧,极好地传达出原剧神韵和意义。让我们看看改写本鲍西娅在庭上发表的关于"仁慈"的著名训诫:"She spoke so sweetly of the noble quality of *mercy*, as would have softened any heart but the unfeeling Shylock's; saying, that it dropped as the gentle rain from heaven upon the place beneath; and how mercy was a double blessing, it blessed him that gave, and him that received it; and how it became monarchs better than their crowns, being an attribute of God Himself; and that earthly power came nearest to God's, in proportion as mercy tempered justice; and she bid Shylock remember that as we all pray for mercy, the same prayer should teach us to show mercy."(pp. 98-99)

当代译本:"不过关于仁慈,她也说了一段动听的话,除了铁石心肠的夏洛克之外,任谁听了也会心软。她说,仁慈是多么高贵的品性;说仁慈好似天降甘霖于大地;说仁慈是种双重的赐福,比起冠冕更能替君王增光;施行世俗的权柄时,能在公义之中适度加入仁慈,就距离上帝的权柄最近。她要夏洛克记住,我们在祷告中祈求上帝对我们仁慈,同样的祷告应该能够教我们以仁慈待人。"(第138页)

梅益盛译本:"上帝慈恩待人,故人应效法,彼此施恩。我等获罪于上帝,若求上帝宽待,上帝必赦免之,人若获罪于我,若求我宽待,我亦当饶恕之。"(第4页)改写本中鲍西娅这样说,是希望夏洛克能够毁掉借约,抛弃律法,展现人类仁慈的品性。这体现了基督徒对于旧约与新约的态度——慈爱与宽恕远胜于坚守残忍不人道的律法。梅益盛译本删掉了改写本中讲律法的部分,并劝导人类学习上帝的慈爱和宽恕。这其实是在劝说夏洛克宽待安东尼奥的前仇旧恨,放弃复仇。从梅益盛的这种改写策略来看,梅译本中,夏洛克对安东尼奥的仇恨,不再处于复杂的历史宗教背景,能否化解二人的矛盾考验的是个人的慈爱之心,这种慈爱之心的可贵之处,就在与不仅能施恩于人,甚至可以宽恕曾得罪自己的人。这也是梅译本的主旨,人与人之间应互相宽恕彼此过错,秉持一颗仁慈之心。所以,在故事的最后,威尼斯公爵宽恕了夏洛克谋害人命的毒计,并有条件地归还了他的财产。公爵说:"余当表明慈爱之性情,以宽恕尔命,与尔不用慈爱之心异。"(第5页)而不是在改写本中,公爵为表明"the difference of Christian spirit"(基督精神的不同)才施恩于他。

梅译本表达的劝善思想,是一种不限身份的普遍慈爱,它的含义要比原著的劝善言论更为宽广。梅益盛通过删减情节与性格描写,改变改写本中的宗教冲突主题,极为谨慎地处理了译本中复杂的宗教冲突问题。由此可知,梅益盛认为,对中国少年读者而言,宗教的矛盾与种族的是非等等都是需要回避的议题,重要的是要使读者在故事中学会宽恕和仁慈。梅益盛为广学会执笔,向中国少年学子介绍西方经典,需将中国读者的接受程度视为大事,译文时求同存异,去除可能令人费解的西方背景,转为传达更具有普世价值的慈爱观念。

这种慈爱/仁慈的话语,当然是与道德训诫密切相关。原著《威尼斯商人》劝夏洛克信教,而译本则强调要行善事,做好人,其劝诫意味更加泛化,针对的读者群体也更大。译者在这十二个故事中,屡次突出了人物的慈爱和仁慈的性格,以此来化解嫉妒、残暴、不仁、暴戾等引起的恶的行为,最终是以慈爱来宽恕和解恶人或敌人。有好几个故事,都是因人物的猜疑和嫉妒引起的,比如《信谗杀妻》(*Othello*)、《白圭可磨》(*Cymbeline*),但最终都是得到宽恕和和解。译者似乎以此来表明,宽恕与慈爱,才是救治人类嫉妒的妙药。又如,《天伦奇变》(*Hamlet*)一篇,译者在故事的结尾增添了自己的评论,"因哈太子夙为慈爱性质、温柔品格之人,并非偏好残忍者可比。故众人因其死而惜之,倘能久存于世,则丹麦之王位可就,国其庶几矣"。改写本结尾是"For Hamlet was a loving and a gentle prince, and greatly beloved for his many noble and princelike qualities; and if he had lived, woud not doubt have proved a most royal and complete king to Denmark"。在这里,哈姆雷特是一位仁慈宽厚的王子,被译成了"夙为慈爱性质、温柔品格之人"。在词汇的使用上,梅益盛特别喜欢使用"慈爱"一词来形容好人,而有的地方,则直接将"慈爱"与基督教的上帝之爱等同起来。

四、宽恕与公道

《海国趣语》中的其他故事与《威尼斯商人》最终的宽恕主题类似,其终极的导向是"上帝的慈爱",最终的寓意是:上帝宽恕罪人,而公正得以张扬。尽管莎士比亚戏剧中会出现基督教内容,但是说教色彩极为浓厚的笔调,却是少见。梅译本的十二个故事中,有许多地方都在强调"天理"或"公道",意即世间有一位上帝在主持公道。所以,尽管世间会有许多不公,善人也可能暂时得不到好报,但最终人世间的公正终会来到,正义得以伸张,恶人受惩罚,而善良的人也会得到好报。

梅益盛在《至诚为孝》(King Lear)这一故事中,插入了自己关于善恶果报的评论。改写本中,故事写到李尔王的第三个女儿寇迪莉雅的悲惨命运时,兰姆写道:"她的诸多善行理应获得更幸运美满的结局,但在这个世界上,纯真跟虔诚不见得会有美好的回报——这是个可怕的真理。"(当代译本第187页)而到了梅译本,则是"可德理亚在监内病故,以此德孝兼备之人,竟遭恶人之毒手,但善者为恶者所致死,世界亦所常有。然善恶之报自在,非不可信者也"(第17页)。改写本所说的"这是一个可怕的真理",陈述的是一个现象,即有时好人不得好报。但是在梅译本这里,梅益盛译为"世界亦所常有",然而,译又添加了一句"然善恶之报自在,非不可信者也"。这仍是保留了劝人向善之举,要人相信"善恶之报"仍是自有其公道所在。无论是莎士比亚,还是兰姆姐弟,或者梅益盛,大家都对寇迪莉雅饱怀同情,而对于李尔王另外两个女儿则大加谴责。在两女得到罪有应得的惩罚之后,改写本写道:"Thus the justice of Heaven at last overtook these wicked daughters."(p. 139)(上天终于在这两个邪恶的女儿身上伸张了公义。)(当代译本第187页)而梅译本则是"此乃天神惩罚两不孝之女,为罪恶之报应云"。在这里梅益盛再次强调,两女之恶行是为不孝,而罪恶终会有报应,天神终会惩罚。因果报应之说,本是来自佛教,在明清底层社会也被广泛接受,而这里原著或改写本中的"Heaven"肯定不是指"天神",也应该没有因果报应之说。梅益盛加入了中国读者能够易为接受的因果报应观念,而且将"Heaven"译为"天神",而不是"天"或者"上帝",这也是刻意避免过于直露地显现出基督教思想,而愿意将这个文本改为劝善文书的缘故。

在《情寓于仇》(*Romeo & Juliet*)这一故事的结尾,译者也有其添加的评论。改写本"And the prince, turning to these old lords, Montague and Capulet, rebuked them for their brutal and irrational enmities, and showed them what a scourge Heaven had laid upon such offences, that it had found means even through the love of their children to punish their unnatural hate."(p. 261)中译为"亲王转向蒙特鸠跟卡普雷大人,谴责双方之间残酷又不理性的敌对关系,指出上天为了他们的过错而降下灾祸,透过双方儿女的爱情,惩罚他们这种畸形的仇恨"。这一句被简缩为"本城之王,对二族长言,两家夙仇,于理不合,故上天不忍视之,特以此法谴罚,俾尔等消释怨尤"(第27页)。这里上天"不忍"两字,也是改写本所没有的。上天不忍,表明在这里有一位人格化的、慈悲的上帝在主持公道。

《呼风引类》(*The Tempest*)一篇,出自《暴风雨》,原著的主题便是讲恕罪与原谅。原剧中,米兰公爵普洛士帕罗被弟弟安东尼奥篡夺了爵位,只身携带幼女逃到一个荒岛,后来学习魔法,成为了岛主。十几年后,他制造了一场暴风雨,将经过附近的那不勒斯国王、王子和安东尼奥等人的船只弄到了荒岛,又用魔法促成了女儿与王子的婚姻。最终是普洛士帕罗宽恕了曾经施害于他的敌人,恢复了爵位,返回了故土。在原剧的结尾,那不勒斯国王和僭主安东尼奥,请求米兰公爵普洛士帕罗的宽恕。这是本剧的高潮部分。

改写本基本保留了原剧的内容。且看改写本如下:"Then I must be her father," said the king;"but oh, how oddly will it sound, that I must ask my child forgiveness." "No more of that," said Prospero;"let us not remember our troubles past, since they so happily have ended." And then Prospero embraced his brother, and again assured him of his forgiveness;

and said that a wise overruling Providence had permitted that he should be driven from his poor dukedom of Milan, that his daughter might inherit the crown of Naples, for that by their meeting in this desert island, it had happened that the king's son had loved Miranda.

当代译本:"'那么我也是她的父亲了,'国王说,'可是,噢,听起来虽然奇怪,但我必须请求这孩子宽恕我。''旧事不必再提,'普洛士帕罗说,'既然有这么美满的结局,就把过去的恩恩怨怨抛到脑后吧。'接着普洛士帕罗拥抱弟弟,再次保证会原谅他,还说统领一切的贤明神祇,就是为了让他女儿继承那不勒斯的王位,先将他从米兰公国流放出来,再让大家到这座荒岛上相会,又使国王的儿子凑巧爱上米兰达。"

梅益盛译本:"(那破里王说,)惟前已招怨于其父,应请其父恕我。泡氏闻之曰:旧恶不念,前虽为祸,后竟变为福,吾侪宜喜之不胜。又曰:慈悲之上帝,能使忧转而为乐,且将来之乐,较目前之乐更大。"(第 35 页)这一段中,"旧恶不念等句"还是能大概对应起改写本原文,但是后续的"慈悲之上帝"一句则是原文所无译者添加的部分。原文中并无使用"上帝"等词,而是指冥冥中的天意,所谓"a wise overruling Providence"(直译:一种智慧的统治的天意/天命),这里隐晦地指向基督教上帝在世间的统摄治理之大能,但是译者则直接将其改写成:慈悲之上帝,能主持世间公道,能使人转忧为乐,而且只要你坚守信仰,"将来之乐,较目前之乐更大"。这种未来主义式的承诺,无疑是来自于基督教的神学观念。因而,我们看到后续译文写道,"安脱略大哭认过,求兄赦免,王亦承认前过。泡氏均恕之。"(第 35 页)译者有意添加基督教训诫的说辞,在整个故事的结尾还有一小段。"故大众登船返国,泡氏恢复原有之公爵权位,其女与太子在那破里城行婚礼,更有团聚之乐。先忧也如彼,后乐也如此,是亦天道无常也。"(第 35 页)故事结束之后,便引出了译者的评论。"先忧也如彼,后乐也如此"这一句对应的是前文的"慈悲之上帝,能使忧转而为乐,且将来之乐,较目前之乐更大",而"天道无常"之"天道"两字在汉语语境中带有宋明儒学的深厚含义,宋明儒学的基本范畴(比如朱熹的学生陈淳的《北溪字义》)便是围绕"性与天道"而论述。① 而且该词为熟读朱熹解释的四书五经的读书人所熟悉。这个译词,在这里对应的是前文的"Providence"一词,是指上帝对世界万物统治摄理作用,或"上帝的旨意",有深刻的基督教神学意义。② 因而,此一句梅益盛的评论,可看作是译者对整个故事的总结和升华。换言之,梅益盛在此处,还是希望昭显出基督教的"慈悲之上帝",以及这位上帝主持世间公道,能给信徒带来信仰和充满希望的未来。这一部书中译者有意地论证了这样的主题,即宽恕与公道,而两者又是相互证成对方。译者刻意强调的部分,正是其意旨所在,也即是说,梅益盛和哈志道通过这个译本,借助莎士比亚的经典性地位,或隐或显地在传播基督教。梅益盛为译者所写的序言中曾强调,本书翻译的宗旨,乃在于突显"善恶之报",但是该书又不是一般意义上的中国传统善书。译者翻译目的的背后,有着基督教思想观念的支持。译者所说的,此书翻译目的在于"更好地指导世人讲公义、娴礼义、尚忠厚,以及一切人类有益之举"。"一切人类有益之举"这种普遍化的劝善观念,正是将其宣扬基督教掩盖在这种宣传口号之下。

五、结语

莎士比亚传入中国,最初是在晚清民国时期以兰姆姐弟的故事集的形式被接受。梅益盛和哈志道合译的《海国趣语》,可能是兰姆《莎士比亚故事集》的第一个传教士译本,有其独特的价值。梅益盛译介此书的目的,是要向中国少年学子介绍西方经典作品,提升读者的阅读兴趣,所以尽管译者使用了文言,但还是采用了较为浅显易懂的表达方式。他们尽其可能地传达原改写本故事的主要情节,一方面是为了体现西方文学的特色,另一方面则希望起到劝人向善的作用。尽管译者是基督徒,而出版机构也是基督教出

---

① 陈来:《陈来讲谈录》,北京:九州出版社,2014年,第154页。陈来指出,侯外庐主编的《宋明理学史》举朱熹的学生陈淳所著的《北溪字义》二十六个条目,认为是理学的基本范畴,指出"这些范畴都是依'性与天道'而提出的"。陈来:《宋明理学》,沈阳:辽宁教育出版社,1991年,第15页。侯外庐等主编:《宋明理学史》,北京:人民出版社,1984年。又,[宋]陈淳:《北溪字义》,北京:中华书局,1983年,尤其是第1页有"天命,即天道之流行,而赋于物者,乃事物所以当然之故也"。又可参第38—41页。

② H. Wayne House, ed., *The Evangelical Dictionary of World Religions*, Grand Rapids, Michigan: Baker Books, 2018, p. 623.

版社,但是梅益盛刻意地避免直接地传达基督教思想。甚至是原著之中便有的基督教思想,他都进行了策略性地改写。

梅益盛译本包含了十二篇故事,故事的标题皆为四字,有些还采取了儒家寓意的典故,使读者联想到儒家传统的伦理道德观念。这种本土化的翻译实践背后,隐含着更为隐晦的基督教信息。译者在这个译本中,有意识地删去基督教的信息,删减带有明显宗教色彩的性格描写,淡化人物之间的宗教冲突,但更强调一种普遍性的慈爱、宽恕和公道,而这些伦理意义皆指向了基督教。因而可以说,梅益盛使用了较为隐晦的方式,利用汉译莎士比亚在传播基督教。此书出版若干年,销路不错,有一定的影响。1929年另一位传教士狄珍珠将其转译为白话语体,以《莎士比亚的故事》为题出版。狄珍珠在华传教,同时也从事教育工作。她转译这个梅译本之时,拟想的读者或许有一部分便是她所创办的学校的学生,而且该译本也可能在中学教学中使用。

论新文学书面语体与翻译语体的文化自觉

朱寿桐

（澳门大学文学院）

上篇：新文学书面语体的寻觅与发现

  中国现代文学的光辉起点是建立白话文正宗的语言体制，新文学运动在胡适等人看来其实就是白话文运动。新文学倡导者中多数人并不愿意像胡适那样简单地看待新文学运动，认为光是有白话并不能实现新文学的创造与建设，至少还需有宏深的思想、学理、坚信的主义、优美的文艺、博爱的精神等作为"新文学运动的土壤、根基"。① 优美的文艺应该包括文学的语言。这当然不是问题，连胡适当年在探讨文学改良问题的时候也并没有光是讨论白话文，而是注意到"言之有物"的首要条件，这里的"物"明确指的是"思想"与"情感"。② 胡适当年在倡导新文学的时候确实有失之于简单化的缺陷，但这种简单化的缺陷并不在于他不关注文学的内容而只注重语言形式，而是在他将白话化的现代汉语建设想得过于直接、潦草："话怎么说，就怎么写。"③诸如此类。

  话怎么说，就怎么写，其实就是黄遵宪"我手写吾口"的另一种说法。如果白话文写作真是如此简单，那么现代白话文的建设早在黄遵宪时代就已

---

  ① 李大钊：《什么是新文学》，《李大钊文集》，北京：人民出版社，1989年，第146页。
  ② 胡适：《文学改良刍议》，《新青年》第2卷第5期。
  ③ 胡适：《建设的文学革命论》，《中国新文学大系》（建设理论集），上海：上海良友图书印刷有限公司，1935年。

经完成了。白话文倡导运动中许多有志之士都投入了白话文的写作和宣传之中,其中包括后来"反叛"了白话文,被称为封建复古派的章士钊、刘师培。他们一开始积极投身于白话文写作,但后来之所以反对白话文,是因为白话文太难了,于是倡导让青年人写文言文。说白话文太难,并非矫情,乃基于这样的历史情形:章士钊、刘师培等人从小浸泡在文言文的阅读、吟诵和写作之中,每提笔即写文言乃属顺势而为,相比之下白话文要写得明白、精练、畅达乃至雅致,全无依凭,甚至全无参照,须调动自己的创造性思维,运行自己的才情与机杼,甚至须作出自己的领悟与判断,这对于初学文章作法者,真是何其难也。试想这样的白话文,岂是"我手写吾口""话怎么说,就怎么写"就能遽尔而成的?刘师培曾写过一篇白话文,题为《学术》,文中写道:

> 中国到了现在,那守旧的人,不晓得看新书,又不能发挥旧学的大义,这维新的人,得一点儿新学的皮毛,无论什么旧学,他都一概看不起,把中国固有的学术,就弄得一点没有了。

非常明显,刘师培努力将此文写成白话文。他知道口语化是白话的重要保证,于是运用"一点儿"之类的语言口语化处理;不过毕竟不能贯彻始终使用口语,其中"守旧""大义""维新""学术"等还是书面化的用语。在诉诸文字的白话文写作中,要做到完全使用白话口语其实非常困难。如果说在传统文言熏陶下的读书人可以凭借娴熟的记忆和刻苦的训练迅速套用文言表述方法进入文章操作,可要从白话口语中提炼、萃取出适合现代汉语书面表述的语料来,必须有能力、有才情、有心造的机杼,因此,章士钊、刘师培这些本来是白话文的拥护者和勇敢实践者,后来都从文化教育的角度反对白话文而主张文言文,因为习惯于读文言写文言的他们认为对于年轻人来说,白话文写作难于文言写作。白话文之难,难在其实无法"我手写吾口"、"话怎么说,就怎么写",写出来的可能就溃不成文。真正的白话文应该是精致、凝练、优美且有相当的表现力度的现代书面语,或者可谓现代语体文,这样的白话文需要设计、需要锤炼,在其还没有成熟的样态和明确的规范之前,还需要天才、需要机杼,这哪里是初学文章者能够胜任的?

实际上,至少从梁启超的新文体运动开始,一直到新文化运动,先驱者都在紧张地、甚至是焦虑地探索白话文的"写法",并且已经感知到白话文的

"写"与"说"是完全不一样的。鲁迅的《狂人日记》之所以被公认为中国现代文学的开篇之作,并不是因为它真的开启了白话文写作,而是因为它最先找到了白话文书面化叙事与表达的路径:

> 今天晚上,很好的月光。我不见他,已是三十多年;今天见了,精神分外爽快。才知道以前的三十多年,全是发昏;然而须十分小心。

这样的表述走出了文言的轨道,事实上,《狂人日记》前面的楔子所用的纯正古朴的文言文,可能是鲁迅有意安排与正文的白话进行对比的;同时也脱离了白话口语的语气和语式,当然同时也免除了方言土语的困扰,在探索性地、同时又是稳步地向现代汉语书面语体进发。这正是先驱者伟大而艰难的语言自觉:白话文的关键乃是白话书面语体制的建立。只有书面语才能精练、雅致、表述有力,也只有书面语才能抵达一种全民共同语的规范境界,否则,白话口语势必通向方言化的泛滥,导致语言交际能力和接受可能性的下降。

鲁迅这样的先驱者分明意识到了,通向精练、雅致并富有表现力的现代汉语语体必须摆脱文言的窠臼,也必须避免落入方言土语的陷阱,这样才可能建立新鲜立诚的共同语,这样才能建立现代汉语书面表述的规范。

在这样的意义上,我们可以解决长期困扰文学史界的一个问题。人们注意到陈衡哲的白话小说《一日》发表时间比鲁迅的《狂人日记》早近一年,论白话小说的起源,是否应该确认《一日》才是真正的现代文学开端?答案是否定的。白话文学和白话小说早就存在,并且成果积累相当厚重,按照胡适之白话观,唐宋传奇、明清小说等都不乏相当成熟的白话文学作品。即便是现代白话,如以白话口语化而论,至少在文明戏时代就已经相当纯熟。包天笑创作的文明戏《燕支井》,这样表述一个老太监李莲英对岑春煊所说的话:

> 不是咱们谈一句老话,从前儿你们老大人在时,咱们就有交情的了,那时你老还在当公子哥儿的辰光。光阴真快哇,一转眼儿,你老顶子又红了。

老太监所操典型的京白口语,拉声拉调,啰啰嗦嗦,老气横秋,显摆卖弄,既传达了人物的个性,也显示了人物的身份,的确可称得上纯熟的口语。李莲英既养尊处优又故作姿态,既不可一世又皮里阳秋,既有京城腔调又有宫廷声气,应该是非常精彩的人物语言,同时又是纯正且纯熟的口语。不过这样的口语用于人物的道白自然非常恰当,而且也特别传神,但如果用于作家叙事或者理论阐述,就显得非常不合适,也不够精练和雅致。因此,白话文学并不只是简单的白话口语的写作,还要面临书面化的问题。仅仅满足于白话口语,或是在书面化的意义上写出未脱离文言窠臼的半文言,也不能算是真正的现代语言表述。陈衡哲的《一日》就是这样的未脱文言窠臼的准白话小说,在 20 世纪 80 年代较早推出这篇小说的成文出版社在编者按语中也承认,这篇小说叙事其实还有明显的文言痕迹,因而说是真正的白话文学究竟有些勉强。

至此,我们认识到了白话文其实并不只是一种,作为现代汉语的文字呈现,它至少包含三种语言体态:一是真正的白话口语语体,一般在戏剧和小说作品中通过人物语言加以呈现;二是改良文言,或者是文白相杂的由传统蜕化而来的语体,梁启超的新文体努力建构的就是这样的语体;三是现代汉语的书面语体,是以白话为基础经过审美化锻造和规范化努力的适合于书面表达的语体。鲁迅的《狂人日记》以及其他新文学作品,对于现代汉语白话文而言,其开创之功便是在现代汉语书面表达的设计与尝试。白话文学的先驱者为此付出的精力、时间和智慧上的代价,是后来者难以想象的。

这就意味着,同样是汉语这样的语言形态,应该能够从不同的语言体式进行分析。如汉语文言和现代汉语白话,其实都可以分为口语语体、文言语体(也就是改良文言或者如学者所提出过的"现代文言文"①)和书面语体,那么,古代汉语文言也可以分为说话语体、传统语体和改良语体。说话语体是以古代白话为基础,以说话人或话本小说的那种生活化表述为特征的语言体制,传统语体当然是指正宗的文言文体制,而改良语体实际上是指各个时代为减弱泥古倾向而进行的文言革新的种种尝试的结果,诸如梁启超的新文体改良文言之类。

下篇:现代汉语翻译语体的文化自觉

白话文作为汉语语言应用文体的一种俗称,其实包含着多种语言体式。

---

① 熊焰:《现代文言文语体研究与语料论析》,北京:中国文史出版社,2009 年。

作为新文学的设计者、缔造者和伟大的实践者,鲁迅那一辈人通过他们的文学创作、文学翻译和其他文学实践,已经基本厘清现代汉语的白话语体与书面语体的基本语言特性及其相互关系,从表述规范、语用特性等方面确定了这两种语体的言语风貌。但包括这些伟大的设计者、缔造者和实践者在内,人们都没有意识到,现代汉语同时还为白话文语境下的汉语文学、理论表述准备了另一种特别的语体,那就是翻译语体。翻译语体在文化实践中主要用于文学和理论翻译,其在表述风格和语体规范方面有别于已经形成相对稳固的联系与制约关系的汉语白话和现代汉语书面语。翻译语体作为一种语言风格乃至表述习惯的展示,已经并正在为当代小说创作所应用,形成了引人入胜的一种文学和文化的语体景观。

从文学欣赏的角度而言,翻译小说或翻译文学可以一目了然,因为它具有若干外在性的语言特征,包括人名和地名以及历史名词所承载的异域文化风貌。不过,最容易被忽略而又最不应该被忽视的应该是将上述异域文化风貌连接并呈现出来的汉语语体,那是一种既区别于汉语白话也区别于现代汉语一般书面语的翻译语体。其基本语言特性可以概括为:多层次的定语、状语成分的高密度出现,倒装句或无主句的经常穿插,从句的普遍出现以及与从句相关的特定连词如"如此""以至""即便""要不是""于是"等等在实际语用中无法省略,从而构成了翻译语体的必然遗形。

翻译语体是汉语新文化运动的必然结果,也是这场新文化运动对于民族文化和世界文化的一种特别的贡献。其实,当林纾进行外国小说翻译的时候,或者当严复翻译西方文化典籍的时候,古文是翻译的语文载体,也就是说,翻译家将所翻译的内容通过自己最习惯的古文文体进行传达。当然这里所说的古文并非严格意义上的上古之文,乃是一般通俗意义上的文言文之别称。钱锺书看出林纾的翻译"所用文体是他心目中认为较通俗、较随便、富于弹性的文言"①,应该是非常精切的判断。这些翻译家一般都是非常执着的古文家,他们对古文文体的迷恋甚至可以超过对其翻译对象的坚持,于是林纾可以大张旗鼓地反对白话文,进而反对新文化运动,而新文化运动倡导的思想基础正与他们大规模翻译外国文学作品时所信奉的某种理

---

① 钱锺书:《林纾的翻译》,《中国翻译》1985 年第 11 期。

念相吻合。这样的情形下,虽然有了较大规模的翻译,但独立的翻译语体当然不可能形成。鲁迅兄弟翻译的《域外小说集》也是如此。传统文言语体便是在民国旧派文人(通常称为"鸳鸯蝴蝶派"小说家)的译笔之下,尽管已经多倾向白话传达,但往往服从传统白话小说所谓"某生体"①的叙事文体语式,故而也不可能营构真正的翻译语体。翻译语体的构成,是白话文运动走向深入,全面建构现代汉语语体的必然结果,属于五四新文化运动的直接成果。

新文化运动所带动、催生和裹挟着的白话文运动,直接继承近代启蒙主义运动中的语体革命的传统,从改良主义的社会文化功能角度出发,从特定的语言进化观出发,对现代汉语的理想形态及其语言形态作出了富有时代性的设计。如果说在传统文化语境下白话文占有属于自己的一席之地,曾经丰富、生动地存活在小说文体以及俚俗生活之中,那么,现代白话文运动则不满足于白话在个别文体中的有限存活,不满足于白话仅仅在俚俗生活中发挥作用,在整个汉语系统中"以白话为正宗"是这场运动的基本目标,而正宗的现代汉语语体又必须面临着向生活的各个方面全面渗入,向各种文体的规范性表述寻求出路,在前一种意义上建构的是现代汉语白话的口语语态,在后一种意义上建构的则是现代汉语白话的书面语语态,而在书面语语态建设中,翻译语体又成为十分令人醒目的组成部分,虽然这一部分迄今为止尚未充分进入文学研究和语言研究的学术视野。

中国传统语言在其漫长发展中形成了口语与书面语分属于不同的语态表述系统,即习惯上所说的白话与文言系统,这种两种语态并列的语言格局被近代启蒙主义者和新文化倡导者确认为文化保守、落后的重要原因,于是"言文一致"成为他们共同追求的改革目标。然而"言文一致"的追求并不能掩饰汉语具有多种语态可能性的言语特征。汉语在长期的文明发展中形成的历史悠久、文字众多、同义词众多以及涵盖方音土语众多的特性,决定了它对于不同语态语体的巨大包容性,这样的包容性不仅造成了古已有之的言文不一致现象,而且也使得新近改良的现代汉语同样无法避免言文分离

---

① 某生体,原指唐宋传奇类小说往往以"某生"开头稍显僵化的叙事模式,后又用"新某生体"讽喻以西文字母代"某生"的新叙事模式。见朱大枬:《新"某生"体》,《晨报副刊》1923年6月25日。

的局面。白话文运动固然成功地推翻了文言文作为书面语一统天下的统治地位,但随之而来的并非真正如白话文倡导者所期许的那种语言局面,即"我手写吾口",用胡适后来的阐释,乃是"话怎么说,就怎么写"①,将所有的书面语都等同于白话口语。多种表述选择,多套文字与词语选择,使得汉语无论在传统语境还是在现代语境下,都无法真正实现言文一致或口语与书面语的一致,在这种情势下,文学语言的改革便主要体现为书面语的改革。由于白话文运动实际上是一种文化批判运动和文化改革运动,其主要运作的语言载体是文章之类的书面语,白话文取得"正宗"或主体言语的位置以后,便迅速疏离口语语态,而向现代书面语的语态作积极而艰辛的努力。从这个意义上说,白话文运动更加直接和更加鲜明的目标原不是白话口语运动,而是白话书面语运动。

事实上,任何时代的白话口语都是在悠久的历史和最底层的人生现实中自然形成并演化而来的,一切的语言改良和文学革命都不可能对之产生实际的影响。这样的影响倒是可以直接施加于一部分写作者,他们在写作中自觉调整语言习惯,在风格的审美选择、词汇的语用选择甚至句法的改铸与锤炼等方面走出既不同于传统表述又疏离于白话口语的现代书面语路径。从新文化时期一直到1930年代现代汉语书面语的趋于稳定、成熟,白话文运动实际上都在努力建构汉语白话书面语的新秩序。从《狂人日记》开始定型的鲁迅体书面语,到胡适、周作人、郭沫若、郁达夫等从不同的文化背景、思想背景出发所锻造并贡献出的各自的白话书面语体,都加入了这种书面语新秩序的营构。在这样的意义上,应该对1920—1930年代出现的所谓"新文艺腔"另眼看待:其实这种明显疏离于实际生活中的白话,同时又与传统的拿腔拿调、忸怩生涩之文言拉开了绝对距离的语体,正是先驱者探寻、设计和实践现代汉语白话书面语的结果。

白话书面语的设计运用了许多语言资源,最重要的是白话口语,传统文言也是其中无法回避的重要成分,不过,翻译语汇在现代汉语白话书面语构成中显然是相当重要的因素。大量的翻译语汇对现代汉语书面语起到了某

---

① 胡适的阐释是:"有什么话,说什么话;话怎么说,就怎么说。"《建设的文学革命论》,《胡适文集》(3),北京:人民文学出版社,1998年,第60页。

种支配性作用,而对外国文学和文化典籍及其表述方式的接受又为现代汉语书面语的语体、语式历练提供了非常有效的参照系。这样的因素其价值作用的持久效应便形成了现代汉语书面语表达的翻译语体。

翻译语体是指现代汉语翻译家对外国文学和文化典籍进行汉语翻译时所选择的,较大限度地尊重外文表述习惯的汉语书面语表达语式。它是外国文学和文化原典尽可能忠实的翻译,又是一种特殊语体和特定语式的汉语表达。外国文学家可以这样展开他们的小说,而中国的翻译家竟可以如此准确地传达在他们自己书写语言的特性,以此交待一种常见的场景或人物:

> 八月初旬,天气还炎热得利害。每天从十一点钟到三点钟的时候,就是极有坚决力的人也不能出去行猎,最忠顺的狗都咬起猎人的鞋跟来:懒洋洋的一步步跟在后边,张着条大舌头。

这是耿济之翻译的屠格涅夫《猎人笔记》第三节的开头,刊载于《小说月报》第12卷第5号。在这一期《小说月报》上,周建人翻译的梭罗古勃的《微笑》这样开头:

> 大约十五个男孩和女孩,和几个青年男女,都会集在舍密波耶里诺夫别庄的园中,庆祝家里的一个儿子的生日,他名叫莱莎,是一个二等的学生。莱莎的生日,真是一个为着他的年长姐妹招致可以中选的少年到家里来的好机会。

上述小说作品的翻译显然都充分照顾到外文原文的表述习惯,包括其用语习惯以及从句方略。有些词语的翻译因时代差异而今变得有些令人费解,如"二等的学生"[①]之类,但总体上显现的是那个时代翻译语体的基本风貌:中国的读者既能顺畅地阅读和理解这些文句表述的小说内容,又能非常明显地感受到,这样的语言表述是翻译语体的呈现,带着鲜明的外文表述的语言痕迹与味道。如果与当时优秀的汉语小说创作进行比较,会发现汉语书面语的表达与翻译语体的明显差异。仍然是这一期《小说月报》,刊载着许地山的小说《换巢鸾凤》,作品一开头这样写道:"那时刚过了端阳节期,

---

① 应该相当于现代所说的"二年级学生"。英文表述应为 sophomore。不过从翻译语分析,此处应为"grade two"的翻译,因而才有"二等的学生"之说。"grade"确实也有等级的意思。

满园里底花草倚仗膏雨底恩泽,都争着向太阳献他们底媚态。"没有从句拆散的痕迹,没有冗长、庞杂的补充语,而"端阳节"等词语透露的是中国风情,"膏雨""恩泽"等词语传达的是传统汉语文化的魅力与信息,整段文句表述得是这样典雅、异趣而超凡脱俗,但却与翻译语体表述的截然不同。即使是许地山的小说表达也已经融入了较为浓厚的现代意味,将满园的花草之美都描述为"向太阳献媚"的媚态,其语言的表述呈现的仍然是典型的现代汉语书面语,与翻译语体大相径庭。

那时候德国作家斯托谟的代表作颇为中国读者和翻译家所关注与器重,唐性天等最初翻译为《意门湖》,颇为创造社文人所诋诮,随后他们推出了较为成熟的《茵梦湖》译本,创造社中期核心人物周全平还以此作为模本创作了他的小说代表作《林中》。斯托谟的《茵梦湖》后经张友松的翻译,已经成为汉语新文学翻译的经典之作,成熟的汉语翻译仍然保持着汉语翻译语体的基本特性,请看《茵梦湖》开始赖恩哈晚景的描写:"晚秋的一天下午,一个衣冠楚楚的老人沿着大路慢慢地走着。""他挟着一根金头的长手杖;他那双黑眼睛好像凝聚着全部早已逝去的青春,衬托着雪白的头发,显得很不一般;这双眼睛平静地眺望着周围的景色,或是凝视着他前面低处那座被傍晚薄雾笼罩着的小城。"中国作家自己的创作也可以作类似的场景和人物的交待,但语言表述一定是从那个人物所看到的景象写起,而不是从他的那双眼睛的"动作"写起。现代书面语可以描述这双眼睛中传达的衰老、忧伤和无尽的回忆,一般不会描写它们所"凝聚"的"全部早已逝去的青春",在它们的面前,可以是一座小城笼罩在夕烟和薄雾之中,而不会使用"被傍晚薄雾笼罩着的"作为"小城"的定语。显然,现代汉语翻译语体不可避免地带有基本的汉语白话成分,但它的表述习惯和句式结构显示出外语固有的文化因素和语法要素。

事实正是如此,翻译语体实际上是现代汉语语种中不可忽略的一种主要用于进行汉语翻译的语言体式,它反映了现代汉语翻译文本对目标语言表述习惯的充分尊重,以及在特定的历史阶段翻译者对于翻译文本的特别尊重。很少有其他语言能够像汉语这样如此重视翻译文本,以至于在自己的语言锻造中为外文翻译准备了一种特别的语言体式,而且这种语言体式在语言规格、文化地位方面甚至优于我们的日常语体和书面语体。这种语体的准备完全是为了完成上述的"尊重"语态。中国现代文化是在普遍尊重西方文化和外来文化的时代语境下形成、发展起来的,这种关于翻译的"尊重"语态造成了中国现代文化史上的两种特别现象:第一是最为杰出的时代文化英雄大多涉及翻译工作,诸如鲁迅、周作人、沈雁冰、郭沫若等新文学设计者、缔造者和实践者都同时致力于外国文学作品及文学理论的翻译,这使得中国现代文学翻译站在了前所未有的时代文化制高点,也使得后来的翻译者不得不以高山仰止、景行行止的心态从事可能的文学翻译。与此相联系,第二现象便是现代语言表述在充分"尊重"外来语言,充分"尊重"翻译文本的时代心态下自然形成了现代汉语的翻译语体。

翻译语体的形成并不是早期的文学翻译者刻意为之的结果,而是在现代汉语语体形成过程中的一种特别成就。

近代翻译文体一度使用汉语传统语体,也就是文言文,严复对《天演论》的翻译,林纾对西方小说的翻译,成为这种翻译文体的经典代表,他们的翻译取得了巨大成功,影响了几代中国知识精英的思维、理论与创作,同时也成就了他们自己作为古文大家的历史地位和文化地位。盛名之累亦导致他们这两个西方文化的积极引进者赫然充当了新文化运动绊脚石的角色。其实,新文学倡导者将这两位西方文化的积极引进者列为新文化运动的反对者乃是一种错误,因为他们仅仅是在语体意义上反对白话文及其所代表的新文化倡导,对于向西方开放的新文化自身并没有持有特别的异议。新文化倡导者的偏激在于将语体上的不同见解视同于文化倾向上的敌人。林纾攻击的新文化是在语体上"引车卖浆者流所操语"的现象,而不是后者倡导的以西方文化为根底的新文化内容。

翻译语体在新文学的形成期不仅已经生成,而且还相当流行。其原因盖在于,新文学家以仰视的态度对待西方文学与文化典籍,在翻译处理方面总是尽可能以翻译源文本为基准,在语言策略甚至用词习惯上都尽量靠近源文本,这样,就形成了以源文本的语言形态为主要语言表达参照系的翻译习惯。而外语,尤其是英语等西方语言,其语法习惯、修辞习惯和用语策略都与汉语的表述有较大的距离,汉语翻译要接近源文本语言,就自然会挪移甚至疏离主体语言的某些语法习惯、用语习惯和修辞习惯,这就造成了多少有些陌生感的翻译语体。希莱尔马诃(Friedrich D. E. Schleiermacher)曾经指出有两种翻译法:一种尽量"欧化",尽可能让外国作家安居不动,而引导我国读者走向他们那里去,另一种尽量"汉化",尽可能让我国读者安居不动,而引导外国作家走向咱们这儿来。① 这段引语同样是翻译的结果,它的翻译策略和语言体式明显属于"让我国读者安居不动"的那一类,而新文学最初不自觉地建构的翻译语体则明显属于"尽可能让外国作家安居不动"的范畴,翻译者和想象的读者都自觉地"走向他们那里去"。

这里体现出翻译者和读者对外国源文本,对外国作家,对外国文化以及对外国语的一种由衷尊重的心态。我们的文学翻译和理论翻译现都已经养成了这样的习惯,所使用的语言不仅是现代汉语的书面语言,而且是在语法上、修辞上、用词习惯上以及表述方式上,都已经显露出明显趋近于西方源文本语言的翻译语体。这同时也意味着现代汉语书面语已经非常成熟,成熟到能够毫无问题地将世界各国语言的学术观念、文章、概念转变成自己的书面表述。一些文学、理论作品的译作甚至比汉语母语者日常写作的语言还更精致、更凝练,更富有表现力和逻辑性,体现出汉语书面语中翻译语体的魅力。

---

① 引自《论不同的翻译方法》一文的中译本。该文的英文资源为:Schleiermacher F,"On the Different Methods of Translating." Andre Lefevere, *Translation/History/Culture*, London and New York, Roughtledge, 1992, pp. 141 – 166。

作者简介（按姓氏拼音排序）

白理明（Raymond L. White Head），加拿大温尼伯克大学（University of Winnipeg）基督教社会伦理学荣休教授，曾经担任该大学神学院副院长。

陈建华，复旦大学、哈佛大学文学博士。曾任教于复旦大学古籍整理研究所、美国欧柏林学院。曾在美国加州大学伯克利分校、台湾中研院中国文哲研究所任访问学者。

段怀清，复旦大学中文系教授，博士生导师，哈佛-燕京访问学者。主要研究中国近代文学、现当代文学及比较文学。近来主要关注中文基督教文学、晚清上海文学等。

焦石（Pietro Giordan），加拿大约克大学语言、文学和语言学系副教授。

马佳，加拿大约克大学语言文学语言学系副教授。2019年度复旦大学中华文明国际研究中心访问学者。

宋莉华，上海师范大学中文系教授。

王宏杰，美国佐治亚南方大学历史系副教授。主要研究中国政治史、饮食文化史。

姚达兑，中山大学中文系副教授。

朱寿桐，澳门大学文学院杰出教授。

图书在版编目(CIP)数据

文本的旅行：近现代文学的翻译、传播和书写 / 马佳，李楠主编. —上海：复旦大学出版社，2021.12
（复旦中华文明研究专刊）
ISBN 978-7-309-15959-2

Ⅰ.①文… Ⅱ.①马… ②李… Ⅲ.①比较文学-文学研究-中国、国外 Ⅳ.①I0-03

中国版本图书馆 CIP 数据核字(2021)第 193711 号

文本的旅行：近现代文学的翻译、传播和书写
马 佳 李 楠 主编
责任编辑/陈 军
助理编辑/杨 骐

复旦大学出版社有限公司出版发行
上海市国权路 579 号 邮编：200433
网址：fupnet@fudanpress.com http://www.fudanpress.com
门市零售：86-21-65102580 团体订购：86-21-65104505
出版部电话：86-21-65642845
上海四维数字图文有限公司

开本 787×960 1/16 印张 12.25 字数 188 千
2021 年 12 月第 1 版第 1 次印刷

ISBN 978-7-309-15959-2/I・1298
定价：52.00 元

如有印装质量问题，请向复旦大学出版社有限公司出版部调换。
版权所有 侵权必究